Arena-Taschenbuch
Band 1547

D1729613

Aleksander Minkowski

Das Versteck am See

Aus dem Polnischen übertragen
von Roswitha Buschmann

Arena

CIP-Kurztitelaufnahme der Deutschen Bibliothek

Minkowski, Aleksander:
Der Versteck am See / Aleksander Minkowski.
Aus d. Poln. übertr. von Roswitha Buschmann.
– 1. Aufl. – Würzburg: Arena, 1987.
(Arena-Taschenbuch; Bd. 1547)
Einheitssacht.: Szaleństwo Majki Skowron <dt.>
ISBN 3-401-01547-8
NE: GT

1. Auflage als Arena-Taschenbuch 1987
Lizenzausgabe des Kinderbuchverlags, Berlin
© Der Kinderbuchverlag Berlin – DDR, 1980 für die deutsche Überset-
zung
© Aleksander Minkowski, 1972
Originaltitel: »Szaleństwo Majki Skowron«
Aus dem Polnischen übertragen von Roswitha Buschmann
Alle Rechte vorbehalten
Umschlaggestaltung: Frantisek Chochola
Gesamtherstellung: Pfälzische Verlagsanstalt, Landau
ISSN 0518-4002
ISBN 3-401-01547-8

1

Ich traf sie im Wald, ganz in der Nähe der Chaussee. Sie trug Jeans und einen dicken grauen Pullover, an ihrer Schulter baumelte eine Segeltuchtasche.

Wenn sie nicht sicher gewesen wäre, daß ich sie entdeckt hatte, hätte sie wohl versucht, sich hinter einem Eichenstamm zu verstecken oder in den Akazienbüschen, ich spürte, wie sie einen Moment lang schwankte: ausreißen oder bleiben oder keines von beiden, sondern einfach weiter so vor sich hin gehen, als wäre gar nichts passiert. Als stünde ich nicht mitten auf dem Weg und blickte ihr lächelnd in die sehr großen und sehr blauen Augen.

»Grüß dich«, sagte ich. »Du trampst? Allein?«

»So was Ähnliches«, knurrte sie zurück. »Laß mich vorbei.«

Ich ging nicht aus dem Weg, nahm nur die Hände aus den Taschen und strich mir unwillkürlich die Haare glatt, ich wußte, daß sie nach allen Seiten abstanden wie Igelstacheln und daß diese Glattstreicherei überhaupt nichts änderte an dem widerspenstigen Wirrwarr.

»Da bist du aber auf dem Holzweg«, wandte ich ein. »Die Autostraße liegt in entgegengesetzter Richtung. Hier kommt nicht mal ein Fahrrad durch.«

Sie hatte weizenblondes Haar, schulterlang und glatt, ein rotes Band über der Stirn. Es war ein bißchen grau vom Staub. Ihr schmales Gesicht mit den deutlich hervortretenden Backenknochen machte auch nicht den Eindruck, als hätte es in jüngster Zeit Wasser gesehen.

»Ich geh hin, wohin es mir paßt«, sagte sie. »Nicht dein Bier.«

In der Rechten hielt sie einen dicken Birkenknüppel. Sie hob ihn an und gab mir zu verstehen, daß sie zu einer Unterhaltung nicht aufgelegt sei.

»Wer weiß«, sagte ich lächelnd. »Man kann sich verlaufen in unserem Wald, er zieht sich bis zur sowjetischen Grenze und geht noch weiter, auf der anderen Seite. Es sei denn, du trampst zu unseren Nachbarn.«

»Nicht dein Bier . . .«, wiederholte sie unsicher, und nach einem Weilchen fragte sie besorgt: »Der Weg führt zur Grenze?«

»Kommt ganz darauf an.« Ich zuckte die Achseln. »Wendest du dich nach links, begegnest du einem Drachen, wendest du dich nach rechts . . ., einem, der gestern abend die Aktuelle Kamera gesehen hat.«

»Ja und?« Sie zog die Brauen hoch, die viel dunkler waren als das Haar, schmal und sehr lang, und fast bis zu den Schläfen reichten.

Ich holte zwei in grünliches Zellophanpapier eingewickelte Eukalyptusbonbons aus der Tasche. Einen gab ich ihr, sie nahm ihn wortlos, den zweiten wickelte ich seelenruhig aus und steckte ihn in den Mund. Sie tat das gleiche.

»Wie heißt du?« fragte ich.

»Majka«, erwiderte sie. »Und du?«

»Junius«, sagte ich und verbeugte mich würdevoll. »Julislaus Junius, stehe zu Diensten. Kurzform Julek.«

»Red keinen Stuß!« Sie lachte los, die Anspannung wich aus ihrem Gesicht. »Julek vielleicht, aber nicht Julislaus. So einen Namen gibt es nicht.«

Die Sonne sickerte in warmen Bächlein durch das Laub und legte sich als goldfarbener Hauch auf das Moos. Ich stellte den Korb mit den Pilzen beiseite und setzte mich auf so einen kleinen goldenen Hügel. Das Mädchen folgte nach kurzer Überlegung meinem Beispiel und ließ sich mir gegenüber am Stamm einer alten Kiefer nieder. Bestimmt war sie todmüde. Die gerötete Bindehaut schien darauf hinzudeuten, daß sie die Nacht nicht geschlafen oder daß sie geweint hatte, vielleicht auch beides. Doch ihre Augen blickten entschlossen, beinahe herausfordernd.

»Stimmt«, gab ich zu. »In meinem Schülerausweis steht Hipolit. Aber von Hipek zu Julek ist es auch nicht weiter als von Majka zu . . . Lidka.«

Sie sprang vom Moos hoch, wie von einer Peitsche getroffen.

»Was . . . Was sagst du da?«

»Nichts Weltbewegendes«, erwiderte ich aufgeräumt. »Ich hab mir gestern die Aktuelle Kamera angeguckt. Auf dem Foto machst du eine viel schlechtere Figur, besonders mit diesen Rattenschwänzchen. Wahrscheinlich ein altes Bild.«

Ich bemerkte ihr verzweifeltes Zögern: Türmen oder mitspielen. Wenn ich sie festhalten wollte, hätte sie keine Chance zu entkommen; zwei Jahre Leichtathletiktraining gehen nicht spurlos an einem vorüber.

Sie wählte das zweite. Ihre Brauen wanderten nach oben, mit einem belustigt-verwunderten Lächeln verzog sie die Lippen.

»Mein Bild im Fernsehen? Schön wär's ja, Junge, aber an Wunder glaube ich nicht. Vielleicht später mal, wenn ich ein Filmstar bin.«

»Ein Star bist du schon«, sagte ich. »Ganz Polen guckt sich nach dir die Augen aus. Lidia Skowron, fünfzehn Jahre alt, bekleidet mit einem grauen Pullover und dunkelblauen Jeans, blaue Augen, hellblondes Haar. Benachrichtigen Sie die nächste Dienststelle der Bürgermiliz.«

Das Mädchen beleckte mit der Zungenspitze die aufgesprungenen Lippen. Sie schaute geradeaus auf die grüne Wand aus Schlehdornbüschen, hinter der tief unten die Straße lag und sich durch Motorengebrumm bemerkbar machte.

»Ich heiße Majka«, sagte sie. »Es gibt Menschen, die sich ähnlich sehen. Du kannst die Miliz anrufen, wenn du dir was davon versprichst.«

»Hier haben sie noch kein Telefon gelegt«, erwiderte ich lächelnd, »aber die Wache ist gleich dort, hinter der Kurve.«

»Glaubst du, ich komme mit?«

Ihre Finger schlossen sich fester um den Stock. Ich spürte, daß sie bereit war, sich zur Wehr zu setzen, vielleicht sogar als erste anzugreifen, sobald ich mich nur vom Fleck rühren würde. Ich saß lässig da, die Beine von mir gestreckt, und kaute an einem Moosstengel, und sie stand vor mir, wartend und angespannt.

»Wie du willst«, sagte ich.

»Ich will nicht. Und falls du versuchen solltest . . .«

»Ich denk ja nicht dran«, beschwichtigte ich sie. »Die schnappen dich sowieso, Lidia Skowron. Fernsehen gukken viele. Und dein Bild haben sie ein paarmal gezeigt. Wenn du ein bißchen Grütze im Kopf hast, packst du die Gelegenheit beim Schopf und kommst mit zu meinem Vater. Er ist Kommandant der Wache. Eine Seele von Mensch. Der läßt mit sich reden.«

»Hilfst du ihm umsonst, oder läßt er was springen dafür?«

Das hätte sie nicht sagen dürfen! Noch dazu in diesem Ton, in dem sich Angst mit Verachtung mischte: überheblich, angriffslustig.

»Hau bloß ab«, stieß ich zwischen den Zähnen hervor.

»Wenn du nicht ein Mädchen wärst, würde ich dir die süße kleine Fresse polieren. He, hast du gehört?« Ich stand langsam auf, griff nach dem Pilzkorb. »Mach, daß du wegkommst!«

Sie rührte sich nicht, senkte nur den Blick. Abermals fuhr sie sich mit der Zunge über die Unterlippe.

»Wozu das Geschrei?« fragte sie leise. »Ich dränge mich nicht in dein Leben, und du willst dich in meins einschleichen. Da kann man schon fuchtig werden . . .«

Ich besann mich: Schon wieder meine blödsinnige Empfindlichkeit.

»In Ordnung«, brummte ich. »Du nach links, ich nach rechts. Glückliche Reise!«

Ich machte kehrt und ging gemächlich den Weg entlang in Richtung Straße. Die Pilze sollte es zum Mittag geben, das machte keiner für mich, ich mußte mich beeilen, bestimmt war es schon zwei durch, und Vater kam fünf nach drei.

»Hip!«

Ich blieb stehen, blickte über die Schulter zurück zu dem Mädchen.

»Sagst du auch keinem, daß du mich gesehen hast?«

Da drehte ich mich doch noch mal um. Ich ging hin zu Majka, legte ihr die Hand auf die Schulter.

»Ich weiß nicht, was du ausgefressen hast und weshalb sie dich suchen«, sagte ich. »Ich will es auch gar nicht wissen. Aber allein im Wald, das schaffst du nicht, und wenn du rauskommst, erkennen dich die Leute sofort. Hier haben sie fast in jedem Haus einen Fernseher. Falls du dich mit mir treffen willst, ich wohne gleich hinter der Tankstelle. So ein einzeln stehendes, grün gestrichenes Häuschen in einem Garten. Kannst du pfeifen?« Sie nickte. »Pfeif zweimal kurz, dann komm ich zu dir heraus.«

Ich weiß nicht, warum ich ihr das anbot. Sie hatte traurige Augen. Sehr blaue und sehr traurige Augen.

Das Türchen ging auf, der Kuckuck meldete, daß es drei Uhr war. Das einstmals kunterbunte Tierchen war jetzt ein altersgraues langschnäbeliges Vogelvieh mit einer heiseren, mechanischen Stimme. Früher hatte ich mir den Kopf zerbrochen, was der Kuckuck wohl in seinem schwarzen Loch tun mochte, wenn das Türchen für eine ganze Stunde hinter ihm zuschlug: War er nur dazu da, die Tages- und Nachtstunden zu verkünden? Ich stellte mir vor, hinter dem grauen Türchen geschähen seltsame und geheimnisvolle Dinge, von denen sich der Kuckuck nur alle Stunde einmal zu dem kurzen Konzert seines krächzenden Abzählreims losreiße, damit die Menschen nicht Verdacht schöpften und nicht zwischendurch in seiner Höhle nachguckten.

Fünf nach drei trat Vater zur Tür herein. Mir imponierte seine Pünktlichkeit – immer fünf nach drei, es sei denn, es war etwas Außergewöhnliches passiert, doch Außergewöhnliches passierte bei uns selten – ebenso wie seine Ruhe, seine Beherrschung, seine leicht spöttische Gutmütigkeit. Ich mußte den Charakter von Mama geerbt haben, nervös, wie ich war, ungeduldig, ständig auf dem Kriegsfuß mit der Schulklingel und dem Kuckuck daheim. Ich hatte den Eindruck, als wäre ich das genaue Gegenteil von Vater. Ähnlich war es mit dem Äußeren: ein hellblonder Riese mit den Schultern eines Gewichthebers, einem Speckring über dem Gürtel, mit runden, ewig mädchenhaft geröteten Wangen und ein nicht eben großer Schmalhans mit brauner Haut, dunklen, struppigen Haaren, großen grünen Augen und mit Zähnen, die kreuz und quer standen, wie es gerade kam. Mit diesen Hauern konnte ich den dicksten Kupferdraht durchbeißen.

»Grüß dich, Ariel«, sagte Vater, zog die Uniformjacke aus und hängte sie über die Stuhllehne. »Gut riecht es hier.«

»Tag, Prospero.«

»Der Geschmack wird dem Duft in nichts nachstehen, nehme ich an.«

Vater lud sich eine Riesenportion Pilze auf den Teller, steckte feierlich den Löffel hinein, hob ihn an den Mund. Er kaute langsam, bedächtig. Endlich schluckte er hinunter, nickte beifällig.

»Stimmt, Ariel. Ich passe. Meine Pilze am Sonntag waren nicht so gut.«

Ariel, der gute Geist, und Prospero, der Zauberer, stammen aus Shakespeares Schauspiel »Der Sturm«, einem von den ersten, die mir Vater laut vorgelesen hat, als ich etwa sieben Jahre alt war. Die einen begeistern sich für Musik, andere für Briefmarken, fürs Lotto, für die Geschichte der Napoleonischen Kriege. Mein Prospero ist in Shakespeare vernarrt. Als ganz kleiner Knirps wurde ich statt mit Märchen mit »Hamlet«, »Macbeth« und »Ein Sommernachtstraum« gefüttert. Später gelangte ich zu dem Schluß, daß Shakespeares Tragödien immerhin weniger grausam sind als Wölfe, die Kinder und alte Frauen fressen, als zahnlose Hexen und feuerspeiende Drachen.

Vater aß schweigend, die Stirn mehr und mehr gerunzelt, als hätte er vergessen, daß ich da war. Er schaute geradeaus, zum Fenster hinaus, seine Pupillen waren starr. Ich kannte diesen abwesenden Blick an ihm, die tiefen Furchen über den Brauen.

»Schlimme Sorgen?« fragte ich in gleichgültigem Ton.

»Sorgen?« Er lächelte und kehrte von seiner Wanderung

zurück. »Ja, wahrhaftig. Angeblich ist sie hier in der Gegend gesehen worden, wir werden nach ihr suchen müssen. Und den Wald durchkämmen . . . Ach . . .« Er winkte ab.

»Wen müßt ihr suchen?«

»Diese Rotznase, Lidia Skowron. Du hast doch gestern die Suchmeldung im Fernsehen gesehen. Ich habe Meldung von einem Busfahrer bekommen, der hat ein Mädchen beobachtet, auf das die Personenbeschreibung paßt. Drei Kilometer von hier ist sie über die Chaussee gerannt. Diese Göre ist auf Abenteuer aus, und ich habe Befehl, sie um jeden Preis . . .«

Er sprach nicht zu Ende, grub den Löffel aufgebracht in die Pilze.

»Ist sie einfach von zu Hause abgehauen?« fragte ich. »Ziemlich ungewöhnlich für ein Mädchen.«

Er blickte zu mir hoch. Ich spürte, daß er überlegte, ob er mich einweihen sollte.

»Nicht ganz so einfach . . .«, brummte er schließlich. »Sie hat was von zu Hause mitgehen lassen.«

»Sie hat ihre Eltern bestohlen?«

Widerwillen, Abscheu. Diese Puppe, die ich im Wald getroffen habe, ist also schlicht eine Diebin. Darf ich da noch den Mund halten? Meine Hinweise würden helfen, Lidia Skowron zu finden, sie kann nicht weit gekommen sein, sicherlich irrt sie am See umher oder verschnauft in den Heckenrosenbüschen am Ufer. Es sagen? Eigentlich habe ich ihr versprochen, nichts zu verraten. Weil es mich nichts angeht. Aber ich hatte nicht angenommen, daß sie eine Diebin ist. Und was wird, wenn sie herkommt, pfeift, um Hilfe bittet?

»Du siehst sonderbar aus«, sagte Vater. »Pack schon aus, Ariel!«

»Ich wüßte nicht, was«, entgegnete ich bestimmt und schaute auf meinen Pilzteller. »Ich überlege bloß. Hat sie viel mitgehen lassen?«

Denn wenn sie sich, sagen wir, fünfzig Złoty genommen hätte, sie muß schließlich von was leben . . .

»Angeblich hat sie etwas unerhört Wertvolles von zu Hause mitgenommen. Ich weiß nicht genau, was, aber ihr Vater hat einen Mordskrach geschlagen.« Kurze Pause. »Weshalb interessiert dich das so?«

»Eine kleine berufliche Frage!« Ich lachte beinahe natürlich. »Soll das ein Verhör sein, Prospero? Ich habe das Recht, die Aussage zu verweigern. Ich rede erst im Beisein meines Anwalts.«

Vater schnaufte, putzte die Sahnereste vom Teller, wischte sich den Mund an der karierten Serviette ab und reckte sich mit geschlossenen Augen.

»Ach, könnt ich jetzt schlafen!« Er seufzte wehmütig. »Mal so für eine Woche krank werden . . .«

»Werd doch krank«, riet ich ihm. »Frau Ala stellt dich bestimmt frei. Du sagst, das Herz tut dir weh oder die Leber.«

Ich schaute Vater nicht an, ich war mit dem Tischabräumen beschäftigt. Doch ich fühlte seinen aufmerksamen, forschenden Blick auf mir ruhen, dem ein bißchen Sorge beigemischt war.

»Dir schlägt das Frau Ala nicht ab«, setzte ich hinzu und ging in die Küche.

»Ariel!«

»Ja?« Ich drehte mich auf der Schwelle um.

»Ich hatte dich gebeten.«

»Ich verstehe nicht.« Ich sah Vater an und spielte den ehrlich Erstaunten. »Was meinst du?«

»Nichts«, knurrte er. »Wir werden uns mal unterhalten müssen. Du bist kein Kind mehr, Ariel.«

Ich ging rasch in die Küche, stellte die Teller ins Abwaschbecken. Im Augenwinkel beobachtete ich durch die offene Tür, wie Vater die Krawatte wieder festzog, in die Uniformjacke fuhr, sie langsam zuknöpfte. Seine schwere Gestalt hatte kaum zwischen Couch und Tisch Platz. Er hielt den Kopf schief, sein Gesicht drückte Mißmut und Ratlosigkeit aus. Ich wußte, worüber er grübelte, und einen Augenblick lang hatte ich Mitleid mit ihm, aber nur ganz kurz, denn schon wenig später mußte es einem zornigen Trotz weichen. Soll er sich quälen. Soll er mir doch mit diesem Gespräch unter Männern drohen und es von einem Tag auf den anderen verschieben, von Woche zu Woche. Das eine wußte ich: Solange er nicht mit mir gesprochen hatte, würde nichts geschehen. Ach wenn es doch nie zu dieser Aussprache käme!

Leszek und Wika stiegen von den Rädern, lehnten sie an den Maschendrahtzaun. Wika hatte einen dunkelroten Pulli an, der prächtig zu dem Schwarz der anliegenden, unten weiter werdenden Hose paßte, sie sah aus wie das Mädchen auf dem Titelblatt eines Journals, schlank und großäugig, das Haar pechschwarz. Leicht von der Sonne gebräunt. Sie hatte sich erst seit kurzem so gemausert, vorher war sie eckig gewesen und dünn wie ein Stock. Mich ärgerte, daß sie um ihre Verwandlung wußte, damit angab, sie nach Kräften durch Klamotten unterstrich. Leszek war das ganze Gegenteil von seiner Schwester. Genau wie ich achtete er nicht auf Kleidung – ein verwaschenes Hemd, geflickte Jeans, Turnschuhe an den nackten Füßen; blond, mit Stupsnase, die Oberlippe ein bißchen zu kurz – Herr

14

Białek, wie er leibt und lebt. Wika sah ihrer Mutter ähnlich.

Ich ging vors Haus, wir schüttelten uns die Hände.

»Eine Hitze ist das«, sagte Wika, »wir fahren baden. Kommst du mit?«

Sie blickte mich von der Seite an, ihre Wimpern warfen einen dunklen Schatten auf ihre Wangen. Ich dachte belustigt, daß sie sich absichtlich so zur Sonne gestellt hatte, damit dieser Schatten entstand.

»Gebadet hab ich heut schon«, entgegnete ich. »Aber ich kann auch noch mal. Es sind ja Ferien.«

Ich war ein bißchen böse auf Leszek, daß er mit seiner Schwester angerückt kam. Ich hatte gehofft, wir könnten uns unterhalten. Noch vor einem Jahr hatte uns Wika nicht bei unseren Gesprächen gestört, sie war ein gleichberechtigter Kumpel gewesen, fast wie ein Junge. Jetzt war ich in ihrer Gegenwart blödsinnig befangen. Ich machte gute Miene zum bösen Spiel, tat so, als wäre alles beim alten, aber das war es nicht.

»Nimm das Schach mit«, sagte Leszek. »Nach dem Baden machen wir ein Spielchen.«

Ich schmiß Schachkistchen und Badehose in den Wachstuchbeutel, fuhr mein Rad aus dem Schuppen. Obwohl es alt war, zeigte es auf der Straße, was in ihm steckte. Es sauste wie ein Rennrad, dank der Gangschaltung, die ich mit Prosperos Hilfe eingebaut hatte.

Wika ließen wir vorfahren, wir radelten gemütlich hinterher, nur dann und wann wie spielerisch in die Pedale tretend. Leszek paßte sich meinem Tempo an. Die Wolken hatten sich aufgelöst, vom Himmel sickerte eine schwüle Nachmittagsglut, mit Staub durchsetzt.

»Hast du dich getroffen mit ihnen?« fragte ich wie beiläufig.

»Ich bin wegen ‚Cyborgs Ferien' zu Bohdan hin«, erwiderte er. »Marek und Rysiek waren bei ihm. Sie hörten zu reden auf, als ich hereinkam . . . Armleuchter sind das.«

»Genau«, pflichtete ich ihm bei. »Dir liegt doch wohl nichts an ihnen?«

»Natürlich nicht«, stieß er hastig hervor.

Mir behagte sie nicht, diese Eilfertigkeit. Ich trat kräftiger in die Pedale, wir schlossen zu Wika auf.

»Worüber habt ihr getuschelt?« fragte sie. »Wieder Geheimnisse?«

»Wir haben überhaupt keine Geheimnisse«, knurrte Leszek.

»Gut gesagt . . .« Sie schielte über den Lenker hinweg zu mir hin. »Ich weiß, was dich juckt, Hip.«

»Mich?« Ich lachte laut, ironisch. »Allerdings, mich hat was gejuckt, aber schon vor zwei Stunden. Als ich in den Pilzen war, sind die Ameisen über mich hergefallen.«

»Die sind blöd«, sagte Wika und bog von der Straße in den Waldweg ein, der zum See führte. »Blöde muß man nicht ernst nehmen.«

Ich hatte nicht übel Lust, ihr hinten reinzufahren, damit sie vom Rad flog.

»Besten Dank«, warf ich mit einem giftigen Lächeln hin. »Hab dringend Trost gebraucht. Ich litt schon an Schlaf- und Appetitlosigkeit, so bekümmert war ich. Jetzt kann ich endlich erleichtert aufatmen.«

»Dumme Kuh«, hörte ich hinter mir Leszeks Stimme, »laß sie links liegen.«

Wir stellten unsere Räder im Schatten unter einer Weide ab. Wika verschwand in den Schlehdornbüschen, kurz darauf tauchte sie in einem dunkelblauen zweiteiligen Badeanzug auf, schokoladenbraun, geschmeidig wie eine Katze. Der See schimmerte hellgrün, bis auf den Grund durchleuchtet vom Sonnenlicht. Der Sand knirschte unter den Füßen, brannte unter den Sohlen.

»Springen wir?« fragte Leszek.

Wir klommen den wurzelgespickten Hang hinauf bis zur Schwarzen Zunge, einem nicht sehr großen, rechteckigen Plateau, das über das Wasser ragte wie ein Sprungbrett. Hier oben trennten uns gut zehn Meter vom See. Ich blickte hinunter. Die sonnenbeschienene Wasserfläche gab den mit moosigen Steinen und Pflanzenstengeln bedeckten Grund frei. Es war schwer zu glauben, daß es dort beachtlich tief war.

»Spring du zuerst«, murmelte ich.

Leszek ging zurück bis zum äußersten Ende des Plateaus, sprintete vor, stieß sich ab, sprang. Er flog mit ausgebreiteten Armen, erst Bruchteile von Sekunden vor dem Aufprall schloß er sie, tauchte im Bogen ein in den See, ohne zu spritzen, glitt flach über den Grund dahin und kam mehrere Meter vom Ufer entfernt wieder hoch. Er winkte zu mir hinauf. »Spring!«

Ich nahm Anlauf wie er, stieß mich vom Rand ab. Mir war, als flöge ich nicht hinunter, sondern empor, einen Augenblick lang blendete mich die Sonne, dann spürte ich die Nähe des Wassers und stieß mit geschlossenen Armen hinein. Es dauerte schrecklich lange, bis ich an die Oberfläche kam. Mir war schon die Puste ausgegangen. Dicht neben Leszek tauchte ich auf, schleuderte mit einem Ruck die Haare aus dem Gesicht. Wika stand bis zu den Knien im Wasser, als habe sie Angst, ihren Badeanzug naß zu machen, und schaute zu uns herüber.

Aus dem Schilf kroch behäbig ein schwerer schwarzer Kahn, an dessen Bug Herr Tadeusz stand. Die Sonne funkelte auf seiner von einem Kranz wallender roter Haare umrahmten Glatze. Schon von weitem drohte er uns mit dem Spinner.

»He, ihr Helden! Habt ihr was gegen die Hechte? Wenn nicht, dann laßt sie endlich in Frieden!«

»Ein schöner Anwalt«, meinte Leszek kichernd. »So gut meinen Sie es mit denen, Herr Tadeusz?«

»Ich will nur ihr Bestes«, erwiderte er ernst, legte den Spinner zur Seite und griff zu den Rudern, tauchte sie hochkant ins Wasser, stieß sie von sich weg. Das Boot gewann an Fahrt und glitt auf uns zu. »Sie werden in bester Landbutter von Frau Katna gebraten und von Professor Brzoza höchstpersönlich verzehrt.«

»Was ist das für ein Professor, Herr Tadeusz?« erkundigte ich mich, während ich dem Kahn entgegenschwamm.

»Der Besuch von Frau Katna, ein weltberühmter Neurochirurg. Habt ihr noch nichts von Professor Brzozas Versuchen gehört?«

Wir schwammen von zwei Seiten an das Boot heran, klammerten uns am Rand fest. Ich sah hinein, und in dem trüben Wasser auf dem Boden entdeckte ich nur einen einzigen kleinen Barsch.

»Da wird der Professor nicht satt werden«, bemerkte ich.

»Wenn ihr weiter so springt«, versetzte Herr Tadeusz. »Hier im Röhricht hockt ein Mordsvieh, beinahe hätte ich es erwischt, da kamt ihr mit eurem wilden Geplantsche. Selbst ein Hai hätte sich dünnegemacht.«

Wir hievten uns ins Boot, ermuntert durch eine bedeutsame Kopfbewegung von Herrn Tadeusz. Ich schielte über die Schulter zu Wika hinüber, sie stand noch immer bis zu den Knien im Wasser und beobachtete uns schmollend und neidisch. Das Boot wendete, den Bug auf das Schilf gerichtet. Herr Tadeusz holte ein Päckchen »Sport« aus der

Tasche, steckte sich eine Zigarette an, stieß eine gelbe Rauchwolke aus. Ich bewunderte ihn: Er glaubte wirklich an die Riesenhechte und peitschte seit Jahren mit seiner bläulichen Angelschnur, an deren Ende alle möglichen raffinierten Blinker hingen, auf den See ein. Soviel ich weiß, hat hier noch keiner einen Hecht gefangen. In dem benachbarten See des Staatsgutes, das schon; dort gab es tatsächlich welche, weil man dort Fische ausgesetzt hatte. Herr Tadeusz verachtete allerdings die leichte und sichere Beute. Er schwor, er hätte mit eigenen Augen viele Kilogramm schwere Ungeheuer gesehen, die unter den Baumstämmen an den Ufern dösten, und er hätte schon mehrmals solche am Haken gehabt. Mal hatten sie die Schnur durchgebissen, mal waren sie mit dem Blinker ins Gestrüpp unter Wasser entwischt, das war leider das Pech.

»Was für Versuche?« fragte ich. »Ich hab noch nie was von einem Professor Brzoza gehört.«

Herr Tadeusz sah mich halb ironisch, halb mitleidig an. Der Besitzer der kleinen Uhrmacherwerkstatt war in Bory wegen seiner Vorliebe fürs Angeln und für wissenschaftliche Neuigkeiten bekannt – er abonnierte irgendwelche Fachzeitschriften, las hinter dem Ladentisch Universitätslehrbücher, es hieß sogar, er arbeite an einer geheimnisvollen Erfindung, die eine Umwälzung herbeiführen würde ... Auf welchem Gebiet? Das wußte niemand.

»Ihr lebt in Unwissenheit«, erwiderte er. »Jedes Kind in Polen müßte wissen, wer Professor Brzoza ist. Delgado höchstpersönlich hat sich lobend über ihn geäußert!«

»Ach nein?!« rief Leszek. »Der große Delgado?«

Der gerissene Hund! Ich würde mir einen Finger dafür abhacken lassen, daß er über Delgado genausoviel weiß wie ich über Brzoza. Aber Herr Tadeusz biß an.

»Eben der.« Er nickte und ließ das Boot gemächlich am

Ufer entlangtreiben. »Professor Brzoza kann ein Gehirn besser steuern als ich diese Kiste.«

»Ein Denker gewissermaßen«, fiel Leszek ein. »Ein Philosoph.«

Herr Tadeusz legte resigniert das Ruder weg und setzte sich ans Heck.

»Was denn für ein Philosoph?« fragte er seufzend. »Ein Neurochirurg, du Tropf. Ein Mann, der in der Lage ist, die Hirne anderer zu steuern.«

»Könnte der mir Mathe beibringen?« fragte Leszek. »Wenn er mir mein Gehirn so ausrichten könnte, daß ich Mathe begreife, würde ich an Wunder glauben.«

»Für Professor Brzoza wäre das eine Kleinigkeit«, sagte Herr Tadeusz. »Und große Gelehrte geben sich mit Kleinigkeiten nicht ab.«

Leszek lief rot an.

»Wissen Sie was, Herr Tadeusz?« sagte er giftig mit unterdrückter Stimme, »Wissenschaftler, die meine Tragödie mit Mathe nicht ernst nehmen, können mir gestohlen bleiben.«

Und ohne Herrn Tadeusz' Antwort abzuwarten, sprang er aus dem Boot, tauchte unter und kam erst weit hinter dem Heck wieder hoch.

»Ein verrückter Kerl, dein Kumpel«, brummte Herr Tadeusz.

»Nicht unbedingt«, versetzte ich. »Ich pfeife auch auf große Leute, wenn sie sich nicht um unsere kleinen Angelegenheiten kümmern. Sie hatten vermutlich keinen Ärger mit Mathe in der Schule.«

»Ich war ein Musterschüler«, sagte Herr Tadeusz stolz.

»Aber von einem Hecht weit und breit keine Spur.« Ich lachte spöttisch, und dann hechtete ich aus dem Sitz nach hinten ins Wasser.

Wika hatte sich endlich entschlossen, den Badeanzug einzuweichen, sie paddelte ihrem Bruder entgegen. Ich erreichte das Ufer, ließ mich in den heißen Sand fallen, schloß die Augen. Es ging mir gut. Goldene Sonnenfunken tropften mir in die Augen, die Haut sog die feuchte Wärme ein, vom Kiefernwäldchen wehte frischer Harzduft herüber.

»Aaah . . .!«

Eisperlen schnitten mir ins Gesicht, brüllend sprang ich hoch, starrte entgeistert die übers ganze Gesicht lachende Wika an.

»Ziege!«

Sie lachte nicht mehr.

»Was ist los, Ariel? Hab ich dich erschreckt?«

Ich hatte mich wieder gefangen, zuckte die Schultern.

»Entschuldige«, murmelte ich. »Ich mag Temperaturstürze nicht.«

»Mich magst du in letzter Zeit auch nicht«, sagte sie still, kniete sich in den Sand und grub die Hände hinein. »Warum nicht, Ariel?«

Ich fühlte, wie mir die Röte langsam ins Gesicht stieg, ich drehte mich um, damit sie es nicht bemerkte.

»Kommt dir nur so vor«, sagte ich kurz.

»Nein.«

»Na, dann hast du eben recht.« Ich legte den Kopf in den Nacken und schaute einem weißen, bauschigen Wölkchen nach, das unerschrocken auf die Sonne zukroch. »Ich mag dich nicht.«

»Warum nicht, Ariel?«

Sie fragte mit melodischer Stimme, bedeutsam, dämpfte die letzte Silbe ab: Theater. Ich überlegte, was für eine Antwort ich ihr geben sollte, die Wahrheit konnte ich ihr ja nicht sagen: Es macht mich nervös, daß ich in letzter

Zeit zu oft an dich denke. Du putzt dich heraus, wirfst mit deinem Lächeln um dich, sogar die Bäume siehst du an, als wolltest du, daß sie entzückt von dir sind. Du bist herausfordernd stolz auf deine Schönheit, unterstreichst sie dauernd mit anderen Fähnchen, ich möchte wetten, daß du sogar Gesichter vor dem Spiegel schneidest. Ich hab bemerkt, wie du Bohdan angeschaut hast, als wir ihn vorgestern trafen . . .

»Weil du zusehends dümmer wirst«, erwiderte ich. »Die Eitelkeit in Person.«

»Du weißt, daß das nicht stimmt, Ariel . . .«

Wieder diese melodische Stimme, dieses zärtliche, angedeutete Flüstern, dieser himmelnde Blick.

»Du warst immer ein Kumpel.« Ich bemühte mich, einen gleichgültigen Ton anzuschlagen. »Und jetzt mimst du die Prinzessin.«

»Ist es schlimm, wenn ich dir gefallen will?«

Das verschlug mir die Sprache. Ich nahm eine Handvoll Sand in die Faust, er rann mir durch die Finger. Ich blickte zum See. Leszeks Kopf tauchte abwechselnd aus dem Wasser und verschwand wieder darin.

»Wem willst du nicht gefallen?« fragte ich leise.

Ich hörte ihr Lachen. »Ist es schlimm, wenn man allen gefällt?«

»Wunderbar«, knurrte ich. »Man braucht nur glatt, rund, ohne Ecken zu sein. Jedem schöne Augen zu machen und über beide Backen zu strahlen. Das Schönste, was man sich denken kann.«

»Bist du eifersüchtig, Ariel?«

Ich hatte nicht übel Lust, sie an den Haaren zu packen und daran zu schütteln, sie mit dem Gesicht in den Sand zu drücken, ihr einen Fußtritt zu verpassen. Früher hatten wir miteinander gerauft, halb im Spaß, halb im Ernst. Wika war sehr gelenkig gewesen und hatte scharfe Fingernägel gehabt. Noch vor einem Jahr. Jetzt war das unmöglich, absurd, also nahm ich wieder die Faust voll Sand, preßte die Finger zusammen, damit er nicht heraussickerte. Er knirschte in meiner Hand.

»Ein anderer vielleicht«, sagte ich mit schiefem Lächeln. »Ich nicht. Du interessierst mich so viel wie . . .« Ich winkte ab und verstreute den Sand.

»Und ich dachte, dir würde mehr an mir liegen als Bohdan.«

»Hör mir mal zu, du« – ich kauerte mich vor sie hin, kniff die Augen zusammen, mir klebte die Zunge am trockenen Gaumen –, »solche Spielerchen nicht mit mir, kapiert? Renn zu Bohdan. Und komm nicht angekrochen, wenn ich mit deinem Bruder verabredet bin. Es sei denn, daß . . .«

»Was?« fragte sie ruhig.

»Daß Bohdan dir aufgetragen hat, uns zu bespitzeln. Dann kannst du ihm bestellen, daß ich mich, selbst wenn ich könnte, nicht bei meinem Vater für seinen Alten einsetzen würde.«

»Ariel . . .«

»Was?«

»Du bist ein Schwein.«

Sie stand von der Erde auf, raffte ihre Siebensachen zusammen und verschwand in die Büsche. Ich drehte mich nicht nach ihr um. Ich legte mich in den Sand, die Brust auf die heißen Körnchen gepreßt, schloß die Augen. Aber es ging mir nicht mehr so gut wie vorhin. Plötzlich sah ich das weizenblonde Mädchen in dem grauen Pullover und den Jeans vor mir. »Hilfst du ihm umsonst, oder läßt er was springen dafür?« Ich leckte ein bißchen Sand auf, versuchte die Körnchen zwischen den Vorderzähnen zu zermalmen, spuckte sie angewidert aus.

Leszek stieg aus dem Wasser, setzte sich neben mich. Kleine silberne Tropfen rannen ihm aus den Haaren in Stirn und Nacken.

»Wo ist Wika?« fragte er.

»Ich weiß nicht«, brummte ich. »Wahrscheinlich nach Hause gefahren.«

»Hast du ihr die Meinung gegeigt? Die Zicke spinnt in letzter Zeit. Entwickelt sich zum Dämchen.«

»Ach was ...« Ich stand auf, klopfte mir den Sand ab. »NW, ich meine: nicht wichtig. Sie hat sich mausig gemacht, da hab ihr ihr 'nen Dämpfer aufgesetzt, das ist alles.«

Warum hat sie mich Schwein genannt? Weil ich mich nicht in die Angelegenheiten meines Vaters einmischen will? Oder weil ich sie der Spitzelei verdächtigt habe? Tut nichts zur Sache. Dumme Gans. Sie ist wirklich übergeschnappt, Leszek hat recht.

»He, du ...« Leszek starrte vor sich hin und rubbelte die Gänsehaut auf seiner Brust mit dem Handtuch ab. »Was ist das eigentlich für eine Geschichte mit Bohdans Vater?«

»Laß es dir von Bohdan erzählen«, erwiderte ich. »Frag ihn. Ich weiß soviel wie jeder andere.«

Das war gelogen. Ich war ja in der Küche gewesen, als Prospero am Telefon mit dem Staatsanwalt gesprochen hatte. Ich wußte weit mehr über diesen Fall als irgendwer sonst, wahrscheinlich sogar mehr als Bohdan selbst.

»Kannst du es mir nicht sagen?«

Ich sah unverwandt zu den Sonnenfünkchen auf dem Wasser. Sie brachen sich in den kleinen, rundlichen Wellen am Ufer. Weiter ab, auf der anderen Seite, dunkelten die scharfen Umrisse von Herrn Tadeusz' Kahn mit der aufgerichteten Gestalt am Heck.

»Das wirst du verstehen«, sagte ich kurz.

»Ich möchte nur wissen, ob er schuldig ist. Bohdan behauptet, nein. Und daß . . .«

»Sprich weiter!«

»Daß dein Alter ihm was anhängt.«

»Wozu?« fragte ich.

»Für Diensteifer kann man ein Sternchen bekommen. Das stammt nicht von mir, das meint Bohdan. Du weißt, daß ich deinen Alten gut leiden kann.«

»Ich bedanke mich«, sagte ich spöttisch. »In meinem eigenen Namen und im Namen meines Vaters. Uns liegt sehr viel an öffentlicher Verehrung.«

»Hab dich nicht so«, brummte er. »Du kennst die Lage. Bohdans Vater hat einen Haufen Freunde, und ihr seid neu hier.«

»Drei Jahre da und immer noch neu.« Ich zuckte die Achseln. »Das interessiert mich alles nicht, verstehst du? Ich mische mich in die Arbeit meines Alten nicht ein. Vielleicht möchte er wirklich einen Stern kriegen, wär ja normal, jeder will vorwärtskommen. Wenn Bohdan glaubt, Vater würde deshalb . . .« Ich sprach nicht zu Ende, spuckte aus. »Der kann mich mal, du weißt schon, wo. Bohdan und seine ganze Truppe.«

»Ihr wart Kumpel.«

»Ein Irrtum. Aus unseren Fehlern lernen wir.«

Erst hatte ich vorgehabt, ihm von meiner Begegnung im Wald zu erzählen. Ich hatte es mir anders überlegt. Meine Badehose war schon trocken, ich mußte mich nicht umziehen, in aller Ruhe stieg ich in die Hosen, schüttelte den Sand aus den Sandalen.

Von der ganzen Truppe hatte nur Leszek nicht mit mir

gebrochen seit jenem Gespräch. Dieses Gespräch ... Das scheinbar ruhig gewesen war, sogar scherzhaft ... Eine theoretische Diskussion, als drehte es sich nicht um uns, nicht um unsere Angelegenheiten. Bohdans Mansarde, die Matratze auf dem Fußboden, die Flasche Wein, die plötzlich da war. (Woher mochte sie stammen? Von Maciek? Von Ryszard?) Diese Flasche machte die Runde, das Getränk war süß, schmeckte nach Kräutern, ein Rauschen im Kopf, der Atem geht schneller, eine dicke Kerze auf dem Tisch, schwankende Schatten an Decke und Wänden ... »Eine Leidenschaft«, raunte Bohdan, »etwas, das man aus Spaß und Liebe zur Sache tut, ohne das ist der Mensch nichts wert. Man kann durch Zufall Referent oder Schuster sein, aber manche Berufe ergreift man nur aus Liebe zur Sache ... Zum Beispiel dein Alter, Hip ... Hab ich recht? Der muß seine Arbeit doch lieben.« – »Haltet den Dieb«, rief Ryszard lachend. »Das wäre zu simpel«, fiel ihm Bohdan ins Wort, »eher ein Spürhund. Sinn für die Jagd, was von einem Sherlock Holmes, von Winnetou, vom Wilden Westen ...« Ich schwieg. In meinen Schläfen hämmerte es, die Kehle war mir wie ausgedörrt. »Jagd auf Menschen«, sagte Bohdan mit schiefem Lächeln, »das ist das spannendste.« – »Auf Schurken«, murmelte ich, die Trockenheit in meinem Mund überwindend, »auf Schurkereien.« – »Auch manchmal«, Bohdan lachte, »auch manchmal, Junge ...« Ich stand von der Matratze auf, mir drehte sich der Kopf, ich stützte mich mit dem Arm gegen die Wand. »Was willst du von mir?« fragte ich leise. »Gar nichts«, erwiderte Bohdan. »Du weißt ja selbst, einen Unschuldigen zu verwunden ist keine Kunst, aber die Narbe bleibt. Ich habe nichts gegen dich, Hipolit, du tust mir bloß leid. Eigentlich müßte ich dir wohl leid tun, dabei tust du mir leid.« Ich riß den Arm von der Wand. Mir schwindelte nicht mehr. »Du bist ein Lump«, sagte ich flüsternd zu Bohdan. Ryszard und Maciek fingen an zu grölen. »Ihr auch«, wandte ich mich an sie, »ihr könnt mich alle mal...« Ich ging. Leszek kam mir nach, versuchte, mir etwas zu erklären – die Erbitterung, die Angst um den Vater, die Überzeugung, daß er unschuldig ist... Ich stieß ihn weg. Wollte allein sein. Ich schlenderte durch die Straßen, stand verloren vor den Schaufenstern: Schuhe, Tomatenmark, ein Sarg mit Kranz, ein Bootsmotor, Schneiderwerkstatt, eine alte Kuckucksuhr, schließlich langte ich zu Hause an. Prospero war nicht da, verzweifelt verzog ich mich unter die Bettdecke...

»Bohdan möchte mit dir reden.«

»Wüßte nicht, worüber«, sagte ich kurz angebunden.

»Glaubst du, daß sein Alter schuld hat?« fragte Leszek. »Wir kennen doch Herrn Liwicz, alle hier kennen ihn...«

»Ich gehe«, unterbrach ich ihn. »Mach's gut.«

»Warte, Hip, wir fahren zusammen, warum bist du so wütend? Du weißt doch, daß ich zu dir halte...«

Er holte mich ein, als ich aus dem Wald auf die Straße einbog. Nur weil sich bei mir ein Zweig in den Speichen verfangen und ich ein paar Minuten damit verloren hatte, ihn wieder herauszuziehen.

»Ich halte zu dir«, wiederholte Leszek entschlossen. »Vergiß das nicht, Hip!«

»Zu freundlich«, knurrte ich. »Womit kann ich mich revanchieren?«

Ein kleines quadratisches Stück Himmel im Fenster, die Sterne sind noch nicht zu sehen, vom Garten weht feuchter Erdgeruch herein. Ich mache kein Licht. Im Zimmer ist es grau, die Möbel haben ihre Konturen verloren, werden runder, zerfließen weich im dichter werdenden Dunkel.

Ich habe was übrig für solche Augenblicke: allein im Zimmer, im Haus, auf der ganzen Welt. Nur das feine Zirpen der Grashüpfer, das Rascheln der Zweige im Garten, der Ruf eines Vogels.

Prospero hat angerufen, daß er spät heimkommt. Ich kann mir schon denken: die Aktion. Sie suchen Lidia Skowron. Wo? Im Wald, nachts? Keinerlei Aussichten. Es sei denn, sie gibt selbst auf, klopft bei jemandem an, bittet um ein Nachtlager. Dann ist es beinahe sicher, daß sie auffliegt, in den Regionalprogrammen von Funk und Fernsehen ist sie in allen Einzelheiten beschrieben worden.

Was geht mich das an, verdammt noch mal? Eine Diebin. Halt doch, halt . . . Angeblich hat sie etwas sehr Wertvolles von zu Hause mitgenommen. Geld? Schmuck? Dann hätte Prospero gesagt: »Einen Brillantring«, »Fünftausend Złoty«. Vater ist konkret, er drückt sich selten allgemein aus. Also . . . Aber was geht *mich* das an?!

Ich knipse die Lampe an, die neben der Liege steht, lege mich hin, schlage die »Ausgewählten phantastischen Erzählungen« auf, Seite dreiundvierzig . . . Es klingelt. Das Telefon schrillt, und ich habe keine Lust aufzustehen, an den Apparat zu gehen, den Hörer abzunehmen. Ich ahne schon, wer da anruft. Und wenn es Prospero ist? Ich stehe auf, gehe hin.

»Hallo?«

»Bist du es, Ariel? Guten Abend, kannst du mal Prospero ranholen?«

Mich packt die Wut, ich weiß nicht, zum wievielten Male schon: mit welchem Recht?! Prospero und Ariel, das ist unsere Sache, unsere ganz persönliche Sprache, nichts für Fremde. Nur Wika durfte . . . Ihr werde ich auch nicht mehr erlauben, mich so zu nennen. Und erst die Frau Doktor ...

»Guten Abend«, sage ich eisig. »Vater ist nicht da.«

»Oh!« wundert sich die Frau Doktor. »Er hat mir gesagt ...«

»Er ist nicht da«, schneide ich ihr das Wort ab.

»Wann kommt er zurück?«

»Weiß ich nicht. Vielleicht erst morgen früh.«

Stille am anderen Ende.

»Morgen früh? Wieso glaubst du das?«

»Vater beichtet mir nicht«, fahre ich mit leiser Ironie fort. »Fragen Sie ihn doch selbst, wieso er manchmal erst morgens nach Hause kommt.«

»Was ist los mit dir, Ariel?« fragte die Frau Doktor leise.

»Nichts«, antworte ich. »Ich heiße Hipolit mit Vornamen.«

Wieder eine Pause auf der anderen Seite.

»Entschuldige, Hipolit. Ich wußte nicht ...«

»Und mein Vater heißt Henryk«, füge ich hinzu.

»Ich hatte geglaubt ...«

»Ja, bitte«, sage ich in ausgesucht höflichem Ton. »Was hatten Sie denn geglaubt, Frau Doktor?«

Ein Seufzer im Hörer, gedämpft, tief.

»Ich dachte, wir wären Freunde, Ar ... Hipolit.«

»Aber selbstverständlich, Frau Doktor« – ich bin nach wie vor die Höflichkeit in Person –, »Vater und ich hegen die aufrichtigsten Gefühle der Hochachtung und Freundschaft für Sie.«

»Richte deinem Vater aus, daß ich angerufen habe.«

»Mit Vergnügen, Frau Doktor, ich werde nicht versäumen, es ihm auszurichten.«

»Hipolit ...«

»Ja bitte, Frau Doktor?«

»Du bist ein Honigkuchenpferd.«

Ich bin sprachlos.

»Was . . . soll ich sein?« frage ich nach einer Weile.

»Ein Honigkuchenpferd.« Leises Kichern. »Und was für eins!«

Ein gräßliches Weib, nicht zum erstenmal überrumpelt sie mich mit etwas Absurdem, auf das ich keine Antwort weiß. Zum Henker, ich kann sie doch nicht fragen, was das ist, ein Honigkuchenpferd! Beleidigt sein? Etwas Patziges zurückfauchen? Oder ganz einfach loslachen?

»Wie Sie wünschen«, antworte ich verschwommen. »Ich bestelle Vater, daß Sie angerufen haben.«

»Wenn du krank wirst und eine Spritze kriegen mußt, suche ich die allerdickste Kanüle aus. Hast du gehört, du Honigkuchenpferd? Und streue Salz drauf.«

»Damit können Sie mir keine Angst machen«, erwidere ich, bemüht, mir die Erheiterung nicht anmerken zu lassen. »Für so was wird einem das Arztdiplom entzogen.«

»Honigkuchenpferd!«

Das Klirren des aufgelegten Hörers. Einen Moment lang ist mir, als höre ich noch Lachfetzen darin. Ich lege auch auf. Früher hatte ich Frau Doktor Badeńska gern, wartete ungeduldig auf ihren Besuch, als ich zwei Wochen lang mit einer Lungenentzündung kämpfte: die weißen lächelnden Zähne, der verschmitzte Blick, wunderbar kühl wandert das Hörrohr über meine glühende Brust. »Du bist todkrank, Junge, es steht schlecht um dich. Noch fünfzig, sechzig Jährchen, und du bist ganz hinüber . . .« Bis ich auf einmal durch die angelehnte Tür im Flur . . .

Ich werfe mich aufs Sofa, greife mir das Buch vom Tisch, klammere mich mit dem Blick an die schwarzen Zeilen.

Da pfeift es plötzlich.

2

Sie stand unter dem Ahornbaum, den Arm um den Stamm geschlungen; ich konnte sie nur schwer erkennen, denn sie und der Baum verschmolzen in der Finsternis zu einer dunklen Linie.

»Grüß dich, Majka«, sagte ich.

»Leise . . .«

»Es ist keiner hier.« Ich zuckte die Achseln. »Sie suchen dich ganz woanders.«

Mir wurde klar, daß ich den ganzen Abend auf ihr Pfeifen gewartet hatte, und das ärgerte mich. Nicht, daß ich an sie gedacht hätte, aber in meinem Unterbewußtsein war sie dagewesen, hatte Unruhe gestiftet. Jetzt war ich mir beinahe sicher, daß ich gewollt hatte, sie solle kommen. Gewollt? Ausgerechnet! Ich empfand durchaus keine Freude, als ich sie sah, im Gegenteil, bei dem Gedanken, daß ich mich mit ihr zusammentun sollte, ihr selbst meine Hilfe angeboten hatte, ich, der Sohn des Milizkommandanten, überkam mich Groll, beinahe Wut.

»Was willst du?« knurrte ich.

»Du mußt mich verstecken.«

Sie sagte das völlig normal, nicht mal befehlend, aber auch nicht die Spur bittend, wie zu jemandem, der ihr einfach nichts abschlagen kann.

»Ich muß dich verstecken?« fragte ich. »*Muß* ich das wirklich?«

Sie ließ den Stamm los und tat einen Schritt auf mich zu.

»Du hast es versprochen«, sagte sie ruhig.

»Gar nichts hab ich versprochen«, erwiderte ich. »Ich hab bloß gesagt, du sollst pfeifen, wenn du dich mit mir treffen willst.«

Sie trat noch näher und stand jetzt im Lampenlicht, das aus dem Fenster fiel. Ich sah, daß ihre Augen kleiner waren, fast zu Spalten verengt, wie bei einer Katze. Sie mußte unsäglich müde sein.

»Ein Wörtchen miteinander reden werden wir aber müssen«, sagte ich. »Von zu Hause abhauen, das laß ich gelten, lobenswert find ich es allerdings nicht. Außerdem . . .« – hier stockte ich kurz –, »ich hab schon allerhand über dich gehört.«

»Und zwar?«

»Nichts Feines.«

»Und zwar?«

»Du bist nicht mit leeren Händen verduftet.«

Das Schweigen dauerte ziemlich lange. Lidia Skowron zog ihren Pullover straff, dann guckte sie sich abwesend auf dem finsteren Hof um, warf einen Blick zu dem offenen Fenster.

»Wo könntest du mich verstecken?« fragte sie. »Weißt du einen Unterschlupf, wo ich zwei, drei Tage bleiben könnte?«

»Ich hab noch nicht gesagt, daß ich dir helfen will«, sagte ich kühl.

»Aber du hilfst mir«, erwiderte sie, und ich fühlte, mehr als ich es sah, daß sie lächelte. »Ich habe kein Geld von zu Hause mitgenommen und auch keine Brillanten.«

»Immerhin hast du was mitgehen lassen.«

»Ja.«

»Entweder du legst die Karten offen auf den Tisch, oder du verplemperst nur deine Zeit«, sagte ich.

»Ich hab Hunger . . .«, knurrte sie. »Wie wär's, wenn du was zu beißen rausbrächtest.«

»Wir können auch reingehen. Mein Alter muß gleich zurück sein, er wird sich freuen, wenn er dich sieht.«

»Würdest du jemand glauben, aufs Wort?«

»Kommt ganz drauf an«, entgegnete ich nach einer Pause.

»Drauf an, wem?«

»Hm.«

»Du kennst mich nicht«, sagte sie leise und zupfte am Boden ihrer Segeltuchtasche. »Das ist nicht zu ändern. Aber riskier es doch mal. Ich geb dir mein Wort: Ich hab mir nichts vorzuwerfen ... Wenigstens seh ich es so. Und ich konnte nicht anders handeln.«

»Ich weiß nicht«, stammelte ich. »Schwierige Kiste. Schön ..., mal angenommen, ich versteck dich. Was weiter?«

»Für ein paar Tage.«

»Und dann? Gehst du zu deinen Alten zurück?«

Sie kam dicht an mich heran, ich spürte die Berührung ihrer Hände auf meinen Schultern. Das dauerte eine Minute. Vielleicht zwei. Lange.

»Wenn du mir helfen willst, ist es mit dem Verstecken nicht abgetan«, sagte sie. »Ich brauche etwas mehr. Es ist wirklich eine schwierige Kiste, Hip.«

»Das Vertrauen muß gegenseitig sein«, sagte ich halblaut und horchte auf ein anschwellendes Motorengeräusch: Ob sie Vater im Milizjeep nach Hause brachten? »Ich will wissen, wo ich da mitmische.«

Die Straße wurde von Lichtern erhellt, der Wagen fuhr am Haus vorbei, seine Scheinwerfer wischten über uns hinweg.

»Ich werde dir alles sagen ... Ich versuch's wenigstens.«

Ich hatte es vorher gewußt. Ich wußte, daß sie herkommen, mich um Hilfe bitten und daß ich schließlich einwilligen würde, wenn auch nicht auf Anhieb, denn ich hatte ja auch meine Widerstände, Zweifel, kam da nicht ganz mit. Ich wußte sogar, wo ich sie verstecken würde: in der Erdhöhle.

Bohdan und ich hatten sie fast vor einem Jahr ausgehoben – einen geräumigen Kellerraum unter dem Geräteschuppen, für den Fall eines Atomkrieges oder eines Angriffs seitens der Marsbewohner und vor allen Dingen, um uns als Partisanen zu fühlen, die in genau solchen Erdhöhlen ihre Stützpunkte gehabt hatten während der Okkupation. Niemand wußte von dieser Höhle, nicht mal Prospero. Wir hatten sie gebuddelt, als er nicht zu Hause war, die Erde hatten wir vor den Garten hinausgeschleppt, der Einstieg war durch Bretter getarnt und lag unter einem Gerümpelhaufen verdeckt. Im Unterstand hatten wir ein altes Feldbett aufgestellt, einen Tisch aus Kisten und eine Petroleumlampe. Es gab dort auch eine Gasmaske, die wir mal irgendwo gefunden hatten, ein bißchen Küchengerät, einen Spirituskocher und eine Mistgabel. Letztere sollte notfalls für den Nahkampf dienen.

»Komm mit«, sagte ich. »Mein Alter kann jede Minute da sein.«

Ich führte sie in den Schuppen, räumte schweigend das Gerümpel beiseite und schob die Bretter auseinander. Ein schwarzer Spalt tat sich auf, in dem sich undeutlich die oberste Leitersprosse abzeichnete.

»Hier?«

In dieser kurzen Frage lag Panik und Angst und Mißtrauen.

»Warte hier«, sagte ich. »Bin gleich wieder da.«

Ich rannte ins Haus. Schnappte mir eine Decke, ein kleines Kopfkissen, nahm einen Schlafanzug von mir aus dem Schrank, eine Taschenlampe und eine Schachtel Streichhölzer. Ich ging in die Küche, füllte eine leere Brauseflasche mit Milch, schnitt ein Ende Schwarzbrot ab, ein paar Scheiben Fettkäse und ein Stück Schinkenspeck. Das Essen tat ich in einen Plastefrühstücksbeutel, warf zwei Äpfel dazu und eine Handvoll Bonbons.

Ich lief in den Schuppen zurück. Lidia Skowron stand vor dem Loch und starrte reglos in das Schwarz hinunter. Ich knipste die Taschenlampe an, leuchtete die Höhle aus.

»Kein Grund zum Fürchten«, sagte ich. »Ein paar Tage kann man's hier aushalten.«

»Sicherlich kann man . . .«, murmelte sie.

Ich stieg als erster nach unten, gab ihr die Hand. In der Höhle roch es feucht und modrig. Ich schmiß Decke, Schlafanzug und Kissen auf das Feldbett. Brannte die Petroleumlampe an. Dann überreichte ich Lidia den Proviantbeutel. Sie legte ihn gleichgültig auf den Tisch neben die Lampe.

»Du hattest Hunger«, bemerkte ich.

»Schon vergangen.«

Sie hob meinen Flanellschlafanzug vom Bett auf – hellblau mit weißen und gelben Tupfen. Zum erstenmal sah ich sie lächeln.

»Wie neckisch! Ein Babymuster. Hast du lauter solche?«

»Wenn er dir nicht gefällt, kann ich ihn ja wieder mitnehmen«, knurrte ich und fühlte, wie ich rot wurde.

Ich konnte diese Schlafanzüge selber nicht leiden. Prospero kaufte sie en gros, immer einen ganzen Schwung davon, fünf Stück auf einmal; um ihn nicht zu kränken, mimte ich Entzücken, schließlich und endlich geht man im Schlafanzug nicht spazieren. Demjenigen, der sie entworfen hatte, hätte ich gern einen davon verpaßt.

»Geschenkt«, sagte Lidia lächelnd. »Der Gestank ist schlimmer.«

Tatsächlich: Die Luft in der Höhle war von dem strengen Geruch faulender Pilze durchsetzt. Sie war, wie man sah, nicht als Atom- und Antimarsbunker geeignet.

»Geh doch nach Hause«, sagte ich. »Dort hast du bestimmt Luxus und Wohlgerüche in Hülle und Fülle.«

»Dort riecht es noch schlimmer«, murmelte sie. »Dann schon lieber diese feine Duftnote hier.«

Sie nahm die Tasche von der Schulter, legte sie auf die Kiste. Dann setzte sie sich auf den Rand des Feldbetts, zog die Knie an und stützte das Kinn auf die Fäuste. Im Licht der Petroleumlampe sah sie blaß, bejammernswert aus.

»Ich bin hundemüde«, flüsterte sie und schloß die Augen. »Ein einziger Schwachsinn das alles. Zwei Nächte ohne Schlaf. Zwei Tage ohne Fressen.«

»Die Menschen haben schlimmere Dinge durchgestanden. Zum Beispiel während der Okkupation. Trink deine Milch, und pack dich unter die Decke. Wir unterhalten uns morgen.«

Mit sichtlicher Anstrengung hob sie die Lider und schaute mich an. Sie hatte etwas kindlich Hilfloses an sich.

»Du wartest bis morgen?«

»So neugierig bin ich nun auch wieder nicht«, entgegnete ich.

»Ich danke dir, Hip.«

»Schon gut, Lidka.«

»Nenn mich nicht so«, bat sie. »Ich kann meinen Namen nicht ausstehen. Meine Freunde sagen Majka zu mir.«

»Schon gut Majka«, sagte ich. »Gute Nacht.«

»Ich hätte nicht gedacht . . .«

»Was?«

»Ich hätte nicht gedacht, daß ich den Sohn . . .«

36

»Eines Milizionärs um Hilfe bitten müßte?« sprach ich an ihrer Statt zu Ende und lächelte ironisch. »Stimmt's?«

»Versteh doch, Mann . . .«

»Schon kapiert«, warf ich in dem gleichen Ton hin. »Milizionär ist ein schäbiger Beruf, und wer ihn wählt, muß ein mächtiger Banause sein. Und der Apfel fällt nicht weit vom Stamm. Nicht?«

»Nein«, erwiderte sie müde. »Ich meine nur die Situation. Dein Vater sucht nach mir, und du . . . Ich hab dich da ganz schön reingeritten, Hip.«

»Ich werd es verkraften«, sagte ich. »Morgen, wenn wir uns unterhalten haben, werd ich wissen, ob du mich wirklich reingeritten hast. Gute Nacht, Majka.«

»Hip! . . . Gibt es hier . . . Ratten?«

Das hielt ich nicht aus, ich prustete los.

»Nur Bären. Sie kommen aus den Ritzen gekrochen, wenn man die Lampe ausmacht.«

Und ich kletterte die Leiter hinauf, schob die Bretter ein bißchen dichter zusammen, obwohl eigentlich niemand hier hereinkommen konnte, machte die Schuppentür zu, legte aber den Haken nicht vor: Majka-Lidka war ja nicht meine Gefangene. Ich prüfte, ob der Schein der Petroleumlampe nicht aus dem Schuppen nach draußen drang. In Ordnung.

Als ich mich hinlegte, war Vater noch nicht zu Hause.

Um sieben jagte mich der Wecker hoch. Ich drückte schnell auf die Klingel; Prospero stand noch eine Viertelstunde Schlaf zu. Er schlief gierig, schnarchte, den großen zerzausten Kopf ins Kissen gedrückt, die Arme weit von sich gestreckt. Es tat mir leid, ihn zu wecken. Ich stellte die Milch in der Küche auf, schnitt Schinkenspeck und

Käse in Scheiben. Erst dann zog ich ihm die Bettdecke weg.

»Fort, ihr Schurken!« brüllte er. »Ich hacke euch mit meinem Schwert in Stücke!«

Er hatte die Gabe, sofort munter zu werden, in Sekundenschnelle hellwach zu sein. Er sprang von der Couch, vollführte ein paar ungeschickte Kniebeugen und sauste ins Bad. Von dort drang ein Schnaufen, Prusten und Planschen zu mir. Gerötet und lächelnd, nach seinem Rasierwasser »Przemysławka« duftend, setzte er sich an den Tisch.

»Bist du spät nach Hause gekommen?« fragte ich.

»Früh, wenn man es recht betrachtet«, erwiderte er, während er Butter auf eine Schwarzbrotscheibe strich. »Wurde schon spürbar hell. Das ist ein Leben, was?«

»Krieg ist schlimmer«, antwortete ich ihm mit seinem eigenen Spruch. »Habt ihr die Ausreißerin gefunden?«

Ich war damit befaßt, die Milch einzuschenken, blickte ihn nicht an.

»Kein Gedanke!« brummte er. »Entweder sie ist nicht mehr hier, oder sie ist sehr geschickt untergebracht. Ach ja, eure Jahrgänge.«

»Sind nicht die schlechtesten. Dieser Lidia Skowron müssen sie ganz hübsch eingeheizt haben zu Hause.«

»Ich sehe, du hast dir den Namen gemerkt.« Er sah mich von der Seite an, aufmerksam, sozusagen forschend. »Übrigens hast du ihn sicherlich früher schon mal gehört. Weißt du, wer ihr Vater ist? Der Chefingenieur vom Chemiewerk in Brzezina.«

»Frau Ala hat angerufen.« Ich zog es vor, das Thema zu wechseln. »Sie interessiert sich dafür, was du in den Nächten so treibst.«

»Wieso in den Nächten?« Er griff nach der nächsten

Schnitte, vergaß die Butter und biß hinein. »Doch bloß diese Nacht . . .«

Er brach ab, wurde über und über rot, und als er es merkte, packte er wütend die Tasse und leerte sie in einem einzigen langen Zug.

»Ich kontrolliere nicht, wann du nach Hause kommst«, sagte ich mit leisem Lächeln. »Ich habe deine Freiheiten verteidigt. Du darfst doch wohl tun, was du willst.«

»Schon gut, schon gut . . .«, brummte er. »Du misch dich da nicht ein, Ariel. Ich kann mir schon vorstellen, wie du auf den Putz gehauen hast.«

»Wie meinst du das?« fragte ich harmlos verwundert.

»Du hast gewußt, daß ich dienstlich weg bin. Da war es das einfachste . . .«

Er sprach nicht zu Ende. Wischte sich den Mund an der Serviette ab und stand vom Tisch auf.

»Ich bitte dich vielmals um Entschuldigung, Vater«, sagte ich und erhob mich ebenfalls. »In Zukunft werde ich dich um genaue Instruktionen bitten, was die Telefonge-spräche mit der Frau Doktor betrifft.«

Prospero kam auf mich zu, legte mir die Hände auf die Schultern.

»Versuch doch mal zu verstehen«, sagte er leise und sah mir dabei in die Augen. »Du bist schon groß, fast ein Mann. Und merke dir, zwischen uns wird sich niemals was ändern. Nichts dran zu rütteln. Hörst du?«

»Ich höre«, versetzte ich und wich zurück. »Ich weiß bloß nicht, was diese Erklärungen sollen und worauf du hinauswillst.«

»Hab dich nicht so, Ariel. Es ist an der Zeit, daß du mir endlich sagst, was du gegen Frau Ala hast.«

»Ich – gegen? Ein Verdacht, der sich auf haltlose Indizien stützt. Ich achte und bewundere die Frau Doktor. Was ich nicht leiden kann . . ., sind Spritzen.«

Er lachte los, als nähme er meine Worte für einen Witz. Bestimmt war es bequemer für ihn, sie so aufzufassen. Er hatte es eilig; er knöpfte die Uniformjacke zu, zog das Koppel sehr straff, steckte hastig eine Schachtel Zigaretten in die Tasche.

»Heute komme ich etwas später«, sagte er, als er schon in der Tür stand. »Du brauchst kein Mittagessen für mich zu machen.«

»Und kein Abendbrot?« fragte ich.

»Und kein Abendbrot«, knurrte er, ohne mich anzublicken.

»Grüß die Frau Doktor von mir. Erzähl ihr, ich hätte Spaß gemacht und du wärst in den Nächten nur dienstlich auf Achse. Vielleicht willst du auch, daß ich sie anrufe?«

»Ich habe das Gefühl, als ob sich dein Hintern nach meinem Riemen sehnt«, sagte er grimmig.

»Bestell der Frau Doktor Grüße vom Honigkuchenpferd.«

»Von wem?«

»Sie weiß schon Bescheid.«

Die Tür schlug krachend zu. Durchs Fenster sah ich, wie er eilig in Richtung Straße davonging, vornübergebeugt, als kämpfe er gegen einen Sturm an. Ich bin ein Egoist, dachte ich, ein schäbiger kleiner Egoist, nur auf das eigene Wohl bedacht und ekelhaft gemein.

Ich machte ein paar Schnitten mit Schinkenspeck und mit Käse zurecht, goß Milch in ein Glas. Nach kurzer Überlegung schüttete ich die Milch aus dem Glas in eine flache Likörflasche um, die Brote wickelte ich in Papier ein, und das alles steckte ich in eine Wachstuchtasche.

Ich ging zum Schuppen. Schob die Fußbodenbretter

auseinander und tauchte tastend ein ins Dunkel. Die Taschenlampe knipste ich nicht an, um Majka nicht zu erschrecken.

»He«, brummte ich halblaut, »aufstehen!«

Stille. Nachdem ich ein Weilchen gewartet hatte, brannte ich die Lampe an. Das Bett war leer.

Ich mag unser Bory, obwohl es an ein Spielzeugstädtchen erinnert: der kleine Marktplatz mit dem weißen, dickbäuchigen Rathaus und ringsherum die schmalen Häuser, rosa, golden und blau, Geranien in den Fenstern, Musselingardinen; zu ebener Erde kleine Läden – Kurzwaren, Brötchen, Kinderschuhe, die Täschnerwerkstatt, der Uhrmacher. Diese Farben und dieser Glanz, das Weiß des Rathauses, ja sogar die musselinumrahmten Geranien, das alles nahm erst vor einem Jahr seinen Anfang, als Herr Rybka zum Stadtvater von Bory ausersehen wurde. Vorher war der Markt schmutziggrau, der Platz von Fahrspuren zerfurcht, die Häusermauern scheckig von Stockflecken und Rissen. Herr Rybka rief zum »Aufstand gegen die Häßlichkeit« auf. Er rannte zu den Behörden im Kreis, dann zu den Bezirksbehörden, ergatterte Extrazuwendungen, überzog die bewilligten Summen, wäre fast vor Gericht gekommen. Dabei hatten den Großteil der Auräumungs- und Konservierungsarbeiten ohnehin die Einwohner von Bory in gesellschaftlicher Arbeit, unentgeltlich geleistet. Unsere Schule nahm sich den Marktplatz vor; wir schütteten die Fahrspuren und Löcher zu, pflanzten zwei Reihen junger Bäume, unter Anleitung unseres Physiklehrers reparierten wir die historische Pumpe, die wohl an die hundert Jahre nicht mehr in Betrieb gewesen war. Die Blumenrabatte auf der Rückseite des Rathauses war auch unser Werk.

Herr Rybka, ein zierliches nervöses Männlein mit Sperbernase und fest zusammengekniffenen Lippen, ließ es nicht bei dem Marktplatz bewenden. Er knöpfte sich auch die Nachbargassen vor und brachte Farbe und Licht hinein, glättete die holprigen Straßendecken, fegte die plumpen Anbauten und faulenden Zäune hinweg. »Das Befinden eines Menschen hängt von der Schönheit des Ortes ab, an dem er lebt«, sagte er auf einer Veranstaltung in unserer Schule. »Die Menschen sind wie Pflanzen: In Dunkelheit, Gestank und Schmutz gedeihen sie nur kümmerlich, gehen ein, ohne geblüht zu haben. Zum Blühen brauchen sie Licht, Sauberkeit und Farbe. Ich möchte, daß Bory zu einer Stadt blühender Menschen wird.« – »Große Worte«, murmelte Leszek damals, doch es zeigte sich, daß etwas dran war – seit es bei uns bunt, sauber und hell ist, sind die Leute irgendwie anders geworden: mehr freundliche Gesichter auf den Straßen, weniger betrunkene Kerle auf dem Markt. Deren Zahl nahm auch deshalb ab, weil Herr Rybka den Alkoholverkauf im »Gasthaus zur Gans« am Markt verbot und gleichzeitig Herrn Klocek, den Koch, ermunterte, seine Kunst mit einem stattlichen Repertoire an altpolnischen Gerichten unter Beweis zu stellen. Herr Klocek, geschmeichelt und bei seinem Ehrgeiz gepackt, setzte Bory und die durchreisenden Touristen mit seiner Ente mit Äpfeln, seinen Kaldaunen in Bouillon, seiner Biersuppe und seinem Lendenbraten à la Klocek in Erstaunen, den Prospero über alles liebte.

Ich blieb vor der Uhrmacherwerkstatt stehen. Durch die schmale Schaufensterscheibe sah ich Herrn Tadeusz hingebungsvoll im Bauch einer altmodischen Uhr herumwühlen, deren Zifferblatt von einem Messingnymphenreigen umrahmt war. Ich stieß die Tür auf. Silberhell ertönte ein Glöckchen, und Herr Tadeusz sah von seiner Uhr auf.

»Sei gegrüßt, junger Mann«, sagte er. »Was ist dein Begehr?«

Ich holte den Wecker aus der Tasche und stellte ihn auf den Ladentisch.

»Auf den ersten Blick scheint alles in Ordnung, er geht, und er klingelt. Aber von Zeit zu Zeit spurt er nicht. Er bleibt zum Beispiel eine Viertelstunde lang stehen und geht dann wieder, ohne daß er geschüttelt werden muß. Oder er klingelt eine Stunde zu früh.«

»Was du nicht sagst.« Herr Tadeusz schaute sich interessiert den Wecker an. »Sieht gar nicht aus, als ob er frustriert wäre, ein durchaus normaler Zeitmesser . . .«

»Wonach sieht er nicht aus?« fragte ich.

»Frustration ist eine psychische Störung, ausgelöst durch Mißerfolge und Behinderung bei der Erreichung eines Ziels«, klärte er mich auf. »Wir sind alle ein bißchen frustriert.«

»Auch die Uhren? Mir können Sie nichts weismachen, Herr Tadeusz.«

»Ich denke gar nicht daran«, erwiderte er. »Ich sag bloß, wie's ist. Nicht nur die Menschen haben einen Charakter, eine Persönlichkeit. Die Uhren haben so was auch. Die da zum Beispiel« – er wies auf die Uhr mit den Nymphen –, »die hat ihre hundertfünfzig Jahre auf dem Buckel, und das Werk ist bestens in Ordnung. Und trotzdem . . .« – er fuhr sich mit dem Handrücken über die Glatze, strich den roten Haarkranz glatt –, »will sie nicht gehen.«

»Wieso nicht?«

»Ich weiß es nicht.«

»Wenn sie nicht geht, heißt das, daß eben doch etwas nicht in Ordnung ist. Sie haben einfach den Fehler nicht gefunden.«

»Ich?!« rief Herr Tadeusz entrüstet. »Ich und den Fehler

nicht finden! Ich habe ihn nicht gefunden, weil es ihn nicht gibt, und was es nicht gibt, kann nicht mal ein Salomo finden. Das Werk funktioniert.«

»Also muß sie gehen«, sagte ich entschieden.

Herr Tadeusz lächelte, strich sich wieder mit der Hand über die Glatze, nahm den Wecker vom Ladentisch und stellte ihn ins Regal.

»Morgen nachmittag ist er fertig. Falls ich den Fehler finde.«

»Entschuldigen Sie«, ließ ich mich kleinlaut vernehmen. »Niemand bezweifelt, daß Sie ein glänzender Uhrmacher sind.«

»Ich schon.« Herr Tadeusz seufzte, blickte finster zu der Nymphenuhr hinüber. »Als ich jung war, glaubte ich alles über die Uhren zu wissen. Von Jahr zu Jahr kommen mir mehr Zweifel...« Er sah von der Uhr weg zu mir. »Was würdest du sagen, wenn man dir ein Chronometer zeigte, das ideal, auf die Sekunde genau geht... Du nimmst den Deckel ab, guckst hinein..., leer.«

»Wie leer?«

»Leer«, wiederholte er. »Kein Werk drin. Ein schwarzes Loch, und von da kommt ein Ticken, und auf der anderen Seite das Zifferblatt, die Zeiger und die genaue Zeit.«

»Nichts Weltbewegendes.« Ich zuckte die Achseln. »Ich habe mit eigenen Augen gesehen, wie einer ein lebendiges Kaninchen an den Ohren aus einem leeren Zylinder zog.«

»Im Zirkus?«

»Ja.«

»Der Trick mit der Uhr stammt auch aus dem Zirkus«, sagte er lachend, und sein Augenlid zuckte, als zwinkerte er mir zu. »Dein Freund!«

Vor dem Schaufenster ging Bohdan vorbei. Er blieb stehen, warf einen Blick herein, wandte schnell den Kopf, steckte die Hände in die Hosentaschen und ging weiter. Bestimmt hatte er mich bemerkt.

»Um wieviel Uhr kann ich mir den Wecker holen?« fragte ich.

Herr Tadeusz trat hinterm Ladentisch hervor und stellte sich neben mich, während er sich mit dem linken Handrücken die Glatze massierte. Er stieß fast an meinen Ellenbogen.

»Schlecht«, sagte er leise. »Sehr schlecht.«

»Wovon reden Sie?« brummte ich.

Er antwortete nicht sofort. Er hörte auf, seine Glatze zu reiben, holte eine Schachtel »Sport« aus der Hosentasche, angelte eine Zigarette heraus, drückte sie bedächtig zwischen den Fingern zurecht und setzte sie, mit einem großen Sturmfeuerzeug schnipsend, in Brand.

»Schlecht, daß das in die Brüche gegangen ist zwischen euch. Den Grund kann ich mir schon denken. Alle wissen, daß ihr Freunde wart, wo Hip war, da war auch Bohdan, und umgekehrt . . .«

»Tja und?« sagte ich kühl, beinahe feindselig. »Finden Sie nicht, daß sich die Leute allzusehr für andere interessieren?«

»Finde ich nicht«, erwiderte er. »Es kommt immer auf die Beweggründe an. Ich hab mal gelesen, in Amerika hilft kein Passant einem anderen, dem auf der Straße schlecht wird. Nicht mal, weil es ihnen an Freundlichkeit fehlt. Dort herrscht das Prinzip, sich nicht in fremde Angelegenheiten einzumischen, und die Gesetze begünstigen das: Hilfst du jemandem, dann klagt der dich womöglich an, du hättest ihn geschädigt, und du zahlst dein Lebtag dafür. Bei uns liegen die Dinge ganz anders.«

»Allzu anders«, bemerkte ich. »Überall drängeln sie sich rein, ohne anzuklopfen.«

»Das passiert«, pflichtete er mir bei. »Manchmal aus Sensationslust, aus Neugier, um ein Thema zu haben, über das sie die Zungen wetzen können. Das ist widerlich. Manchmal braucht einer aber auch einen anderen Menschen, doch er ruft nicht, streckt nicht die Hand aus. Dann darf man ungerufen kommen. Muß man eingreifen.«

»Wissen Sie was, Herr Tadeusz? Wenn es danach ginge, wäre alles erlaubt. Da zieh ich es schon vor . . .«

». . . daß sich niemand einmischt in den Konflikt zwischen Bohdan und dir«, sprach er für mich zu Ende. »Und weshalb? Weil du dich verrannt hast und weil er sich verrannt hat. Aber was habt ihr mit den Angelegenheiten eurer Väter zu schaffen? Wie könnt ihr Einfluß nehmen? Gar nicht. Wenn Bohdans Vater tatsächlich dieses Geld von Rowiński genommen hat . . .«

»Davon weiß ich nichts«, unterbrach ich ihn. »Ich will es nicht wissen. Hören Sie?«

Eine lange Weile war die Werkstatt vom Ticken der Uhren erfüllt, das durch nichts gestört wurde.

Herr Tadeusz streichelte seine Glatze mit den Fingerspitzen. Ich sah durch die Scheibe, hinter der Menschen vorüberglitten, wie die Kupferkuppel des Rathausturms funkelte und gemächlich ein Leiterwagen mit einem frischen Heuberg obenauf vorbeirollte.

»Haltet euch fern von unserer Welt, solange ihr könnt«, sagte Herr Tadeusz leise. »Eines Tages steigt ihr sowieso da ein, aber je später, um so besser für euch.«

Er gab mir die Hand, sie war kalt und spröde.

»Gehen Sie heute auf Hechtfang?« fragte ich.

»Selbstverständlich. Endlich weiß ich, wo sich die Viecher verstecken. Die Erde soll mich verschlingen, wenn ich heute nicht einen Riesen fange!«

Ich verließ die Werkstatt, schwang mich aufs Rad. Als

ich mich von der Bordsteinkante abstieß, bemerkte ich in einer Haustür auf der anderen Seite des Platzes zwei Jungengestalten. Sie standen im Schatten, und ich sah sie nur für den Bruchteil einer Sekunde, doch ich erkannte sie sofort: Bohdan und Leszek.

Als ich am Milizgebäude vorbeifuhr, kam gerade Sergeant Bilski heraus. Er winkte, ich hielt an.

»Weißt du nicht, wo dein Vater steckt?« fragte er.

Er war groß, schlank, spielte im linken Flügel des SC Brzezina, der besten Mannschaft unseres Kreises, die sich um den Aufstieg in die B-Klasse bewarb. Bei den Ausscheiden in diesem Jahr hatte Brzezina große Aufstiegschancen: auf vier bestrittene Spiele drei Siege und ein Unentschieden. Von den siebzehn Toren, die gefallen waren, kamen sechs auf Bilskis Konto, vor einer Woche hatte ich so für ihn geklatscht, daß mir die Hände brannten.

»Ich weiß nicht«, erwiderte ich. »Vielleicht zur ärztlichen Untersuchung?«

Bilski verkniff sich ein Lächeln und drohte mir mit der Faust.

»Sieh dich vor, Kleiner! Sonst macht dein Vater Hackfleisch aus deinem Hintern.«

»So klein nun auch wieder nicht«, brummte ich.

»Stimmt«, gab er zu. »Wika kann es bezeugen. Ich hab euch gesehen gestern, wie ihr geflirtet habt am See. Sand, Sonne . . .«

»Und Sie haben ein bombensicheres Tor vermasselt. Zehn Meter Entfernung und gegen den Pfosten!«

»Stimmt«, er seufzte. »Hätte ich nicht gepennt, hätten wir das verdammte Spiel gewonnen. Was recht ist, muß recht bleiben, Kleiner.«

Seine Miene verfinsterte sich, er tat mir plötzlich leid.

Einen einfachen Schuß hatte er verpatzt, aber er hatte in diesem Spiel zwei unglaubliche Tore geschossen.

»Ein Unentschieden gegen Podgórze ist auch ein Erfolg«, bemerkte ich. »Alle hatten Angst, ihr würdet verlieren. Und ihr hättet verloren, wenn nicht Ihr Tor gekommen wäre, zwei Minuten vor dem Abpfiff.«

Er klopfte mir auf die Schulter, daß es mir fast den Atem verschlug.

»Ohne Süßholzgeraspel, Kollege«, sagte er. »Falls dir dein Vater über den Weg läuft, bestell ihm, es liege eine Meldung über Lidia Skowron vor. Der Förster hat sie heute frühmorgens in der Nähe des Sees gesehen. Die Personenbeschreibung paßt. Sie hat sich aus dem Staub gemacht, also ist sie es. Und das würde bedeuten, daß sie nicht vorhat, die Gegend hier zu verlassen.«

»Unnötiger Aufwand.« Ich zuckte die Achseln. »Die strolcht ein bißchen im Wald rum und geht wieder zurück nach Hause.«

»Glaub ich auch. Aber ihr Vater macht einen Riesenrabatz. Das einzige Kind, Ingenieurstöchterlein ... Schon dreimal hat er angerufen.«

Er zwinkerte mir zu und ging weiter, die Allee entlang in Richtung Marktplatz. So eine Irre, dachte ich und ließ langsam die Pedale rotieren, entweder die hat sie nicht mehr alle, oder ... Mehr fiel mir dazu nicht ein, aber ich erinnerte mich jetzt wieder an die beiden Gestalten in der Haustür, und mir wurde heiß, ich trat kräftig in die Pedale, beugte mich tief über den Lenker. Mein Freund, mir wohlgesinnt ... Ein Spitzel! Hält es heimlich mit Bohdan, und zu mir kommt er gerannt, um herumzuschnüffeln, um herauszukriegen, was mir über den Fall Liwicz bekannt ist. Ich möchte gar zu gern wissen, ob sie kapieren, daß ich sie gesehen habe. Verräter! Also deshalb ist er mir damals nachgelaufen, deshalb verabredet er sich mit mir, kommt angefahren, täuscht Freundschaft vor ...

Immer wütender raste ich weiter. Erst kurz vor unserem Haus fuhr ich langsamer.

Hinter dem Gartentor, in den Sträuchern, bewegte sich was.

»Hip ... Ich bin es ...«

»Maijka?« fragte ich und war froh, ich weiß selbst nicht, warum.

»Majka?« Aus dem Gebüsch tauchte Wika auf, in dunkelgrünen engsitzenden Hosen und einer weißen Bluse mit Spitzenbesatz. »Ich wollte schreien, dich erschrecken, aber ich hab mich nicht recht getraut. Was meinst du für eine Majka, Hip?«

Ich lenkte in aller Ruhe das Rad bis zum Haus, lehnte es gegen die Wand.

»Majka Bielawska«, sagte ich. »Mir war, als hätte ich sie vor einer Viertelstunde hier entlangfahren sehen. Ich dachte, sie wäre es.«

»Majka Bielawska ist an die See gefahren. Ich wußte gar nicht, daß du mir ihr befreundet bist.«

»Wenn ich es wäre, wüßte ich, daß sie verreist ist. Ich sage dir doch, es kam mir nur so vor. Und was machst du hier? Willst du was?«

»Schon möglich ...«

Sie zog ihr Fahrrad aus den Büschen und stellte es neben meins an die Mauer. Mir schien, als wäre sie verwirrt, und ich glaubte auch den Grund zu erraten.

»Willst du was über Bohdans Vater hören?« fragte ich gelassen. In ihren großen dunklen Augen las ich eine so hilflos-ehrliche Verwunderung, daß ich mich unbehaglich fühlte. Sie stand mir gegenüber, leicht gerötet, den langen Schatten ihrer Wimpern auf den Wangen.

»Ich bin gekommen, um dich um Entschuldigung zu bitten«, sagte sie leise, fast flüsternd. »Für gestern. Ich wollte dich nicht kränken, Ariel. Aber du . . .«

»Aber ich?«

»Du hast wirklich gedacht, ich wäre auf Bohdans Befehl zu dir gekommen? Und jetzt wieder. Warum?«

Plötzlich dachte ich, daß ich überempfindlich, mißtrauisch sei, daß ich Wika grundlos angriff, wie der letzte Ochse, da fielen mir die beiden Gestalten in der Haustür am Markt wieder ein.

»Weil du die Schwester von Leszek bist«, stieß ich zwischen den Zähnen hervor.

Jetzt war nicht nur Verwunderung, sondern Fassungslosigkeit in ihren Augen.

»Leszek . . ., dem glaubst du auch nicht?!«

Ich riß mich zusammen: Das war eine Sache, die zwischen Leszek und mir ausgetragen werden mußte, ohne Vermittler, unter vier Augen.

»Seine Schwester und das ganze Gegenteil«, brummte ich, ohne Wika anzusehen. »Früher warst du anders.«

»Wie denn, Ariel?«

»Da lag dir nichts dran, allen zu gefallen.«

»Und deshalb bin ich jetzt das Gegenteil von Leszek?«

Ich spürte etwas wie Ironie, beinahe Bitterkeit in ihrer Stimme. Ich hob den Kopf und blickte sie an. Sie hatte die Lippen fest zusammengekniffen.

»Früher warst du anders«, wiederholte ich unsicher.

»Dafür ist Leszek immer derselbe.« Wieder Ironie, Spott. »Der getreue Gefährte, der ergebene Freund. Ihm lag nie daran, allen zu gefallen. Ja?«

»Was willst du eigentlich?« fragte ich.

»Du bist ein großer Menschenkenner«, sagte sie zornig. »›Verdienter Psychologe des Volkes‹ wäre der richtige Titel für dich. Ich will, daß man mich mag, kapiert? Seit ich zurückdenken kann, haben meine Eltern Leszek vorgezogen, ich rangiere immer an zweiter Stelle, bei allem. Na, und jetzt nehm ich mir eben auch meinen Teil. Aber glaub bloß nicht, daß mir an allen gleich viel liegt. Und deshalb . . . Deshalb . . .«

Sie stockte, kehrte mir den Rücken zu. Ich sah, wie sie zum Haus ging, ihr Fahrrad nahm, es ans Gartentor schob.

»Warte, Wika«, sagte ich. »Wir müssen uns doch nicht gleich streiten. Hast du Lust auf Tee mit Kirschkonfitüre?«

»Ja«, erwiderte sie nach einer Weile.

Wir saßen an dem kleinen runden Tisch in meinem Zimmer. Wika kratzte mit dem Teelöffel die Reste der dunkelroten Masse von der Untertasse, das Glas war schon leer, betrübt sah sie es an.

»Mein Vater und ich, wir haben eine bestimmte Theorie«, sagte ich, während ich den heißen Tee schlürfte. »Selbst wenn du den ›Hamlet‹ nicht gelesen hast, hast du bestimmt schon mal den berühmten Spruch ›to be or not to be‹ gehört. Wenn man den Text wörtlich übersetzt, heißt das: sein oder nicht sein. Prospero behauptet nun aber, in den späteren Auflagen wären die Satzzeichen falsch eingesetzt worden, und Shakespeare hätte vermutlich geschrieben: ›To be or not? To be!‹ Verstehst du?«

»Nicht ganz.« Wika starrte noch immer auf das leergelöffelte Glas.

»Shakespeare liebt das Leben, er besang es«, sagte ich. »Auf die Frage: ›Sein oder nicht?‹ hatte er die Antwort: ›Sein!‹ Sein Hamlet muß ein Mann gewesen sein, und man hat ihm zum Trottel gestempelt durch dieses ›sein oder nicht sein‹ . . . Meinst du nicht, daß mein Vater recht haben könnte?«

Wika rutschte von ihrem Stuhl auf die Couch hinüber,

schlug die Beine unter. Ich setzte mich ihr gegenüber, wie in alten Zeiten, als wir noch Kumpel waren, legte mir ein Plüschkissen unter den Ellbogen.

»Findest du, wenn einer zögert, ist er kein richtiger Mann?« fragte sie.

»Ein Mann muß immer wissen, was er will. Sonst bringt er es zu nichts.«

»Mein Alter fragt in allen Dingen meine Mutter um Rat«, sagte sie und griff nach dem anderen Kissen aus grünem abgeschabtem Plüsch. »Ohne sie würde er nicht einen Schritt tun. Und Mama behauptet, so soll es auch sein, weil sie ein Gespann sind.«

»Fragen sie euch auch um eure Meinung?« sagte ich lächelnd. »Ihr seid doch eine Familie.«

»Leszek und ich interessieren uns nicht für ihren Kram. Die Probleme, die die haben... Was hat das mit uns zu tun?«

Mir fiel mein Gespräch mit Herrn Tadeusz ein, seine Warnung, sich nicht in die Welt der Erwachsenen einzudrängen. Und sofort dachte ich an Frau Ala, daran, daß Vater heute nicht zum Abendbrot dasein, daß er spät nach Hause kommen würde...

Nicht meine Sache! Nein? Meine und auch wieder nicht, weiß der Teufel, was man davon halten soll. Prospero gehört mir, ich will keine Teilhaber, es geht ihm doch nicht schlecht bei mir, wir verstehen uns ohne Worte, es fehlt uns nichts... Mir fehlt nichts. Aber ihm? Offenbar fehlt ihm doch etwas, wenn er schon den zweiten Abend in dieser Woche mit der Frau Doktor verbringt.

»Was hast du, Ariel?«

»Nichts«, erwiderte ich. »Nur ein paar dumme Gedanken.«

Wika rückte näher heran, so nah, daß ich ihren warmen Atem auf meiner Wange spürte.

»Ich versteh dich«, flüsterte sie. »Das tut weh, Ariel, mir würde es auch weh tun, jedem. Aber sie sind ganz einfach blöd.«

»Wer?« fragte ich.

»Die einen wie die anderen. Die, die es dir übelnehmen, und die, denen du leid tust. Mich kratzt es zum Beispiel nicht, wenn sie schlecht über die Privathändler reden. Ich weiß sowieso, sie beneiden mich, daß mein Vater einen Laden hat.«

So ein Blech, dachte ich trübsinnig, Himmel, was redet sie bloß für ein Blech zusammen.

»Lassen wir das«, sagte ich kurz.

Wika legte sich auf den Rücken, stopfte sich das Kissen unter den Kopf.

»Du wirst mal Ingenieur«, sagte sie, »oder Arzt . . .«

»Arzt nie im Leben«, knurrte ich.

»Wieso nicht?«

»Weil ich Spritzen nicht leiden kann. Ich krieg nicht gern welche, und ich geb nicht gern welche. Außerdem bin ich nicht gern hilflos, und in dem Beruf ist man das auf Schritt und Tritt. Nicht mal einen simplen Schnupfen kann man kurieren, von Krebs oder allen möglichen Geisteskrankheiten ganz zu schweigen. Was ist das schon für ein Vergnügen, zusehen zu müssen, wie die Menschen sich schinden, und nicht helfen zu können? Da zieh ich mir eine konkrete Arbeit vor, bei der es nur auf einen selbst ankommt.«

»Mir schwant, daß du nicht bloß deshalb kein Arzt werden möchtest.« Ich bemerkte ein Lächeln um ihre Lippen. »Nimm's nicht so tragisch . . .«

Sie brach ab, ihr Glück. Noch ein Wort, und ich hätte

ihr gesagt, sie solle verschwinden. Mit Mühe fing ich mich wieder. Einen Kasatschok pfeifend, holte ich den Globus vom Regal über der Couch, schubste ihn mit dem Zeigefinger an und ließ ihn kreisen.

»Wo fahren wir hin?« fragte ich.

Wika fing an zu lachen; das war unser altes Ratespiel.

»Ich hierher.« Sie stieß aufs Geratewohl den Finger vor, ihr Fingernagel spießte ins Zentrum von Afrika und stoppte den Globus.

»Mir zu heiß«, brummte ich und tippte auf Tibet.

»Mir zu hoch«, konterte sie und versetzte den Globus erneut in Drehung.

Da wurde mir plötzlich klar, daß ich die ganze Zeit über nicht aufgehört hatte, an Majka zu denken. Wo war sie? Warum hatte sie sich verdrückt?

Wika sagte etwas, ich hörte es nicht. Sie stand von der Couch auf. »Ich muß wirklich gehen, Ariel. Um sechs sollte ich zu Hause sein, jetzt ist es sieben. Treffen wir uns morgen?«

Sie sah mich irgendwie merkwürdig an, ihr Mund war leicht geöffnet.

»Ich denke schon«, gab ich zur Antwort. »Aber ruf vorher an, falls ich nicht da bin.«

»Und du bist mir auch nicht mehr böse?«

»Nein.«

»Kein bißchen mehr? Wird es wieder wie früher?«

»Es kann nicht mehr sein wie früher. So was gibt es nicht.«

»Um so besser, Ariel . . .« Sie ließ die Stimme in der Schwebe, und wieder fühlte ich, daß sie mich auf eine besondere, beunruhigende Art anblickte, dann lief sie hinaus.

Durchs Fenster sah ich, wie sie den Weg zur Chaussee

entlangging, ihr Damenrad behutsam haltend, als führe sie es zum Tanz. Als sie hinter den Kiefern verschwunden war, hörte ich es zweimal kurz pfeifen.

Majka wartete in der Nähe des Schuppens auf mich, von den Schlehdornbüschen verdeckt. In ihrem Gesicht war keine Spur von Reue oder der Absicht, mich um Verzeihung zu bitten. Sie sah mich einfach an und kaute an einem grünen Schößling.

»Grüß dich«, sagte sie halblaut. »Da wär ich wieder.«

»Du hast mich reingelegt«, sagte ich. »Heute früh war ich mit meinem Vater hier, um dich in Ketten zu legen, und was seh ich da: Die Höhle ist leer. Aber diesmal entwischst du mir nicht, der Garten ist umstellt.«

»Spar dir die Rede«, sagte sie lächelnd. »Ich weiß, daß du allein zu Hause bist. Ich warte seit einer Stunde, daß die Mieze endlich abzischt. Du bist ein Herzensbrecher, Hip, hast Schlag bei hübschen Mädchen.«

»Dein Herz werd ich bestimmt nicht brechen«, versicherte ich ihr trocken.

»Ich bin auch nicht hübsch. Dafür irrsinnig hungrig. Rette mich, Vater!«

»Fällt flach«, sagte ich. »Du mußt dich nach einem anderen Komplizen umsehen. Ich steige raus aus dem Spiel.«

»Du bist doch noch gar nicht eingestiegen«, sagte sie seelenruhig. »Wozu das Geschrei, Ariel, guter Geist der Luft?«

»Wie? Was?« Das verschlug mir die Sprache. »Du hast gelauscht?«

»Kann ich dafür, daß das Fenster offenstand und deine Mieze so eine glockenhelle Stimme hat? Übrigens, ein hübscher Deckname, paßt zu dir. Bloß die Story mit Hamlet ist mächtig weit hergeholt, wenn es wirklich so wäre . . .«

»Es reicht«, fiel ich ihr ins Wort. »Verpfeif dich, Kindchen.«

»Ausgeschlossen. Sei ein richtiger Mann und schaff was zu essen her.«

Mit einem Satz war ich bei ihr, packte sie am Handgelenk und drehte ihr blitzartig den Arm nach hinten: ein einfacher und wirksamer Griff, aus dem man sich unmöglich befreien kann.

»Du hat es so gewollt. Ab aufs Revier.«

»Du tust mir weh«, knurrte sie. »Du bist grausam, Ariel.«

»Klappe!«

»Dafür bist du ein richtiger Mann. Echt schade, daß ich gezwungen bin . . .«

Sie sprach nicht zu Ende. Ich flog in die Luft und landete auf dem Rücken, glücklicherweise weich, im Radieschenbeet. Sofort sprang ich hoch, wütend, wußte nicht, wie mir geschehen war.

»Nimm dich in acht«, warnte sie mich. »Jetzt weißt du, daß ich Judo kann.«

Mein hundertprozentiger Griff, verdammt . . . Ich ballte die Fäuste, trotz allem bereit, anzugreifen, ohne mich um ihre Kunststückchen zu scheren.

»Ich mach Mus aus dir!« zischte ich.

»Du willst ein Mädchen schlagen?«

Ich kam zur Besinnung, ließ die Arme sinken.

»Hau ab«, sagte ich. »Sieh zu, daß du Boden gewinnst!«

Sie rührte sich nicht vom Fleck. Langsam zog sie den Pullover straff, strich sich die Haare glatt, rückte das weinrote Band zurecht.

»Laß gut sein, Ariel«, sagte sie mit leiser, müder Stimme. »Ich hab nicht die Kraft, mit dir Krieg zu führen. Wir wollten uns unterhalten.«

»Heute morgen . . .«

»Ich wollte es vermeiden, dich da hineinzuziehen. Ich hab's nicht geschafft, leider. Kaum war ich am See angelangt, da hat mich schon so ein Kerl erkannt, wahrscheinlich ein Forstarbeiter: ›Skowron, halt, Skowron?!‹« Sie verzog finster das Gesicht. »Jedenfalls mußt du mir helfen, Vater. Gehen wir in die Höhle?«

»Ins Haus. Mein Vater kommt erst spätabends zurück, du hast nichts zu fürchten.«

Ich schloß das Fenster in meinem Zimmer, zog die Gardine vor. Majka streifte den Pullover über den Kopf, sie trug ein T–Shirt darunter.

»Ein Haus.« Sie seufzte und schloß die Augen. »Nur drei Tage Herumvagabundieren, und schon kommt dir ein Haus wie der Himmel vor. Die dreckige Zivilisation hat uns zu Sklaven gemacht, zu hilflosen Stubenhockern . . .« Sie hob die Augen, sah mich an. »Sei ein Mensch, erlaub mir, mich zu waschen, und mach was zu essen.«

Während ich die Kohlsuppe aufwärmte, hörte ich ein munteres Plätschern im Bad, ein Prusten, wohliges Stöhnen. Endlich kam sie heraus – rosig, frisch.

»Iß«, sagte ich und schob ihr den Teller hin.

Im Handumdrehen hatte sie die Kohlsuppe verdrückt, das gleiche machte sie mit dem Nachschlag, der Scheibe Brot, dem Schinkenspeck und dem Käse. Voller Entsetzen dachte ich daran, daß wir nichts mehr zum Frühstück haben würden, aber bei der dritten Schnitte gab sie es auf, rekelte sich genüßlich.

»Das Leben ist schön, Ariel! Besonders mit vollem Magen.«

Wir verließen die Küche und gingen in mein Zimmer hinüber. Majka schmiß sich auf die Couch, genau an die

Stelle und in der Pose wie vor einer Stunde Wika – auf den Rücken, das Kissen unter dem Kopf.

»Das Leben ist schön«, wiederholte sie. »Hast du Zigaretten?«

»Ich rauche nicht«, sagte ich.

»Ich auch nicht. Aber ich hab mal gelesen, nach einer großen Anstrengung ist eine Zigarette ein Hochgenuß. Ich wollte wissen, ob das stimmt. Stört es dich gar nicht, wenn ich mich auf deiner Couch herumsiele?«

»Nein.« Ich setzte mich auf einen Stuhl, schlug die Beine übereinander. »Höchste Zeit, daß wir uns unterhalten. Also?«

Sie stützte sich auf die Ellenbogen. Ihr Gesicht wurde finster, beinahe häßlich. Sie sah mich nicht an. Abwesend ließ sie den Blick über den Schreibtisch, die Bücherregale, die große Europakarte an der Wand neben dem Ofen schweifen. Das dauerte eine ganze Weile, aber ich drängelte nicht, sondern wartete ruhig, wenn auch nicht ohne Spannung.

»Hast du schon was über meinen Vater gehört?« fragte sie plötzlich.

»Nicht viel. Ich weiß nur, daß er Chefingenieur beim Chemiewerk in Brzezina ist.«

»Stimmt«, gab sie finster zu. »Der große Ingenieur des großen Werks. Überhaupt..., ein großer Mann von außergewöhnlichem Format, wie mal in der Zeitung stand. Im übrigen will ich nicht bestreiten, Talent hat er, und ackern kann er auch.«

Sie brach ab, als hätte etwas im Bücherregal sie stutzig gemacht.

»Es arbeitet noch ein anderer Ingenieur mit ihm zusammen«, fuhr sie nach einer Weile fort. »Auch ein ausgezeichneter Fachmann, Chemiker. Seine Tochter Joanna ist meine beste Freundin. Aber das ist nicht das Wichtigste. Obwohl . . . Nein. Wenn ich nicht mit ihr befreundet wäre, hätte ich genauso gehandelt.«

»Wärst durchgebrannt?« fragte ich.

»Sie sind auch miteinander befreundet«, erzählte sie weiter, als hätte sie meine Frage nicht gehört. »Oder vielmehr, sie waren befreundet, von früher her, noch aus ihrer Studentenzeit, Herr Radziej und mein Vater . . .«

3

Es gibt schon solche Freundschaften, die auf Gegensätzlichkeiten beruhen – Antoni Skowron: energisch, gewandt, geistreich, der in kühnem Sturm die gefährlichsten Prüfer für sich gewinnt, sich draufgängerisch das Wohlwollen der Kollegen und die Herzen der Kolleginnen erobert, und Jerzy Radziej: schüchtern, unbeholfen, voller Scheu, der sich abseits hält, immer über etwas nachzugrübeln scheint.

»Ist dein Vater vielleicht ein Verwandter des berühmten Bergsteigers Skowron?« fragte ich. »Der in den Alpen drei seiner Kameraden, einen Polen, einen Franzosen und einen Schweden, gerettet hat? Ich hab in dem Buch ›Gipfelstürmer‹ darüber gelesen.«

»Allerdings«, sie lächelte, »sogar ein sehr naher Verwandter, das ist er nämlich selbst.«

»Dein Alter?!« Es hob mich regelrecht aus meinem Stuhl. »So ein Mut, mir ist schon beim Lesen die Luft weggeblieben!«

»Mut . . .«, wiederholte sie in einem merkwürdigen Ton. »Heldenmut . . . In den Bergen ist es offenbar keine Kunst, mutig zu sein.«

»Was faselst du da?« empörte ich mich.

Sie setzte sich auf der Couch auf, schlug die Beine unter, stützte das Kinn auf die Knie, die sie mit den Armen umschlang.

»Lange her«, sagte sie. »Das war vor sechzehn Jahren. In sechzehn Jahren kann sich die Welt verändern, daß man sie nicht mehr wiedererkennt, und dann erst ein Mensch. Im übrigen, mein Vater hat sich vielleicht gar nicht so geändert, obwohl er das Bergsteigen längst an den Nagel gehängt hat. Er behauptet, man kann nicht gleichzeitig Bergsteiger und Chefingenieur einer Riesenfabrik sein. Im Sessel sterben die Muskeln«, sagte sie mit schiefem Lächeln, »und der Bauch wächst.«

»Du liebst deinen Vater nicht?« fragte ich halblaut.

»Geh mir von der Pelle!« fauchte sie. »Du kapierst überhaupt nichts. Mein Alter...«, sie stockte kurz, »...er muß so sein, wie ich ihn mir vorgestellt habe, wie er früher war... Oder er ist nie so gewesen. Er muß, verstehst du?«

»Nein«, antwortete ich. »Vorläufig versteh ich gar nichts.«

Majka schwieg. Sie starrte zu den Regalen und rieb sich rhythmisch ihr Kinn an den Knien. Ihre Arme waren sonnengebräunt, schlank, muskulös wie Jungenarme. Das helle Haar, das sie im Bad gebürstet hatte, glänzte jetzt.

»Joanna ist meine beste Freundin, seit fünf Jahren«, ließ sie sich schließlich vernehmen. »Sie sieht Herrn Radziej ähnlich. Schlank, zart, Augen wie eine verschreckte Katze. Sie spricht wenig, leise, aber sie hat Sinn für Humor. Rundum entdeckt sie Dinge, die zum Lachen sind, sogar dort, wo alles trübsinnig und düster ist. Sie verehrt ihren Vater. Und Herr Radziej...« Wieder machte sie eine Pause, lenkte ihren Blick von den Regalen auf mich. »Herr Radziej ist schwer in Ordnung«, sagte sie mit Nachdruck.

»Mein Vater hat ihn nicht nur aus alter Freundschaft ins Werk geholt. Sondern vor allem, weil das ein genialer Chemiker ist. Und sie haben glänzend miteinander gearbeitet, bis zu dieser Erfindung . . .«

Pause. Majkas Stirn war von drei senkrechten Fältchen durchschnitten, sie liefen über dem Nasenrücken, zwischen den dunklen Brauen zusammen.

»Was für eine Erfindung?« fragte ich.

»Die Einzelheiten kann ich dir nicht erklären, dafür weiß ich zuwenig in Chemie«, sagte sie. »Es geht um eine neue Art von Bodendüngemitteln, angeblich einen Knüller. Herr Radziej hat zehn Jahre daran gearbeitet. Schließlich ist es ihm geglückt. Mit seinem Präparat kann man die Erträge verdoppeln, er hat es auf einem Experimentierfeld nachgewiesen. Es gibt Gutachten von Experten, sie sind fast alle positiv . . .«

»Fast alle?«

»Von sieben Gutachtern waren zwei der Ansicht, daß es noch nicht heraus ist, ob die industrielle Herstellung des Präparats einen ebenso aufsehenerregenden Erfolg bringt. Die Produktion des Mittels ist kompliziert und sehr kostspielig, und das Ergebnis läßt sich nicht hundertprozentig voraussehen.«

»Ist das tatsächlich so?« fragte ich.

»In gewissem Sinne schon«, räumte sie ein und wandte das Gesicht wieder den Regalen zu. »Labor und Fabrik, das ist wie Treibhaus und Feld. Also ein Risiko, kapiert? Herr Radziej zweifelt nicht daran, daß es gelingen wird, aber mein Alter ist nicht sicher. Vorher hat er Radziej zu den Versuchen ermuntert, angefeuert, und jetzt – Kopf in den Sand . . .«

»Worum dreht es sich eigentlich?«

»Ganz einfach. Einer muß entscheiden, ob die neue

Produktion aufgenommen wird. Mein Vater hat sich an die übergeordneten Stellen gewandt. Da, lies!«

Sie griff nach ihrer Segeltuchtasche, die sie vorher auf den Fußboden neben die Liege geschmissen hatte. Sie holte ein Firmenkuvert aus der Tasche, zog einen vierfach gefalteten Briefbogen aus dem Umschlag und gab ihn mir.

> Werter Herr Skowron!
> Nach Prüfung der Angelegenheit sind wir zu dem Schluß gelangt, daß die Entscheidung über die Aufnahme der Produktion des Präparats R-24 bei der Direktion des Werkes, insbesondere aber bei Ihnen, liegt. Wir bitten Sie, diese Frage im eigenen Bereich, ausgehend von einer nüchternen Analyse der Möglichkeiten und des Risikofaktors, zu entscheiden.
> > Mit freundlichem Gruß
> > Józef Białobarski
> > VVB-Direktor

Ich sah auf das Datum: Der Brief war vor drei Monaten abgeschickt worden.

»Ich glaube, ich fange an zu verstehen«, sagte ich langsam. »Und was meint Herr Radziej dazu?«

»Radziej weiß nichts von diesem Brief.« Sie fuhr sich mit der Zungenspitze über die Oberlippe. »Niemand weiß davon, außer meinen Eltern und mir. Nicht mal Joanna. Mein Vater redet Radziej gut zu, sich zu gedulden, schimpft über die Bürokratie, verspricht, den Amtsschimmeln Feuer unterm Hintern zu machen. Und dabei ...« Ich sah, wie sie die Fäuste ballte. »Ich habe zufällig davon erfahren, wir haben zwei Telefonapparate zu Hause. Ich dachte, es wäre ein Anruf für mich, hob den Hörer ab, Vater sprach mit Białobarski. Er bat ihn noch mal, die VVB möge entscheiden, aber Białobarski erklärte, es solle so sein, wie es in dem Brief stünde: Der Betrieb trifft die Entscheidung. Dann sprach Vater mit meiner Mutter, ich tat, als ob ich schlafe ... ›Die Arbeit läuft wie am Schnürchen‹, rechtfertigte er sich vor ihr, ›wir stehen im Bezirk an erster Stelle, du weißt, was uns das gekostet hat, warum sollen wir alles aufs Spiel setzen? Wenn es schiefgeht‹, sagte er, ›krieg ich eins auf den Deckel, nicht Radziej. Und es kann schiefgehen, bei einer neuen Produktion kann allerhand passieren, besonders in der Anfangsphase. Um dieses R-24 herzustellen, müssen wir die Produktion von anderen Erzeugnissen einstellen, die Kennziffern sacken ab, wir erfüllen nicht den Plan.‹ Er redete und redete, lauter solchen Stuß, und ich wand mich unter der Bettdecke ...«

»Moment mal«, sagte ich. »Solcher Stuß ist das aber gar nicht. Weißt du, wie so ein Chemiewerk arbeitet?«

»Ein Blödmann bist du«, rief sie wütend. »Ein Esel im Quadrat.«

»Na, na!« fauchte ich. »Sieh dich vor. Ich hab es nicht gern, wenn man so mit mir spricht.«

»Entschuldige. Du bringst einen zur Weißglut.«

»Womit? Weil ich finde, daß du nicht das Wissen eines Chefingenieurs hast? Überleg doch mal ehrlich, Majka, vergiß, daß du mit Joanna befreundet bist und Herrn Radziej gut leiden kannst. Wenn dein Vater Zweifel hat, muß es auch Gründe dafür geben. Wenn der Fall so klar läge, würde man dieses R-24 längst produzieren. Außerdem ...«

Ich sprach nicht zu Ende, faltete die Hände. Ich sah das heitere Gesicht von Herrn Tadeusz vor mir, von Falten zerfurcht, seine Hand, die über die Glatze glitt.

»Was außerdem?« fragte sie.

»Wir sollten uns nicht eindrängen in die Welt der Erwachsenen«, sagte ich. »Wir haben noch Zeit genug.«

»Eine ganze Reihe von Fachleuten haben sich begeistert über Radziejs Erfindung geäußert.« Sie gab sich nicht geschlagen. »Sie haben geschrieben, das könnte eine Sensation im Weltmaßstab, eine Revolution in der Landwirtschaft werden.«

»Wir sollten uns nicht in die Welt der Erwachsenen eindrängen«, wiederholte ich hartnäckig. »Wir wissen zuwenig darüber.«

»Joanna sagt dasselbe.« Majka wickelt eine Haarsträhne um ihren Finger, riß wütend daran. »Aber sie denkt nicht im Ernst so. Sie wollte mich trösten ... Damit ich mich für meinen Vater nicht schäme.«

»Wie bitte? Schäme? Wer gibt dir das Recht, ihn zu verurteilen? Bildest du dir ein, die Weisheit mit Löffeln gefressen zu haben?« Ich legte eine Pause ein. »Und deshalb bist du weg von zu Hause?«

»Vorher habe ich mit meinem Vater gesprochen«, entgegnete sie. »Ich hatte gehofft, ihm klarmachen zu können ...«

»Was?« fragte ich. »Daß sich die Herstellung von R-24 rentiert?«

»Du verstehst überhaupt nichts. Bist du noch nie enttäuscht worden von deinem Alten?«

Die Frau Doktor und Vater im Flur: wie sie sich unverwandt anschauen, Prosperos Hand, die ihre Finger umspannt, die merkwürdige Starre ...

»Unterschiedlich«, brummte ich. »Aber im Prinzip nie.«

»Hast du es gut«, sagte sie. »Also ich habe meinem Vater klarzumachen versucht, daß ich Feigheit hasse ... Ganz allgemein. Ich konnte schließlich nicht zugeben, daß ich sein Gespräch mit Białobarski belauscht hatte. Ich erinnerte ihn an sein Abenteuer in den Alpen, er lächelte zufrieden ... Und dann fragte ich harmlos: Was würde er tun, wenn es nur von ihm abhinge, ob die Produktion von R-24 aufgenommen würde? Er war verwirrt. ›Ich würde es produzieren‹, erwiderte er nach einer Weile. Verstehst du, Hip? *Das war gelogen!*«

Ich schwieg. Majka grub mir ihre Fingernägel in den Handrücken, daß es schmerzte.

»Er konnte dir wahrscheinlich nichts anderes antworten«, stieß ich flüsternd hervor. »Er dachte, du wüßtest nicht alles, wollte dich nicht einweihen.«

Sie ließ meine Hand los, umschlang wieder die Knie mit den Armen. »Ich schrieb einen Brief an ihn«, sagte sie. »Gestand, daß ich alles wüßte, schwor, es niemandem zu erzählen ... Und fragte ihn, ob er das Risiko auf sich nehmen würde. Er kam wutschnaubend in mein Zimmer. ›Misch dich nicht in meine Angelegenheiten!‹ schrie er, ›du Rotznase!‹... Das war vor drei Tagen.«

»Da bist du durchgebrannt.«

»Aber vorher schlich ich mich in sein Arbeitszimmer, durchsuchte seinen Schreibtisch und fand diesen Brief.« Sie nahm das Kuvert von der Couch, steckte es zurück in die Segeltuchtasche. »Entweder er gibt nach, oder ...«

»Du gibst den Brief an die Zeitung?« Ich lachte spöttisch. »Zeigst ihn im Fernsehen? Überleg doch mal, Mädel, in diesem Brief steht nichts, was den Herrn Ingenieur Skowron kompromittieren könnte. Ein ganz normaler Fall, in jeder Hinsicht in Ordnung.«

»Das schon«, pflichtete sie mir bei, »aber mein Vater hätte es gar nicht gern, wenn das Schreiben Herrn Radziej in die Hände fiele.«

»Brächtest du das fertig? Das wäre eine Gemeinheit! Du hast nicht das Recht, die Freundschaft zwischen deinem

Vater und Radziej zu zerstören. Nicht mal Joanna darfst du es sagen.«

Sie schwieg ein Weilchen.

»Ich schreibe einen Zettel an meinen Vater«, ließ sie sich schließlich wieder vernehmen, »ein paar Sätze. Ich will, daß du ihm den hinschaffst und mir gleich die Antwort bringst.«

»Bist du verrückt?« Ich zuckte die Achseln. »Ich gebe ihm deinen Zettel, und er packt mich am Schlafittchen und nichts wie zur Miliz. Glaubst du, auf so eine Geschichte laß ich mich ein?«

»Auf gar keine Geschichte, Hip. Du sagst, du hast den Zettel im Wald gefunden und sollst die Antwort an dieselbe Stelle bringen. Du hast mich nie zu Gesicht gekriegt.«

»Noch was!« knurrte ich. »Das nimmt er mir unbesehen ab... Sie werden mir folgen, kommen hierher, und dann... Mehr brauch ich dir nicht zu sagen.«

Sie überlegte, offenbar leuchteten ihr meine Argumente ein.

»Hast recht. Wir können es auch anders machen. Du gehst zu ihm hin und erzählst, wie es gewesen ist, daß du mich im Wald getroffen hast. Ich verschwinde von hier, irgendwie werd ich mich schon durchschlagen. Du bestellst ihm, er soll nur ›ja‹ oder ›nein‹ antworten, und du sollst am nächsten Tag abends zum See kommen und dieses Wort dreimal rufen. Das ist die Wahrheit, Hip. Du siehst mich nicht wieder.«

Ich musterte sie von der Seite. Die eng um den Finger gewickelte Haarsträhne, die Lippen, auf die sie sich so heftig biß, daß fast das Blut kam.

»Was willst du? Was willst du eigentlich, Kindchen?«

»Ich liebe meinen Vater«, erwiderte sie leise. »Er liebt mich ebenfalls. Voriges Jahr habe ich eine Zeitlang eine

Fünf in Mathe gehabt, das hat ihn schwer getroffen, obwohl er keinen Ton gesagt hat. Und ich hab mich von der Fünf auf eine Zwei hochgerappelt, ich hab geackert wie eine Irre, für ihn, denn mir hätte auch eine Drei genügt. Damit er zu Recht auf mich stolz ist, kapiert? Jetzt ist die Reihe an ihm.«

»Dir geht es überhaupt nicht um dieses R-24«, sagte ich. »Du willst den Glauben an deinen Vater nicht verlieren.«

»Endlich!« Sie seufzte erleichtert. »Hilfst du mir, Hip?«

»Und wenn die Antwort ›nein‹ lautet?« fragte ich. »Wenn die Methode, die du gewählt hast, grundfalsch ist?«

Sie stand von der Couch auf, trat zu den Regalen, nahm ein Buch herunter.

»Den ›Kleinen Prinzen‹ liebe ich über alles. Einem Jungen von so einem merkwürdigen Planeten möchte ich mal begegnen. Ob Saint-Exupéry sich das alles ausgedacht hat, was meinst du? Ich glaube, er hat den Kleinen Prinzen wirklich getroffen . . .«

»Und wenn die Antwort ›nein‹ lautet?« wiederholte ich.

Sie legte das Buch weg, wandte mir ihr Gesicht zu.

»Dann verschwinde ich«, flüsterte sie. »Wie der Kleine Prinz. Ich suche mir einen anderen Planeten.«

»Daraus wird nichts!« sagte ich scharf. »Sie schnappen dich, schicken dich nach Hause!«

»Schon möglich. Aber dann bin ich sowieso schon auf einem anderen Planeten.«

Ich lag mit offenen Augen auf der Couch. Was würde ich an Majkas Stelle tun? Könnte ich es Prospero verzeihen, wenn ich ihn bei so etwas ertappte? Gelänge es mir, mich selber zu überzeugen, daß das nicht meine Welt ist, sondern seine und ich bestimmt die Motive nicht verstehe, von denen sich die Erwachsenen leiten lassen?

Ich weiß es nicht. Wenn ich bisher mit allem einverstanden war und es auf einmal nicht mehr sein kann, dann heißt das, daß etwas passiert ist, was nicht hätte passieren dürfen. Mit ihm oder mit mir. Wessen Warte ist die richtige? Um das herauszufinden, bedürfte es eines ehrlichen Gespräches. Ist das möglich? Vater und Sohn. Vater und Tochter. Zwei Welten. Konnte denn Skowron seine Beweggründe nicht vor Majka verteidigen, anstatt zu fauchen: »Misch dich nicht ein, du Rotznase«? Wahrscheinlich nicht. Wenn er es gekonnt hätte, wäre es bequemer für ihn gewesen, die Diskussion anzunehmen und zu gewinnen. Prospero verbietet mir niemals den Mund, er hat immer ein einfaches Argument bei der Hand oder eine scherzhafte Ausrede, wenn ich mich zu weit vorwage ... Immer? Und die Geschichte mit Frau Doktor Badeńska? Ich drehte mich zur Wand, schloß fest die Augen – schlafen! Doch ich konnte nicht einschlafen. Ich soll nach Brzezina fahren, zu Ingenieur Skowron gehen, ihm einen Zettel überbringen ... Und was dann? Der Mann ist ja nicht naiv. Mühelos wird er feststellen, wer ich bin, wird Vater anrufen, und es gibt einen Skandal, wie er noch nie dagewesen ist. In Ordnung, ich werde nicht wissen, wo Majka sich versteckt hält, aber Prospero kommt dahinter, daß ich vorher Kontakt zu ihr hatte. Werde ich imstande sein, das zu erklären, zu begründen? Wird sich nicht Argwohn zwischen uns drängen, Mißtrauen, Fremdheit? Dabei habe ich doch meinen eigenen Krieg, meinen verzweifelten Krieg um Vater mit ihm selbst, darum, daß sich in unserem Haus nichts ändert, daß wir zu zweit bleiben wie bisher ...

Ich hörte das Gartentor quietschen, dann schwere

Schritte auf dem Weg, das Rasseln des Schlüssels im Schloß. Ich legte mich auf den Rücken, kniff die Augen zu.

Licht unter der Türschwelle. Die Ausziehcouch knarrte, das Bettzeug raschelte. Dann ging langsam meine Zimmertür auf, und im Türrahmen erschien Prosperos Gestalt, schon im Schlafanzug, in den heruntergetretenen Karnikkelpantoffeln. Er trat an mein Bett, beugte sich über mich, sah mich an.

Ich spürte, daß er mich ansah, obwohl ich die Augen geschlossen hielt. »Du schläfst nicht, Ariel. Hör auf, dich zu verstellen. Weshalb schläfst du nicht?«

»Weil ich denke«, erwiderte ich, ohne die Augen aufzuschlagen.

»Was denken die Geister der Luft in den Nächten?«

»Daß alles so bleiben soll, wie es ist«, flüsterte ich. »Du und ich, verstehst du?«

Er ließ sich schwer auf meiner Bettdecke nieder, ich rutschte ein Stückchen zur Seite, in dem Licht, das durch die angelehnte Tür hereinfiel, sah ich sein Profil.

»Wir fühlen uns wohl miteinander«, sagte er. »Und ich glaube, das wird immer so bleiben. Prospero und Ariel . . . Entsinnst du dich?

Die Stund ist da, ja die Minute fordert dein Gehör.
Gehorch und merke! Kannst du dich einer Zeit
erinnern, eh zu dieser Zell wir kamen?
Kaum glaub ich, daß du's kannst: denn damals
warst du
noch nicht drei Jahr alt.«

Das stimmt: Ich war knapp zwei Jahre alt, als Mutter starb. Ich erinnere mich nicht an sie. Von dem Foto blickte mir eine fremde Frau entgegen, mit vollem Haar und einem koketten Lächeln, viele Male hatte ich sie betrachtet und nichts finden können, was uns verbunden hätte. Mutter: für mich ein leeres Wort. Nur Prospero zählte; er war mir Mutter und Vater gewesen, alles.

»Du warst ein fröhliches Kind«, sagte er nachdenklich. »Ich weiß noch, wie du gelacht hast, wenn Mama dich auf den Knien wiegte, du lachtest bei jeder Kleinigkeit so ansteckend, daß deine Mutter und ich auch loslachten. Dann, als sie starb, hast du aufgehört zu lachen. Das war seltsam, denn kleine Kinder begreifen den Tod ja nicht. Ich versuchte, dich aufzuheitern, schnitt Fratzen, warf dich hoch in die Luft. Ohne Erfolg. Später kam dein Lachen wieder, aber es war nicht mehr so froh und ansteckend.«

»Wozu erzählst du mir das?« fragte ich.

»Die Menschen gewöhnen sich an die Einsamkeit.« Er fuhr sich mit den Fingern wie mit einem Kamm durchs Haar. »Aber ein Heim ohne Frau ist nicht gemütlich, nur Wände und Möbel.«

»Also fühlst du dich doch nicht wohl bei mir«, sagte ich.

»Du verstehst mich nicht«, erwiderte er. »Es wäre für uns beide besser, wenn eine Frau in unser Haus einzöge.«

»Für wen besser? Für mich oder für dich?«

»Für uns beide«, wiederholte er. »Nur daß ich das weiß, und du weißt es noch nicht.«

»Ich fühle mich wohl«, beharrte ich. »Mich brauchst du nicht vorzuschieben, Prospero. Ich will, daß es bleibt, wie es ist.«

Er stand auf. Mir war, als reichte sein Kopf bis zur Decke.

»Schlaf«, sagte er. »Gute Nacht, Ariel.«

»Liebst du sie?« fragte ich, als er schon zur Tür ging.

Er blieb stehen, drehte sich langsam um. Sein Gesicht war im Schatten, ich konnte den Ausdruck darauf nicht erkennen.

»Ist das denn für dich von Bedeutung?«

Ohne auf eine Antwort zu warten, ging er hinaus und schloß die Tür hinter sich.

Ich hatte es verschlafen. Als ich aufwachte, schien schon die Sonne, und Vater war nicht mehr da. Auch er hatte wahrscheinlich länger geschlafen, denn er war, ohne zu frühstücken, losgegangen. Ich sah mich nach dem Wecker um, hatte nicht übel Lust, ihn auf den Boden zu schmettern, doch da fiel mir ein, daß ich ihn am Vortag zu Herrn Tadeusz gebracht hatte.

Ich ging ins Bad. Als ich mich vor dem Spiegel kämmte, entdeckte ich auf der Glaskonsole einen silbernen Ring mit baumelnden Verzierungen daran. Majkas Ring. Breit, von einem orientalischen Ornament bedeckt, mit vier runden Metallstückchen, die an feinen Kettchen hingen. Sie trug ihn am Zeigefinger der linken Hand.

Ob Vater ihn bemerkt hatte? Er mußte ihn bemerkt haben, er hatte ja sein »Przemysławka« von der Konsole genommen, sein Rasierzeug benutzt, das gleich daneben in einem schwarzen Hartgummikästchen lag. Er hatte es eilig gehabt, hatte ihn vielleicht nicht gesehen. Wenn er ihn entdeckt und mit Lidia Skowron in Verbindung gebracht hätte – es war sehr wahrscheinlich, daß der Ring in der genauen Beschreibung der Vermißten als Erkennungsmerkmal genannt worden war –, würde er mich bestimmt geweckt, eine Erklärung verlangt haben. Oder er hatte den Ring gesehen und an jemand anderen gedacht, zum Beispiel an Wika. Prospero mag Wika nicht, das weiß ich, obwohl er es mir nie gesagt hat. Er vertraut mir. Und ich . . .

Mir fiel unser nächtliches Gespräch und sein Ausgang wieder ein: »Ist das denn für dich von Bedeutung?« Ich hatte aus dem Tonfall nicht heraushören können – eine

71

Ausflucht oder ein Vorwurf? Vermutlich das zweite. *Ich will. Ich verlange. Ich fühle mich wohl.* Habe ich das Recht dazu?

Ich rannte aus dem Badezimmer, zog mich hastig an. Bloß nicht grübeln, nicht nachdenken ... Ich stürzte in die Küche, schnitt zwei Scheiben Brot ab und noch zwei – Majka. Ich schmierte Butter darauf, legte ein paar Rädchen Krakauer Wurst dazwischen. Die Milch war schon warm, ich goß sie in eine Flasche, stopfte alles in den Wachstuchbeutel.

Schon an der Schuppentür schlug ein friedliches Schnaufen an mein Ohr. Ich schob die Bretter auseinander, stieg die Leiter hinab, tastend fand ich die Petroleumlampe und brannte sie an, allmählich die Flamme vergrößernd.

Majka lag auf der Decke, in meinem getupften, ein bißchen zu großen Schlafanzug, die Arme von sich gestreckt, das Haar fiel vom Bett bis auf den Boden. Sie schniefte durch die Nase, drehte das Gesicht vom Licht weg. Ich wollte sie an den Haaren ziehen oder ins Ohr brüllen, aber mir fiel ein, wie ich über den Kopf hinweg in das Radieschenbeet gesegelt war – mit Judokas ist nicht zu spaßen.

»He«, ich stieß sie an der Schulter an, »Zeit aufzustehen.«

Sie setzte sich schlagartig auf, sah mich mit erschreckten Augen voll Verwunderung an. Nach einer Sekunde kam sie zu sich.

»Grüß dich, Hipek. Mann, hab ich gepennt.«

»Allerdings. Es ist dreiviertel Zehn.«

»Einen Teil meines Rückstands hab ich aufgeholt«, sagte sie lächelnd. »Hast du was zu beißen da?«

Ich packte die Verpflegung aus, legte sie auf die Kiste. Sie nahm einen Riesenschluck Milch aus der Flasche, schnappte sich ein Wurstbrot. Ich tat das gleiche. Als ich ein paar Bissen hinuntergeschluckt hatte, fiel mir das silberne Schmuckstück wieder ein, das in meiner rechten Tasche ruhte.

»Ich hab mir vielleicht was eingebrockt mit dir«, sagte ich. »Durch dich wären wir beinahe beide aufgeflogen.«

Sie hörte mit Essen auf, sah mich mißtrauisch an.

»Was ist?«

Schweigend zeigte ich ihr den Ring.

»Den hast du im Bad liegenlassen. Und mein Alter war drin.«

»Hat er ihn gesehen?«

»Er ist ja nicht blind. Du hast den Ring mitten auf die Konsole gelegt.«

»Wie hast du ihm das erklärt?«

»Überhaupt nicht.« Ich zuckte die Schultern. »Ich hab geschlafen, als er ging. Bestimmt stellt er mich zur Rede, wenn er um drei zum Essen kommt.«

»Gestern war diese Mieze bei dir«, sagte sie und griff nach der zweiten Schnitte. »Die kann ihn dagelassen haben.«

»Vorausgesetzt, in deiner Beschreibung steht nichts von dem Ring«, bemerkte ich.

Sie sprang vom Bett, griff sich ihre Jeans von der Erde und den Pullover.

»Dreh dich um«, kommandierte sie. »Ich muß mich anziehen und sofort hier verduften. Falls es nicht schon zu spät ist.«

Ich stellte mich mit dem Rücken zu ihr, in wenigen Sekunden war sie angezogen.

»Was hast du vor?« fragte ich.

»Abhauen«, erwiderte sie. »Das ist doch wohl klar. Du gehst als erster raus und siehst nach, ob die Luft rein ist.«

Ich tat einen Schritt auf die Leiter zu, sie hielt mich zurück. »Momentchen noch, Hip. Den Zettel bringst du morgen weg, heute ist Donnerstag, und donnerstags fährt mein Vater zu Konferenzen in den Bezirk. Sei morgen früh um sechs am See. Steck Papier und einen Füller ein.«

»Um sechs?« ächzte ich. »Hab Mitleid mit einem Langschläfer.«

»Spar dir die Schau. Wenn du schon bereit warst, mir zu helfen, dann tu, worum ich dich bitte.«

Die geht ja ganz schön ran, dachte ich bei mir, ich wüßte nicht, daß ich mich bereiterklärt hätte, bei dieser Geschichte mitzumachen, jedenfalls habe ich nichts dergleichen versprochen. Ich stieg die Leiter hinauf, trat aus dem Schuppen in den Garten. Sah mich ohne Hast aufmerksam um: keiner da. Nur auf der Straße rasten mit quietschenden Reifen die Personenautos vorüber.

»Kannst rauskommen«, sagte ich kurz in Richtung Schuppen.

Sie krabbelte heraus, gebeugt, wachsam, wie zum Sprung geduckt.

»Ist auch bestimmt keiner da?«

»Nein«, versicherte ich ihr. »Mein Alter hat nicht geschaltet. Es wäre ihm nicht im Traum eingefallen, daß sein Sohn so ein Früchtchen ist. Ich kann es selber kaum fassen . . .«

»Ich hab eine Bitte«, unterbrach sie mich, als befürchte sie, ich könnte den Satz beenden und sie müßte mich von neuem überzeugen.

»Würdest du heute einen Abstecher nach Brzezina machen? Mit dem Fahrrad bist du in zwanzig Minuten dort.«

»Wozu?« fragte ich.

»Um dich mit Joanna zu treffen.«

»Ich mit ihr?« Ich sah Majka verwundert an. »Zu welchem Zweck? Soll ich ihr vielleicht erzählen . . .«

»Nein!« fiel sie mir wieder ins Wort. »Du sagst ihr nur, daß mit mir alles in Ordnung ist und daß ich ihr später einmal erkläre, worum es ging. Damit sie sich nicht beunruhigt meinetwegen.«

»Meinst du, sie sorgt sich mehr um dich als deine Eltern?«

»Ich meine, du hast kein Ahnung, was wahre Freundschaft ist«, konterte sie. »Und meine Eltern . . . Meine Mutter tut mir leid. Die Ärmste, die muß das mächtig mitnehmen. Aber es hilft alles nichts, ich kann sie nicht beruhigen, sie würde sofort alles meinem Vater sagen . . .«

»Ich weiß nicht, ob ich Zeit haben werde«, murmelte ich.

»Ich bitte dich, Hip.« Sie trat dicht an mich heran, sah mir in die Augen. »Sei mein Freund.«

Sie sprach zum ersten Mal so zu mir, in diesem Ton. Ich fühlte ihre Finger auf meiner Hand. Mir wurde heiß, rasch zog ich die Hand zurück. Um diese Gebärde zu rechfertigen, strich ich mir das Haar glatt.

»Na schön«, willigte ich ein. »Aber wo finde ich sie?«

»Sie wohnt Broniewski-Straße vier. Zehn vor zwölf geht sie zum Fremdsprachenunterricht. Sie hat blondes Haar, ein bißchen dunkler als meins, trägt einen Pferdeschwanz. Groß, schlank. Du erkennst sie bestimmt, es ist nicht viel Verkehr in dieser Straße.«

»Und was weiter?«

»Du gehst zu ihr hin. Sagst, ich schicke dich. Sie soll sich keine Sorgen um mich machen. Du sagst ihr, sie darf niemandem erzählen, daß sie Nachricht von mir hat. Das wär's. Willst du das tun, Ariel?«

Wieder streifte ihre Hand die meine, scheu, für den Bruchteil von Sekunden. Ich nickte.

»Warte«, sagte ich. »Ich bring dir noch was zu essen heraus, damit du bis morgen nicht verhungerst. Aber für die Nacht rate ich dir trotzdem, dich in den Schuppen zu schleichen. Es ist auf alle Fälle am sichersten dort.«

Sie lächelte mich an. Ich rannte ins Haus, brachte Brot und Wurst heraus. Ich warf ihr auch meine Taschenlampe in die Tasche und ein großes Gartenmesser – im Wald können solche Dinge von Nutzen sein.

»Bis morgen, Ariel.«

Ich sah zu, wie sie gewandt zwischen den Sträuchern durchschlüpfte, über den Zaun hinwegsetzte und, sich die ganze Zeit über im Gebüsch haltend, das die Lichtung dicht bestand, in Richtung Wald davonlief. Die ist hart im Nehmen, dachte ich bewundernd, wie auch immer, aber an Willensstärke fehlt es ihr nicht. Und weiter dachte ich, daß sie unerhört graziös sei.

Brzezina konnte Bory nicht das Wasser reichen. Die Stadt war größer, belebter, rund um den Marktplatz türmten sich neue hohe Wohnblocks, die mit dem hölzernen Kirchturm wetteiferten, doch überall herrschte ein Grau vor. Sogar das Spalier aus mächtigen Ahornbäumen wirkte matt durch die graue Staubschicht. In der Ferne, über den Häusern, ragten drei gewaltige Schornsteine auf, die braune Rauchwolken ausstießen – die »Auspuffrohre« des Chemiewerks Brzezina. Sie überzogen die Stadt mit einem graubraunen Belag, der in die Augen biß.

Ich stellte das Rad in einem Ständer vor dem Hotel »Adler« ab, sicherte es mit Kette und Schloß. Eine aufgetakelte ältere Dame fragte ich nach der Broniewski-Straße, sie zeigte mir die Richtung. Es war dreiviertel Zwölf.

Ich erkannte Joanna auf Anhieb: Fast so groß wie ich, schlank, ein blasses Gesicht und unruhige, verstört wirkende Augen. Sie ging, eine Mappe unter dem Arm, ohne nach rechts und links zu schauen, ein klein wenig krumm.

Ich überholte sie, dann kehrte ich um, trat an sie heran.

»Heißt du Joanna?«

Verdattert sah sie mich an. Gab keine Antwort, beschleunigte den Schritt.

»Joanna Radziej?« fragte ich, während ich neben ihr herging.

»Laß mich in Ruhe«, sage sie mit erhobener Stimme. »Sonst schreie ich.«

»Ich komme von Majka«, flüsterte ich.

Ruckartig blieb sie stehen. Die Augen einer aufgescheuchten Katze, fiel mir ein, ein zartes, durchsichtig wirkendes Gesicht.

»Von Majka? Wo ist Majka? Was ist mit ihr?«

Ich faßte Joanna beim Ellenbogen, lächelte sanft, beruhigend.

»Ganz in der Nähe«, sagte ich halblaut. »Ihr ist nichts passiert. Und das ist schon alles, was ich dir ausrichten soll. Ach so, sage niemandem, daß wir uns getroffen haben.«

Ich wollte gehen, doch jetzt packte Joanna mich am Ellenbogen.

»Einen Augenblick. Wir müssen miteinander reden.«

»Ich kann nicht«, sagte ich und breitete entschuldigend die Arme aus. »Bin leider sehr in Eile.«

»Nur ein paar Minuten«, sagte sie flehentlich. »Du hast ja keine Ahnung, wie wichtig das für mich ist. Bitte!«

Ich kann ihr doch sowieso nichts weiter sagen, dachte ich, es hat keinen Sinn, das Gespräch fortzusetzen, es sei denn, sie hat Majka was mitzuteilen, vielleicht wirklich was Wichtiges?

»Gut«, entschied ich. »Aber faß dich kurz.«

»Wo ist sie?«

»Das sag ich dir nicht«, erwiderte ich. »Willst du, daß ich ihr was bestelle?«

»Sehen will ich sie.«

»Unmöglich.« Ich zuckte die Achseln.

Joanna verstummte. Mit der Zungenspitze beleckte sie ihre Lippen. »Laß uns in den Park gehen«, schlug sie vor. »Das ist gleich um die Ecke, wir setzen uns und reden ein bißchen.«

Ohne meine Antwort abzuwarten, bog sie nach rechts ab, ich immer neben ihr, denn sie hielt noch meinen Ellenbogen, als fürchte sie, ich könnte davonlaufen. Wir betraten den Park, das Grün war auch hier staubig, aber nicht so wie auf dem Marktplatz. Joanna setzte sich auf eine Bank, ich nahm neben ihr Platz.

»Du kommst zu spät zum Unterricht«, bemerkte ich.

Sie lächelte mich an, doch selbst dieses Lächeln wischte den verschreckten Ausdruck nicht von ihrem Gesicht.

»Macht nichts. Ist das erste Mal. Wann hast du Majka gesehen?«

»Vor ein paar Stunden.«

»Wohnst du in Brzezina?«

Ich wollte antworten, in Bory, doch bremste mich rechtzeitig.

»Nein«, erwiderte ich.

»Eben. Ich habe dich noch nie hier gesehen, ich hab ein Gedächtnis für Gesichter. Aber weit von hier wohnst du wohl nicht.«

»Laß es gut sein«, sagte ich. »Falls du rauskriegen willst,

in welcher Gegend Majka sich aufhält, ich werd es dir nicht erleichtern.«

Joanna wurde rot, bis in den Ausschnitt ihres grünen Angorapullovers. Ihr Blick floh zur Seite, zwischen die Bäume.

»Ich habe Angst«, flüsterte sie. »Versteh doch, Majka ist überspannt, unberechenbar. Sie kommt auf die wüstesten Einfälle. So oft hab ich sie von irgendwelchen Verrücktheiten zurückgehalten, und nun auf einmal ...« Sie brach ab, kehrte mir das Gesicht zu. »Warum hat Majka das getan?«

»Ich weiß es nicht«, log ich, den Blick zu Boden gerichtet.

»Du weißt es. Ich sehe dir an, daß du es weißt. Kannst du es mir wirklich nicht sagen?«

»Was soll ich ihr ausrichten von dir?« fragte ich.

»Ich ahne, warum sie ausgerissen ist«, sagte sie leise. »Bestelle ihr, daß das unmenschlich ist und keinen Sinn hat. Daß sie sich nicht einmischen darf ...«

»In was?« Versuchte Joanna wieder, mich aus der Reserve zu locken?

»Das ist ihre Sache. Die Sache unserer Väter. Wir dürfen uns da nicht einmischen. Sag Majka, so dächte ich und diese Dinge hätten keinerlei Einfluß auf unsere Freundschaft.«

Sie wußte wohl doch Bescheid oder ahnte es.

»Ich werd's ihr bestellen«, versprach ich.

»Außerdem kannst du ihr sagen, daß ich ihr böse bin. Sie hätte vorher mit mir reden müssen. Eine Freundin macht so was nicht.«

»Majka konnte nicht ...« Ich brach ab; fast hätte ich mich verplappert.

»Sie konnte nicht, glaubst du?« Joanna sah mich forschend und aufmerksam an. »Das heißt, daß ich doch nicht alles weiß . . . Ist es ihr um meinen Vater zu tun?«

Ich hätte aufstehen müssen, mich verabschieden, gehen. Ich brauchte dieses Gespräch nicht fortzusetzen, Majkas Bitte war erfüllt. »Ich nehme an, nein«, sagte ich trotzdem. »Majka geht es vermutlich um ihren eigenen Vater. Und das ist eine viel kompliziertere Geschichte.«

»Herr Skowron ist ein wunderbarer Mensch. Er hat viel im Leben geleistet. Aber . . . Aber Majka sucht immer und überall das Ideal. Einmal wollte sie mit mir Schluß machen, weil ich ihr nicht gebeichtet hatte, daß mir ein bestimmter Junge . . ., unwichtig . . .«, sie winkte ab, ». . . daß er mir ein bißchen gefiel, übrigens nur kurze Zeit, und weil ich einmal mit ihm im Kino war. Eine Lappalie sozusagen, aber sie war monatelang böse mit mir, bis heute trägt sie mir das nach. Zwischen Freunden, sagt sie, darf es keine Geheimnisse geben, sie dürfen nichts, aber auch gar nichts voreinander verschweigen.« Sie sah mich an. »Und sie? Sie reißt von zu Hause aus, ohne mir einen Ton zu sagen.«

»Sie konnte nicht. Es war eine Ausnahmesituation.«

»Sie hat immer behauptet, zwischen Freunden gäbe es keine Ausnahmesituationen.«

»Es gibt sie eben doch«, sagte ich lächelnd.

»Du weißt also Bescheid. Dir hat sie sich anvertraut, und mir hat sie nicht mal angedeutet, daß sie vorhat, von zu Hause wegzulaufen. Warum nicht?«

»Ich denke, sie wird dir das irgendwann einmal selber erklären. Ich habe nicht das Recht dazu. Ich kann dir nur sagen, daß sie Gründe dafür hatte, es vor dir geheimzuhalten.«

»Also doch unsere Väter . . .« Joanna seufzte, sie strich

eine Rockfalte glatt. »Was will sie jetzt weiter tun? Sie ist doch nicht für immer fortgegangen.«

»Die Sache entscheidet sich im Laufe der nächsten Tage. Wahrscheinlich hast du recht: Majka ist überspannt. Und es ist nicht ausgeschlossen ...« Ich zögerte. »Es könnte sein, du wirst noch gebraucht, um sie irgendwie zu bändigen ...«

»Was heißt das?« In Joannas Augen tauchte wieder Furcht auf. »Du nimmst an, sie könnte ...«

»Ich weiß es nicht.« Ich zuckte die Achseln. »Ich habe keinen Einfluß auf sie. Sie hat mich um Hilfe gebeten, ich habe eingewilligt, keine Ahnung, warum. Ehrlich gesagt, mir schmeckt diese ganze Chose nicht.«

»Ich verstehe. Mir auch nicht. Es ist doch Irrsinn, von zu Hause fortzulaufen. Sie ist der große Held, aber ...« Sie faßte mich bei den Händen, drückte sie fest: »Führe mich zu Majka! Auf mich hört sie noch ein bißchen. Also bitte, führst du mich zu ihr?«

Einen Moment lang wußte ich nicht, ob ich Joannas Bitte nicht erfüllen sollte. Vielleicht gelänge es, Majka diesen ganzen Aufstand auszureden? Vielleicht würden sie gemeinsam einen anderen Weg finden ...

Die Allee entlang kamen zwei alte Leutchen, der Opa hatte ein ulkiges, keilförmiges gestutztes Bärtchen, fürsorglich hielt er den Arm seiner Frau umfaßt, sie gingen bedächtig, die runzligen Gesichter in die Sonne gerichtet.

»Nimm's mir nicht übel«, sagte ich, »ich kann wirklich nicht. Ich pflege meine Versprechen zu halten.«

Sie hatte wohl begriffen. Sie stand von der Bank auf und streckte mir die Hand hin.

»Ich muß gehen. Bestelle Majka, daß ihre Mutter drauf und dran ist, den Verstand zu verlieren.«

»Und ihr Vater?« fragte ich.

»Herr Skowron stellt seine Gefühle niemals zur Schau. Aber auch er sieht aus, als wäre er schwerkrank. Sag ihr das. Sag ihr, daß er gestern bei uns war, sich mit meinem Vater im Arbeitszimmer eingeschlossen hat und sie dort vier Stunden geredet haben. Falls ihr mich braucht, rufe unter 34 12 an.«

»Auf Wiedersehen, Joanna. Ich denke, es wird alles gut werden. Morgen rede ich mit Herrn Skowron.«

»Du? Sei auf der Hut . . . Herr Skowron ist ein hartgesottener Bursche, der gibt nicht so leicht nach.«

»Immer mit der Ruhe. Das krieg ich schon hin.«

»Ich danke dir, daß du Majka hilfst. Vielen Dank!«

Und sie lief die Allee hinunter, die schwarze Kunststoffmappe unter den Arm gepreßt.

Schon von weitem erspähte ich ihn an der Gartentür. Er stand gegen den Maschendrahtzaun gelehnt und zielte mit dem Luftgewehr auf den Drachen, der in den Telegrafendrähten baumelte. Es war mein Drachen, er hatte sich vor einer Woche dort verfangen, und ich bekam und bekam ihn nicht wieder herunter.

Er sah mich, ließ das Luftgewehr sinken und lief mir entgegen.

»Servus, Hip, seit einer Viertelstunde steh ich hier rum wie bestellt und nicht abgeholt, hast du vergessen, daß wir uns für eins verabredet hatten?«

»Mein Gedächtnis funktioniert noch«, sagte ich frostig. »Schadet gar nichts, daß du fünfzehn Minuten gewartet hast. Auf Bohdan mußt du sicher manchmal noch länger warten.«

»Was sind das für Sprüche?« Er schulterte das Luftgewehr. »Was ist in dich gefahren, Hip?«

Ich stieg vom Fahrrad, ging wortlos an Leszek vorbei,

machte die Tür auf und schob das Rad in den Flur. Eine Weile schwankte ich, ob ich nicht im Haus bleiben sollte, doch ich ging hinaus.

»Was ist in dich gefahren, Hip?« wiederholte er besorgt. »Hast du was gegen mich?«

»Nicht daß ich wüßte«, sagte ich mit einem schiefen Lächeln. »Oder glaubst du, ich könnte was haben?«

»Du spinnst.« Er trat von einem Bein auf das andere, sah zu seinem Fahrrad, das an der Hauswand lehnte. »In letzter Zeit brennt bei dir öfter mal die Sicherung durch.«

»So bin ich nun mal. Mir will einfach nicht in den Kopf, wie du mit Bohdan Schluß machen konntest wegen so einem wie mir.«

Leszek nahm das Luftgewehr von der Schulter, legte auf den Drachen an, aber drückte nicht ab. Er ließ das Gewehr sinken und fing an, eingehend erst das Korn, dann die Kimme zu untersuchen.

»Du stänkerst«, knurrte er schließlich. »Du weißt selber nicht, was du willst.«

»Durchaus möglich«, stimmte ich zu. »Dafür weißt du es um so besser. Hast du mich gestern gesehen?«

»Wo?«

»In der Stadt. Auf dem Markt. Übrigens konntest du mich nicht sehen, denn du warst sehr in Anspruch genommen. Von einem Gespräch. Einem Gespräch mit deinem Freund. Deinem Freund Bohdan.«

Leszek riß das Luftgewehr hoch und schoß, beinahe ohne zu zielen. Der Drachen taumelte, in der Mitte entstand ein Mordsloch mit schartigen Rändern.

»Du hast mir meinen Drachen versaut«, fauchte ich. »Zieh Leine, aber dalli.«

Er sah mich verwundert an und rührte sich nicht von der Stelle.

»Hip, beim besten Willen, jetzt drehst du ganz und gar durch!«

Ich setzte mich auf die Bank an der Wand, reckte das Gesicht in die Sonne, streckte die Beine von mir.

»Mein Kumpel zu sein lohnt nicht«, sagte ich träge. »In Mathe bin ich nicht viel besser als du. Meine Bücher hast du alle schon gelesen. Ich wohne in einer ärmlichen Hütte weit draußen vor der Stadt, zum Eisspendieren reicht's bei mir nicht, und obendrein ist mein Alter noch bei der Miliz. Der Sohn eines Bullen, kapiert? Was ist das schon für ein Kumpel für dich?«

»Noch einen Ton, und du hast ein Ding in der Fresse«, zischte er.

»Nur in einem bin ich dir überlegen«, fuhr ich ungerührt fort. »Falls du mir eins in die Fresse gibst, spiel ich mal kurz Trommel auf dir. Du hast schon einmal so eine Tracht bezogen, vor drei Jahren, erinnerst du dich?«

Vor drei Jahren, als wir von Gorów nach Bory gezogen waren und ich neu in die Schule gekommen war. Leszek hatte mir auf dem Gang ein Bein gestellt. Als ich aufstand, fragte er spöttisch, ob ich die Absicht habe, mich bei meinem Papi zu beschweren, und ich antwortete ihm, über meine Absichten würde ich ihn auf dem Hof informieren. Er war damals größer als ich und sah stärker aus, aber ich verstand mich aufs Prügeln, sonst hätte ich mich der Jungs in Gorów nicht erwehren können: Für jedes »Bulle junior« ballerte ich ihnen ein Ding zwischen die Zähne, ohne auch nur einen Moment zu zögern. Wir gingen also auf den Schulhof hinaus, und dort, im kleinen Kreis von Zuschauern und Sekundanten, zwang ich Leszek, sich bei mir zu entschuldigen. Unsere Freundschaft begann mit einem blauen Auge und einer aufgeplatzten Lippe.

»Ich erinnere mich. Aber eins in die Schnauze kriegst du trotzdem, wenn du mir nicht sagst, was du hast.«

»In Ordnung.« Ich stand von der Bank auf. »Du möchtest es wissen, also sollst du's erfahren. Der Zufall will es, mein Lieber, daß ich Verräter nicht leiden kann.«

»Ich soll ein Verräter sein?«

»Du bist es sogar. Du taktierst an zwei Fronten. Ich hab dich gestern gesehen, wie du in der Toreinfahrt mit Bohdan getuschelt hast. Du kannst tuscheln mit ihm, solange du lustig bist, deine Sache, aber komm nicht zu mir angekrochen.«

Leszek stieß schniefend die Luft durch die Nase, senkte den Kopf. Ein paar Minuten betrachtete er unbeweglich seine Sandalenspitze.

»Du bist vielleicht ein sturer Hund«, murmelte er. »Bohdan hat doch gar nichts gegen dich. Wir waren alle Kumpel, eine prima Truppe . . .«

»Das war einmal«, schnitt ich ihm das Wort ab. »Aus und vorbei, nach allem, was gewesen ist.«

»Warum denn, Hip? Bohdan hat die Nerven verloren, er hat dir Dummheiten an den Kopf geworfen, das stimmt. Aber es tut ihm leid, jetzt. Er weiß, daß du nichts zu tun hast mit . . .« Er brach ab.

»Mit meinem Vater?« Unwillkürlich ballte ich die Fäuste. »Mein Vater ist ein Bulle, aber ich bin in Ordnung, ja? Da kann man nichts machen, seinen Vater sucht man sich nicht aus, das ist Schicksalssache, was?«

»Du redest Stuß. Nicht mit deinem Vater, sondern mit dieser Geschichte hast du nichts zu tun. Bohdan versteht das. Bloß daß du ihn nicht verstehen willst, verrennst dich wie ein Ochse . . .«

»Was will ich nicht verstehen? Vielleicht bist du so nett und erklärst mir das?«

»Bitte sehr. Wenn dein Vater angeklagt wäre, eine Bestechungssumme genommen zu haben, und du würdest glauben, er hat sie nicht genommen, wie wäre dir dann zumute?«

Ich kehrte zu der Bank zurück, ließ mich schwer darauf fallen.

»Überleg doch mal, Junge«, sagte ich, während ich eine dumpfe Müdigkeit, eine benebelnde Schläfrigkeit verspürte. »Sein Vater ist angeklagt, eine Bestechungssumme genommen zu haben, und mein Vater ist Offizier bei der Miliz und hat die Pflicht, der Sache nachzugehen! Schluß, aus. Wenn Herr Liwicz eine reine Weste hat, wird ihm keiner ein Härchen krümmen, da bin ich sicher.« Ich machte eine Pause, sah Leszek offen in die Augen. »Wie konnte Bohdan es wagen, zu mir zu sagen, ich täte ihm leid? Ich bin stolz auf meinen Alten. Vielleicht hat er auch seine Schattenseiten, die hat ja jeder, aber er ist ehrlich. Er hat noch nie jemandem unrecht getan. Und Bohdan . . .« Ich spuckte aus, trat den Speichel mit dem Absatz breit. »Schade um jedes Wort.«

»Bohdan bedauert, daß er das gesagt hat.«

»Er kann mir gestohlen bleiben.«

»Das ist ihm in der Aufregung so rausgerutscht. Die Sache war frisch, dicke Luft zu Hause, kapierst du. Er weiß, daß wir keinen Einfluß auf die Angelegenheiten der Erwachsenen haben. Er hat mich gebeten, dir das auszurichten. Er bittet dich um Entschuldigung. Er möchte gern, daß alles wieder so ist wie früher.«

»Wie früher . . . Es gibt Worte, die man nicht rückgängig machen kann.«

»Ohne dich ist alles ins Stocken geraten, Bohdan geht nicht mal mehr auf Sendersuche.«

Mich durchzuckte es, ich wandte rasch den Kopf, damit

Leszek es nicht bemerkte. Unsere Suche nach Sendern . . . Meine Theorie über Signale aus dem Weltall, die im Tumult Tausender Sendestationen untergehen. Vielleicht gelang es, wenn man sämtliche Wellenbereiche aufmerksam abhörte, merkwürdige Zeichen auszumachen, die zu nichts paßten – Störungen scheinbar, ungeordnete Geräusche, in denen unversehens ein Rhythmus, eine besondere Regelmäßigkeit zutage trat. Ich hatte die Truppe für diesen Gedanken begeistert. Seit sechs Monaten irrten wir über die Skalen eines Radioapparates mit vielen Empfangsbereichen, den uns Bohdans Vater gern von Zeit zu Zeit borgte. Die Signale aus dem Kosmos waren Signalen von Kurzwellensendern gewichen – wir hörten Luft- und Seefunk ab, auf einen Hilferuf lauernd. Für eine solche Gelegenheit, die bisher noch nicht eingetreten war, hatten wir einen Aktionsplan parat: Ich würde den Text mitschreiben – ich kann das Morsealphabet und ein bißchen Englisch –, Leszek würde aufs Milizrevier flitzen, Bohdan den Seerettungsdienst alarmieren. Konnte man ausschließen, daß dank unserer Hilfe ein sinkendes Schiff gerettet würde? Oder einem Sterbenden noch rechtzeitig die notwendige Medizin zugestellt? Alles schon vorgekommen.

»Soll er doch funken lernen«, sagte ich. »Dann wird er auch ohne mich fertig.«

»Verbohr dich nicht so, Hip. Das hat keinen Sinn.«

Da explodierte ich.

»Ja, du willst dir's mit beiden Seiten nicht verderben! Hier hältst du's mit mir, dort rennst du zu Bohdan, auf allen vieren würdest du kriechen und kikeriki schreien, um es nur ja allen recht zu machen!«

»Ich will Eintracht in unserer Truppe. Versteh das endlich!«

»Die Truppe gibt es nicht mehr«, parierte ich.

Er packte mich am Hemdsärmel, zog mich zu sich heran. Sein Gesicht war bleich geworden, als schicke er sich an, von einem sehr hohen Sprungbrett zu springen.

»Ich werd dir mal was sagen«, begann er in einem sonderbar pfeifenden Flüsterton. »Denk, was du willst, aber ich muß das endlich mal loswerden. Du hast einen Vaterkomplex ... Verstehst du? Eine Allergie. Du bildest dir ein, alle verübeln ihm seinen Beruf. Verübelst du ihm selbst nicht vielleicht, daß er Milizionär geworden ist ...?«

»Mir von der Pelle!« Ich spürte, wie meine Muskeln starr wurden und meine Kehle schauderhaft trocken.

»Na, dann sag ich dir auch, daß eine Menge Leute deinen Alten beneiden«, zischte Leszek weiter, ohne meinen Hemdsärmel loszulassen. »Der Sheriff, macht Jagd auf Gangster! Das ist doch was! Milizionäre sind nur bei Leuten unbeliebt, die das Gewissen drückt, hörst du? Und bei Vollidioten. Alle anderen werten einen Menschen nach dem, wie er ist, und nicht nach seinem Beruf. Meinst du, es ist leichter, ein guter Schuster zu sein als ein schlechter Ingenieur? Und wenn einer Ingenieur ist oder Arzt, dann Hut ab vor ihm, und wenn er Müllkutscher ist, kann er sich gleich den Strick nehmen? Scher dich zum Teufel mit deinem Komplex!«

»Schon gut, schon gut ...«, brummte ich undeutlich.

»Mein Vater hat einen Laden, sie reden alles mögliche über ihn, daß er sich eine goldene Nase verdient, den Leuten das Fell über die Ohren zieht. Aber ich achte ihn. Er schuftet vom Morgengrauen bis in die Nacht, zahlt hohe Steuern, betrügt keinen Menschen. Der Laden ist keine Goldgrube. Und ich spucke auf die, die sich das Maul über ihn zerreißen. Begreifst du jetzt?«

»Da ist nichts zu begreifen«, knurrte ich zurück. »Klar wie Kloßbrühe. Wozu überhaupt die Ansprache?«

»Damit das endlich aufhört. Ich lasse nicht zu, daß unsere Truppe auseinanderfällt. Du mußt dich mit Bohdan treffen.«

»Ich will nicht.«

»Du mußt«, wiederholte er. »Zier dich nicht wie die Zikke am Strick.«

»Nur deshalb bist du hergekommen?«

Er lächelte, zwinkerte mir zu. Ich tat, als bemerkte ich es nicht.

»Deshalb auch«, sagte er. »Aber vor allem, um zu schießen. Das letzte Mal hast du mit nur vier Ringen Vorsprung gewonnen, heute gehst du baden. Ich hab heute morgen ein paar Stunden trainiert, hab der Reihe nach sämtliche Zinken von einem Kamm weggeputzt.«

»Na, dann laß mal sehen«, sagte ich lächelnd.

Ich brachte zwei Schießscheiben aus dem Haus, befestigte sie mit Reißzwecken an der Rückwand des Schuppens. Wir stellten uns unter der Kiefer auf, in zwanzig Meter Entfernung von den Scheiben. Leszek holte eine runde Schachtel mit Bleikügelchen aus der Tasche, zählte zehn für mich ab und zehn für sich. Dann warf er eine 20-Groszy-Münze in die Luft, und das Los entschied, daß ich als erster mit Schießen dran war.

Von hundert möglichen schoß ich vierundsiebzig Ringe. Leszek zweiundachtzig. Die drei letzten Kugeln setzte er genau in die Zehn.

Prospero aß ohne Appetit. Die Kohlsuppe hatte er kaum angerührt, an der Bulette kaute er, als wäre sie aus Gummi.

»Tut mir leid«, sagte ich. »Das Fleisch, das du gestern gekauft hast, war nur zum Durchdrehen geeignet.«

»Sage ich was? Vorzüglich, die Bulette. Zwar noch ein bißchen roh . . .«

Er hatte es doch bemerkt! Daran war das Duell mit Leszek schuld . . .

»Mach dir nichts draus, und zu entschuldigen brauchst du dich nicht. Du bist auch so ein ausgezeichneter Koch. Nur noch eine Tasse Kaffee, und ich wäre wunschlos glücklich.«

Ich brühte ihn nach Prosperos Rezept: ein Glas Wasser, zwei gehäufte Kaffeelöffel »Robusta«, kurz mischen und in einem Kupfertöpfchen auf kleine Flamme. Kurz vor dem Aufkochen vom Feuer nehmen, Zucker hineingeben, eine Minute warten und wieder auf kleine Flamme. Die Hauptsache ist, daß der Kaffee nicht kocht, weil er dann Geschmack und Aroma verliert. Zu guter Letzt noch eine winzige Prise Zimt und ein bißchen Vanillezucker.

Er trank gierig und verbrannte sich die Lippen. Nach ein paar Schlucken lockerte er die Krawatte, knöpfte den Knopf am Hemdkragen auf. Er schwieg. Das war seltsam, mir kam der Verdacht, daß er vielleicht krank sei.

»Hast du Kummer?« fragte ich.

Er hob den Kopf über der Tasse und sah mich ein paar Sekunden lang an: starr, forschend, als wäre ich ihm auf einmal in neuer Gestalt erschienen. »Gewissermaßen«, brummte er. »Nichts Besonderes.«

Da klingelte das Telefon. Ich kam Prospero zuvor, nahm den Hörer von der Gabel. Ich hatte erwartet, daß Wika dran sei. Der heisere Baß gehörte Staatsanwalt Orlicz.

»Grüß dich, wie geht's, Hipolit? Dürfte ich mal den Papa . . .?«

Wortlos reichte ich Vater den Hörer hin, er blickte mich

fragend an, und nach kurzem Zögern hielt er den Hörer ans Ohr: »Oberleutnant Grobla, ja bitte?«

Sein Gesicht verfinsterte sich. Die Brauen stießen jetzt über der Nasenwurzel zusammen und bildeten eine einzige buschige Linie. Mit der freien Hand drehte er die Tasse auf dem Untersatz.

»Verstanden«, sagte er. »Wenn ich sie vollständig hätte, würde ich sie dir sofort rüberschicken.« Pause. »Du willst es wissen? Na, dann sage ich dir: Ich habe Zweifel. Am Anfang hatte ich keine, aber jetzt habe ich welche. Dieser Rowiński gefällt mir nicht. Damals hat er ausgesagt, er hätte den Umschlag mit dem Geld auf den Schreibtisch gelegt, und heute wieder, er hätte ihn in Liwicz' Manteltasche gesteckt. Scheinbar nebensächlich, und trotzdem ...« Pause. »Weiter behauptet er, Liwicz hätte erst, als er den Umschlag mit dem Geld gesehen habe, versprochen, ihm den Gewerbeschein für den Bierkiosk binnen einem Monat zu beschaffen.« Pause. »Gewiß doch, das hab ich nachgeprüft, er hat das Geld auf der Sparkasse abgehoben, genau fünftausend, er war mit seiner Frau dort. Die Kassiererin erinnert sich deutlich, sie kennt Rowiński.« Pause. »Das stimmt, Liwicz hat am selben Tag seinem Nachbarn Geld zurückgezahlt, das er sich geborgt hatte, viertausend ... Ja und? Ein paar Tage vorher hatte er von seinem Bruder aus Warschau eine Überweisung über sechstausendfünfhundert gekriegt, das haben wir auch nachgeprüft, von diesem Geld kann er dem Nachbarn die Schulden bezahlt haben.«

Ich war schon in der Küche, wusch das Geschirr ab, doch es drang jedes Wort zu mir, obwohl Vater gedämpft sprach.

»Diese zwei Versionen mit dem Umschlag, das ist noch nicht alles, Władek ...« Pause. »Vorerst kann ich noch nichts Genaues sagen, aber ich habe den Eindruck, Rowiński hat was mit dem Geld gemacht... Wozu? Ein Motiv würde sich finden lassen. Liwicz galt als unbestechlich, es hätte sich folglich gelohnt, ihn rauszudrängen. Vielleicht wäre sein Nachfolger leichter herumzukriegen gewesen, verstehst du, Władek... Ja.« Pause. »Jawohl, Genosse Staatsanwalt, höchstens zwei, drei Tage.«

Das Klicken des aufgelegten Hörers. Ich trocknete die letzte Gabel ab und ging ins Zimmer zurück. Prospero saß auf dem Rand der Schlafcouch, das Kinn auf die Faust gestützt.

»Du hast nichts gehört«, sagte er.

»Natürlich nicht«, stimmte ich zu. »Du glaubst, Liwicz hat es nicht genommen?«

»Wenn du noch mehr murrst, so will ich einen Eichbaum spalten und dich in sein knot'ges Eingeweide keilen«, warnte er mich mit seinem Lieblingszitat aus dem »Sturm«. »Das geht dich nichts an, verstanden?«

Er war immerhin aufgeräumter, nach diesem Gespräch mit Orlicz, als hätte er eine Last von seinen Schultern gewälzt. Offenbar hatte er das Gespräch gefürchtet.

»Entschuldige«, sagte ich. »Ich kann nichts dafür, daß das Haus hellhörig ist und der Staatsanwalt hier anruft, statt in der Dienststelle, und auch noch dann, wenn ich die ödeste Arbeit von der Welt mache – abwaschen. Ich verspreche dir, daß ich alles vergesse, aber sag mir, wieso denkst du, Liwicz hätte eine reine Weste.«

Er lächelte fein, setzte sich bequemer auf der Couch zurecht. Das Ächzen der Sprungfedern gemahnte an seine hundertzwanzig Kilo.

»Intuition. Vorläufig beinahe nur Intuition, Ariel, na und ein paar kleine Fakten. Die zwei Versionen vom Zustecken des Bestechungsgeldes. Der Umstand, daß Liwicz nicht mal versucht hat, Rowiński die Gewerbezulassung zu beschaffen, sondern, im Gegenteil, Antrag auf Ablehnung gestellt hat. Noch ein paar andere.«

»Aber in Liwicz' Arbeitszimmer habt ihr den grünen Umschlag gefunden. Genau so einen, wie Rowiński ihn beschrieben hat.«

»Woher weißt du das?« Er sah mich verblüfft an.

»Intuition«, antwortete ich lächelnd. »Oder genauer, dein Gespräch mit Orlicz vor einer Woche.«

Prospero räusperte sich, warf einen Blick auf die Uhr.

»Das nächste Mal setz ich dich vor die Tür, wenn ich ein Dienstgespräch habe«, sagte er. »Jemandem einen Briefumschlag unterzuschmuggeln ist ein Kinderspiel, wenn man eine Provokation plant.«

»Liebst du deine Arbeit?« fragte ich.

Er stand von der Couch auf. Knöpfte sich den Kragen zu, zog sorgfältig die Krawatte straff, griff nach der Uniformjacke, die über der Stuhllehne hing. Langsam schloß er die Knöpfe, von oben nach unten.

»Ich nehme an, es liegt kein verzierter Ring mehr im Bad«, sagte er und sah dabei zum Fenster hinaus.

»Stimmt, keiner mehr«, bestätigte ich flüsternd.

»Ich nehme an, du möchtest nicht, daß ich frage, wem dieser Ring gehört?«

»Besser nicht, Prospero . . .«

Er schloß den letzten Knopf, zog wieder den Krawattenknoten zurecht, noch immer schaute er zum Fenster hinaus.

»Ich möchte nicht enttäuscht werden von dir, Ariel.«

»Ich denke daran, Prospero. Immer.«

»Machst du auch keine Dummheiten, Kleiner?«

Ich trat zu Vater, steckte die Hände unter sein dickes

Lederkoppel. Das hatte ich immer gemacht, wenn ich meinte, er sei mir böse.

»Ich glaube, nicht«, flüsterte ich. »Obwohl ich mir nicht ganz sicher bin. Aber eigentlich nicht.«

Er strich mir übers Haar. Seine Hand war schwer, obwohl sie zart zu streicheln verstand. Ich lächelte ihm zu, er gab mir das Lächeln zurück.

4

Herr Tadeusz war nicht allein: In der Werkstatt spazierte ein Mann mit langer Nase und kleinen, tiefliegenden schwarzen Augen auf und ab, der eine Nylonkutte und verblichene Niethosen trug. Er blieb vor den Uhren stehen und beguckte sie sich aufmerksam, horchte auf ihr Ticken, studierte die Firmennamen, die auf den Zifferblättern standen. Eine Uhr hatte es ihm offenbar besonders angetan: sie war in eine Gruppe aus Marmor und Bronze eingelassen, die Musikanten auf einer Dorfhochzeit darstellte – er betrachtete jede Figur einzeln, fuhr mit den Fingern über die winzigen Dudelsäcke und Hirtenflöten. Ich sah durch die Scheibe, wie er sich wieder und wieder lebhaft an Herrn Tadeusz wandte.

Ich ging hinein. Der Langnasige bemerkte es nicht einmal, so nahm ihn die Besichtigung der Kapelle gefangen. Herr Tadeusz begrüßte mich, dann wies er auf seinen Gast.

»Kannst du dir denken, wer das ist?« fragte er flüsternd. »Professor Brzoza!«

Mir fiel seine Erzählung auf dem Kahn wieder ein, und

ich sah neugierig zu dem Neurochirurgen. Der schien das zu spüren, er drehte sich langsam um.

»Guten Tag, junger Mann«, sagte er und musterte mich mit seinen bohrenden Äuglein.

»Ein Kind der Volksmacht«, stellte mich Herr Tadeusz lächelnd vor. »Mit anderen Worten, der Sohn unseres Milizkommandanten, Hipolit Grobla. Ich habe ihm von Ihnen erzählt, Herr Professor. Wir haben uns sogar gestritten . . .«

»Im Zusammenhang mit mir?« fragte der Professor ernst.

Ich sah Herrn Tadeusz böse an, dann wandte ich mich an den Professor: »Herr Tadeusz behauptet, in unserem See gäbe es Hechte, und wir sind anderer Meinung.«

»Eine recht geschickte Ausrede. Du hättest nur vorher Herrn Tadeusz nicht so zornig angucken dürfen. Wie war das also mit diesem Streit . . .?«

Mir schien, als hätte er dem Uhrmacher ein klein wenig zugezwinkert.

»Ich habe den Jungs von Ihren berühmten Versuchen erzählt«, erklärte Herr Tadeusz, »und da fragte Hipolits Freund, ob Sie ihm nicht in Mathematik helfen könnten. Sie waren entrüstet, als ich ihnen antwortete, große Wissenschaftler hätten keine Zeit für Kinkerlitzchen.«

Professor Brzoza holte eine riesige schwarze Pfeife aus der Tasche, klemmte sich das weißgebissene Mundstück zwischen die Zähne und zog ein paarmal daran.

»Vor drei Jahren habe ich das Rauchen aufgegeben«, sagte er, »aber die Pfeife kann ich mir nicht abgewöhnen. Die Jungs hatten recht, Herr Tadeusz.«

»Recht?« Auf dem Gesicht des Uhrmachers malte sich Erstaunen, seine Hand wanderte in Richtung Glatze.

»Ich würde deinem Freund sehr gern in Mathematik

helfen«, sagte der Professor, an mich gerichtet. »Ich hatte selber in der Schule arge Probleme damit und kann mich bestens daran erinnern. Leider wäre die Hilfe vorläufig zu kompliziert: Ich müßte den Schädel öffnen, Elektroden in das Gehirn einsetzen und aus einem besonderen Apparat elektrische Impulse aussenden.«

»Ich vermute, damit wäre Leszek wohl nicht einverstanden«, sagte ich. »Irgendwie schafft er schon seine Drei in Mathe, und ein Loch im Schädel ist nicht gerade was Feines.«

»Da hast du recht«, gab er zu. »Die Hirnforschung steckt noch in den Kinderschuhen. Wir haben erst einen Teil der Zentren ausgemacht, die Funktionen wie Gedächtnis, Hunger, Intelligenz, Angst, Aggressivität steuern, und die sind wir imstande zu stimulieren, aber noch unvollkommen. Ich glaube allerdings, im Laufe der Zeit können wir deinem Freund einen Miniapparat mit einem Knöpfchen anbieten, und er wird, nachdem er diesen Knopf gedrückt hat, mühelos die verwickelste Aufgabe mit drei Unbekannten lösen.«

»Das ist kein Scherz?« fragte ich unsicher.

»Wo denkst du hin. Nahe Zukunft. Man braucht nur eine genaue Hirnkarte anzufertigen und einen Apparat zu erfinden, der auf Entfernung, ohne Elektroden und Drähte, Impulse in die richtigen Hirnzentren sendet.«

»Ein bißchen scherzen Sie wohl doch, Herr Professor«, warf der Uhrmacher ein, den verstörten Blick auf Brzoza geheftet. »Solche Wunderdinge sind, mit Verlaub gesagt, Phantastik.«

»Die Wissenschaftler sind heutzutage Spezialisten auf dem Gebiet der Wunder.« Der Professor lächelte zum ersten Mal. »Oder vielmehr, Wunder gibt es heute nicht mehr, Herr Tadeusz, die Phantastik aber wurde in konkrete wissenschaftliche Pläne umgewandelt. Viele Wissenschaftler spezialisieren sich heute auf Dinge, die nicht denkbar sind.«

»Aber das mit dem Gehirn ... Wie im Märchen ...«, stammelte ich; ich war ganz und gar weg. »Glauben Sie, Herr Professor, daß man mittels eines Knopfdrucks ein Genie werden kann?«

»Das habe ich nicht gesagt.« Er schüttelte den Kopf. »Genie ist Talent plus harte Arbeit, Wissen und Erfahrung. Wir wollen die Kunst erlernen, das Gehirn anzuregen, sein Aufnahmevermögen zu steigern. Ein besseres Gedächtnis, ein höherer Intelligenzgrad, das wäre erreichbar.

Aber Wissen und Erfahrung wird der Mensch allein erwerben müssen.«

»Und die anderen Eigenschaften? Solche wie Haß, Heuchelei? Wird man die mit Knöpfen bekämpfen können?«

Der Professor nahm die Pfeife aus dem Mund, wog sie in der Hand und steckte sie bedächtig in die Jackentasche zurück.

»Ich habe mit einem Schimpansen experimentiert«, sagte er. »Das war ein außergewöhnlich bösartiges und aggressives Tier, es griff jeden an, der in seine Nähe kam. Ich habe ihm Elektroden ins Aggressionszentrum eingepflanzt, und auf jeden Wutparoxysmus antwortete ich mit einem elektrischen Impuls. Nach einer gewissen Zeit tauchten die Wutanfälle immer seltener auf, der Affe wurde sanfter, wurde gesellig. Ich stellte die Stromstöße ein, aber das Tier verhielt sich weiterhin freundlich gegenüber seiner Umgebung.«

»Meinen Sie, etwas Ähnliches könnte bei Menschen gelingen?« fragte ich.

»Wenn Elektroden nicht mehr nötig sind und wir die

Impulse drahtlos aussenden können«, sagte er leise, wie zu sich selbst, »dann werden wir einen zentralen Apparat bauen, einen einzigen großen Apparat, der eingestellt ist auf die Zentren des Bösen. Die Menschen werden, ohne es selber zu wissen, die Impulse schlucken, und dann . . .« Er brach ab und wandte sich, nun in ganz anderem Ton, mit einem belustigten Lächeln an mich: »Von klein auf habe ich diesen Hang zum Phantasieren. Manchmal bekam ich in der Schule eine Fünf verpaßt, weil ich mit den Gedanken sehr weit weg war und keine Ahnung hatte, wovon der Lehrer sprach. Und Lehrer können das auf den Tod nicht leiden.«

»Genau«, pflichtete ich ihm hastig bei, denn ich hatte selber oft solche Sorgen. »Die Lehrer können das nicht verstehen.«

»Und das ist richtig so, daß sie das nicht können. Ich mag es auch nicht, wenn meine Studenten während der Vorlesung mit den Gedanken in die Ferne schweifen. Ich teile gnadenlos Fünfen aus. Phantasie ist eine schöne Sache, aber nur dann, wenn man sie zu lenken versteht. Phantasie und Selbstdisziplin müssen Hand in Hand gehen, damit man was leistet im Leben.« Er faßte mich unters Kinn, sah mir in die Augen. »Bestell deinem Freund, ich würde seinen Kummer mit der Mathematik durchaus nicht unterschätzen und ihm gern helfen, wenn ich könnte.« Er lächelte zu Herrn Tadeusz hin. »Ich wünsche Ihnen einen Superhecht. Und falls Sie sich entschließen sollten, diese Uhr mit der Kapelle zu verkaufen, lassen Sie es mich bitte wissen.«

Er drückte uns die Hand, verbeugte sich und verließ die Werkstatt.

»Ein großer Mann«, sagte Herr Tadeusz. »José Delgado höchstpersönlich hat ihm seine Anerkennung ausgesprochen. Wer weiß, vielleicht trete ich dem Professor die Uhr ab, obwohl ich unerhört an ihr hänge. So einem Menschen darf man nichts abschlagen.«

Er trat zu der Uhr, rückte den großen Zeiger auf zwölf, die Kapelle wurde plötzlich lebendig: Die kleinen Figuren begannen sich zu wiegen, die Dudelsäcke, Schalmeien und Fiedeln ertönten, ein Jünglingspaar tanzte einen Kujawiak. Ich stand wie verzaubert, bis der letzte Ton verklungen war und die Tänzer mitten in einer unvollendeten Figur erstarrten.

»Wunderbar . . .«, flüsterte ich. »Diese Uhr habe ich noch nie bei Ihnen gesehen . . .«

»Ich hatte sie zu Hause. Sie stand auf dem Dachboden, und ich wußte nicht, daß sich die Figuren bewegen. Vor kurzem habe ich den verborgenen Mechanismus entdeckt, er war beschädigt, erst heute ist es mir gelungen, ihn zu reparieren.« Er trat ans Regal, nahm den Wecker herunter und stellte ihn vor mich hin. »Und hier ist deine rebellische Uhr, ich habe sie gebändigt, sie wird jetzt artig gehen und rechtzeitig klingeln. Ich hab ihr die launische Natur ausgetrieben. In unserer Zeit steht es einem Wecker nicht zu, Charakter zu haben. Er hat zu gehen und zu klingeln . . .«

Amüsiert stellte ich fest, daß mir der Wecker leid tat. Nie hätte ich für möglich gehalten, daß ich imstande war, so etwas zu empfinden.

»Ihre Scherze sind unerhört überzeugend«, sagte ich mit einem Lächeln, »aber mein Vater darf leider nicht zu spät zur Arbeit kommen.«

»Wie geht es dem Herrn Kommandanten? Hat er den Fall Liwicz schon abgeschlossen? Weil der Rowiński so verteufelt aufgeregt ist.«

»Sie haben selber gesagt, ich soll mich nicht in die Angelegenheiten der Erwachsenen mischen. Aber die Ohren kann ich mir nicht zustopfen. Wie es aussieht, hat Vater Zweifel.«

»Was für Zweifel?« fragte er gespannt.

»Einfach Zweifel. Er hat mir nicht anvertraut, was für welche. Und wieso ist Rowiński so aufgeregt?«

»Er ist mein Nachbar. Wir wohnen seit zwanzig Jahren nebeneinander, da lebte noch seine erste Frau. Damals ging es ihm besser als jetzt ...« Er brach kurz ab. »Mit der zweiten Frau lebt er nicht besonders. Es dreht sich wohl um den Wojtek, seinen Sohn aus erster Ehe, der Junge ist nicht gerade gut geraten. Erwachsen ist er ja schon, zweiundzwanzig, aber dumm wie Bohnenstroh, hat keinen Beruf gelernt. Er gondelt im Land herum, liegt auf der Bärenhaut, ein Schwindler. Von Zeit zu Zeit ist er in der Klemme, dann bestürmt er den Vater, ihm zu helfen, bettelt um Geld, aber die Stiefmutter will nicht, daß er was schickt, und sicherlich hat sie recht. Ein Mann soll arbeiten, sich durchschlagen, und nicht seinen Vater melken. Aber Vater ist Vater, also kannst du dir denken ...« Er wickelte mir den Wecker in graues Packpapier ein und schlang einen Bindfaden darum. »Die Leute haben schon ihre Probleme«, fuhr er seufzend fort. »Und nun noch diese Affäre mit Liwicz, schwer zu verstehen, was der Rowiński davon hat, keine schöne Geschichte. Dreißig Złoty bekomme ich.«

Ich legte das Geld auf den Ladentisch, Herr Tadeusz warf es, ohne nachzuzählen, ins Schubfach. Etwas ging mir auf einmal im Kopf herum, ein unklarer Gedanke, eine verschwommene Ahnung. Ich versuchte sie genauer zu fassen, und es gelang mit nicht ... Etwas war mir aufgefallen an der Erzählung des Uhrmachers. Ein Lichtblitz war aufgezuckt und erloschen, ich konnte ihn nicht wiederfinden.

Hatte er gesehen, daß ich bei dem Uhrmacher eingetreten war? Vielleicht war es auch Zufall. Ich verließ den Laden, machte ein paar Schritte und stieß direkt auf Bohdan. Unwillkürlich blieb ich stehen, auch er ging nicht weiter.

»Grüß dich«, murmelte er und blickte zur Seite.

»Grüß dich«, murmelte ich zurück.

Lange Pause.

»Na, was Neues bei dir?« fragte er und hielt dabei nach etwas auf dem Kirchturm Ausschau.

»Nichts«, entgegnete ich. »Alles wie gehabt.«

»Genau wie bei mir.«

Wir schwiegen. Er war fast einen Kopf größer als ich, eine Latte mit braunen Tatarenaugen.

»Heiß ist das«, sagte ich. »Eine Affenhitze.«

Es war wirklich sehr heiß, vom Himmel flossen weiße Streifen aus Sonnenglut, die Luft stand reglos und flimmerte nur über dem erhitzten Asphalt. Der Markt lag verlassen, die Leute hatten Zuflucht in ihren Wohnungen gesucht, nur am Zeitungskiosk stand ein roter Taunus mit ausländischem Kennzeichen. Der Besitzer erkundigte sich nach etwas bei der Kioskfrau und hielt sich eine Zeitung schützend über den kahlen Scheitel.

»Ja, ganz schön heiß«, stimmte mir Bohdan zu. »Ein Eis könnte nicht schaden. Kommst du mit?«

Ich schwankte; ich wollte sagen, ich hätte es eilig, statt dessen nickte ich. Es war mir einfach so passiert.

Wortlos überquerten wir den Marktplatz, Bohdan stieß die Tür zum Café »Morgenröte« auf. Hier war es auch leer, hinterm Büfett döste Frau Żukowa und ließ es sich unter den Windstößen des Ventilators wohl sein.

»Zweimal ein großes«, bestellte Bohdan.

Frau Żukowa hob träge die Lider und nahm den Deckel vom Eiskübel. Sie tauchte den Portionslöffel hinein und tat je drei große gelbliche Kugeln in die Glasschälchen. Bohdan legte zwanzig Złoty vor sie hin.

»Momentchen mal«, sagte ich. »Ich zahle selbst.«

»Das nächste spendierst du.« Er schob meine Hand mit dem 10-Złoty-Stück weg. »Laß gut sein, Hip.«

»Seht euch das an«, sagte Frau Żukowa lächelnd, während sie Bohdan sechs Złoty herausgab. »Beide wollen sie bezahlen! Hier feilschen die Leute immer anders herum: Jeder hätte es lieber auf fremde Rechnung.«

Wir trugen die Schalen zu einem Tischchen am Fenster. Bohdan ging noch einmal zum Büfett und brachte zwei Flaschen Mineralwasser, schenkte ein. Das Wasser war lauwarm, ohne Bläschen, dafür war das Eis, das Frau Żukowa machte, wunderbar: Im Innern der Kugeln stieß man auf Rosinen, Mandeln, Apfelsinenschalenstückchen.

Wir aßen schweigend. Ich sah durch die Schaufensterscheibe auf den verlassenen Platz hinaus. Wieder hielt ein Personenwagen, und die Insassen betrachteten ohne auszusteigen die bunten Häuser und das Rathaus.

»Wollen wir es begraben?« fragte Bohdan halblaut.

»Ich weiß nicht«, erwiderte ich. »Das ist nicht einfach.«

»Wir müssen. Ich hab Blech geredet. Entschuldige.«

»So ein Blech nun wieder auch nicht«, sagte ich leise und leckte eine weißliche Rosine vom Löffel. »Und du bist nicht der erste. Ich müßte es längst gewohnt sein.«

»Du spinnst, Hip.«

»Stimmt«, gab ich zu. »Ich spinne. Du hast ungeheueres Blech geredet, Bohdan.«

»Wenn du wüßtest, was ich für einen Tag hinter mir hatte. Wegen meines Alten. Damals hat das Theater ja gerade angefangen. Aber sprechen wir nicht mehr davon, Hip.«

Ich nahm Eis auf den Löffel, saugte es mit der Zungenspitze herunter. Es brannte, mir war, als hätte ich mich verbrüht.

»Laß uns drüber sprechen«, schlug ich vor. »Ich möchte bestimmte Dinge mit dir bis zu Ende bereden. Zum Beispiel möchte ich wissen, was du damals mir gegenüber empfunden hast.«

»Hör schon auf . . .«

»Nein«, sagte ich hartnäckig. »Wenn wir das nicht klären, bleibt es wie ein Splitter in uns stecken.«

Bohdan drehte das Glas mit dem Wasser zwischen den Fingern, nahm einen Schluck, verzog das Gesicht, wischte sich mit einer Serviette den Mund.

»Ich war überzeugt, daß mein Alter das nicht gemacht hat«, ließ er sich mit heiserer, gedämpfter Stimme vernehmen und sah dabei auf die Glasplatte des Tischs. »Bis heute bin ich sicher, daß er es nicht genommen hat . . .«

»Weiter.«

»Dein Vater hatte ihn an dem Tag vernommen. Das war keine angenehme Unterhaltung, verstehst du, ich hatte gehört, wie Vater es meiner Mutter erzählte . . .«

»Weiter.«

»Wie wäre dir zumute, wenn man dir etwas vorwürfe, was du nicht getan hast?«

»Nicht wichtig. Sprich weiter, Bohdan.«

»Du weißt, was für einen Ruf mein Alter hier hat. Und mit dem guten Ruf steht und fällt alles. Wenn sie einmal anfangen, die Zungen über dich zu wetzen, dann kannst du dein Bündel schnüren . . . Mein Alter war wütend auf deinen, daß er ihm nicht glaubt, er war fix und fertig, am Ende. Ich habe ihn noch nie so gesehen. Als sie in seinem

103

Arbeitszimmer diesen grünen Briefumschlag fanden, wo das Geld drin gewesen sein soll, hat ihn das total umgehauen.«

»Weiter.«

»Na, und da kamst du, und kurz zuvor hatte ich den Jungs erzählt, wie dein Vater meinen verhört hatte, ihn aufgefordert hatte, zuzugeben . . .«

»Ich verstehe«, sagte ich. »Du hast mich gehaßt.«

»Ja.«

»Und jetzt?« Ich sah ihm offen in die Augen. »Was hat sich seit damals geändert?«

Er schwieg. Leckte den trockenen Löffel ab.

»Du hast damit nichts zu tun«, sagte er endlich. »Das hab ich begriffen. Ich war ein Esel, daß ich dich damals so beschimpft habe.«

»Sachte. Das ist noch nicht alles. Ich bin in Ordnung, aber meinen Vater haßt du, ja?«

»Gib schone Ruhe . . .«, stammelte er.

»Gebe ich nicht, alles bis zum Schluß. Wenn du auf dem Markt auf mich gewartet hast . . .«

»Hab ich nicht«, unterbrach er mich. »Reiner Zufall. Aber . . .«

»Na schön, geschenkt. Wenn wir jetzt miteinander reden, müssen wir uns alles sagen. Du haßt also meinen Vater, weil er gegen deinen ermittelt. Vielleicht hast du ihn aber auch schon früher gehaßt?«

»Na, weißt du . . .«

»Einverstanden.« Ich nickte. »Demnach hat Rowiński das Recht, deinen Vater zu hassen, weil der ihm nicht die Zulassung für den Kiosk gegeben hat. Und wenn er dieses Recht hat, dann durfte er . . .«

»Bist du verrückt geworden? Der Rat der Stadt ist nicht der Privatladen meines Alten! Er hat Anweisungen, Pflichten! Er hat Rowiński die Genehmigung für den Kiosk nicht erteilt, weil er fand, in Bory genügt einer. Im übrigen gibt es Vorschriften, mein Vater hat darüber nicht zu entscheiden.«

»Ja eben!« hakte ich ein. »Du bringst mich selber darauf. Anweisungen, Pflichten, Vorschriften. Dein Vater ist Vollstrecker des Gesetzes. Aber meiner auch. Es ist eine Klage eingegangen, es sind Beweise vorhanden. Wenn du der Meinung bist, dein Vater ist ehrlich, dann gestatte das gleiche auch meinem. Gestatte ihm, seine Pflicht zu tun.«

Bohdan senkte den Kopf über dem Tischchen. Er stieß den Löffel in einen Eisklumpen und fing an, ihn darin zu drehen wie einen Bohrer. Aus dem Klümpchen löste sich eine Mandel und ein Stückchen Apfelsinenschale, er vermischte es mit dem Eis, zerdrückte es, schmierte es in der Schale breit.

»Mein Vater hat dieses Geld nicht genommen«, sagte er. »Und dein Alter glaubt ihm das nicht.«

»Woher weißt du das?«

»Er glaubt ihm nicht«, wiederholte er. »Er bekniet ihn alle paar Tage von neuem und verlangt, er soll es zugeben.«

Ich focht einen kurzen Kampf mit mir aus. Soll ich es ihm sagen? . . . Nein, ich kann nicht. Obwohl ich ja weiß, daß Vater an Liwicz' Schuld zweifelt, daß er deswegen einen Zusammenstoß mit dem Staatsanwalt hatte. Selbst wenn er mir schwören würde, zu Hause den Mund zu halten, das kann ich nicht machen.

»Das ist normal«, sagte ich, »und es beweist gar nichts. Ein Untersuchungsoffizier hat die Pflicht, an allem zu zweifeln und nur die Tatsachen zu sehen, selbst gegen seine innere Überzeugung. Und die Tatsachen sprechen vorläufig gegen deinen Vater.«

»Was sind das schon für Tatsachen . . .« Er winkte ab.

»Rowińskis Aussage. Der grüne Umschlag in dem Arbeitszimmer. Das Geld, das Rowiński genau an dem Tag abgehoben hat, als er zum Rat der Stadt ging.«

Diese Fakten konnte ich ihm unbesorgt aufzählen, alle in Bory kannten sie. Bohdan richtete sich auf, sah mich traurig an.

»Reden wir nicht mehr davon«, flüsterte er. »Uns fällt sowieso nichts ein.«

»Wer weiß. Wenn wir dahinterkämen, was Rowiński mit den Kohlen gemacht hat, stünde dein Alter sauber da.«

»Was wird er schon damit machen?« Er zuckte die Schultern. »Er verfrißt es, oder er hat es in den Strumpf gesteckt, fünftausend sind keine Million.«

Er hatte recht, Prosperos Zweifel waren zu nichts nütze, wenn er nicht Beweise fand, die für Liwicz sprachen. Und im übrigen . . . Hatte Liwicz das Geld wirklich nicht genommen? Zeugen gab es nicht, er konnte sich sicher fühlen. Wer jemandem eine Bestechungssumme zusteckt, kommt für gewöhnlich nicht hinterher an und verklagt den anderen. Rowiński hatte ausgesagt, Liwicz hätte ihm versprochen, daß er seinen Antrag unterstützen, aber nicht, daß er ihm die Zulassung beschaffen wolle. Er hätte später sagen können, er habe ihn unterstützt, doch »die oben« hätten abgelehnt, das sei nicht seine Schuld. Und wenn er das Geld genommen hatte, mußte er das durchaus nicht vor seiner Familie zugeben, war es nicht besser, selbst vor seinen Nächsten den Märtyrer zu spielen? Also Bohdan ist sicher, er glaubt seinem Vater, aber das beweist leider überhaupt nichts.

»Mach dir keine Sorgen«, sagte ich ohne Überzeugung. »Lügen haben kurze Beine. Mein Vater findet bestimmt die Wahrheit heraus.«

Ich ging zu Frau Żukowa und bestellte noch zwei Portionen Eis, brachte sie an den Tisch. Bohdan saß noch immer unbeweglich da, fuhr mit seinem Löffel in der Milchsuppe herum.

»Jedenfalls ist zwischen uns wieder alles eingerenkt. Das ist prima, Hip. Werden wir weiter nach Sendern suchen?«

»Wir werden«, erwiderte ich. »Leszek hat dir bestimmt erzählt, daß ich ihn um ein Haar verprügelt hätte.«

»Hat er.« Bohdan lächelte. »Aber ich hatte ihn nicht um Vermittlung gebeten. Er wußte nur, daß es mir leid tat. Es liegt mir nicht, Meinungsverschiedenheiten mit Freunden durch Mittelsleute zu bereinigen. Kommst du morgen nachmittag bei mir vorbei? Leszek und Wika sind auch da.«

Wika, dachte ich unwillig, sie kommt auch zu ihm, dabei weiß sie gar nicht, daß wir uns wieder vertragen haben. Bohdan sieht gut aus, er gefällt allen Mädchen in unserer Klasse, kein Wunder, daß auch Wika ... Ich dachte es verstimmt, aber ich war nicht wütend, ich staunte selbst, wie wenig mich das kratzte. Nach ihrem gestrigen Besuch müßte es mich mehr interessieren. Oder vielleicht machte ich mir nur selber vor, daß mich das kalt ließ? Sie gefiel mir doch ...

Und sofort war Majka wieder da, ihr glattes, helles Haar, die blauen Augen, die biegsame Gestalt ...

»Ich weiß nicht, ob ich kann«, antwortete ich. »Ich hab noch was zu erledigen.«

»Im Haus? Soll ich dir nicht helfen?«

Früher war es des öfteren vorgekommen, daß er mir beim Mittagkochen, beim Brennholzhacken oder beim Aufräumen half. Es war nie passiert, daß ich ihm etwas verheimlicht hätte; doch von Majka durfte ich ihm nichts sagen, es war nicht nur mein Geheimnis.

»Danke, Junge. Ich schaff's schon allein, nichts Weltbewegendes. Wenn du Zeit hast, können wir uns am Nachmittag treffen.«

Wir verabschiedeten uns vor dem Café. Die Hitze hatte inzwischen nachgelassen, die Sonne war hinter den Dächern der Häuser versunken. Nur von den angeheizten Asphaltplatten stiegen noch heiße Dünste auf. Mein Fahrrad stand im Schatten, gegen das Mäuerchen neben der Pumpe gelehnt, ich schwang mich nach Cowboy-Art darauf, aus dem Stand.

Und ich weiß bis heute nicht, wie es geschehen konnte, daß ich das Gleichgewicht verlor. Das Rad flog zur Seite, ich knallte hin, verspürte einen heftigen Schmerz im linken Ellbogen. Ich hatte ihn mir an einer alten Konservendose fast bis auf den Knochen aufgeschnitten.

Bohdan war noch nicht weit, er kam zu mir gerannt, half mir auf. Aus dem linken Arm sickerte ein dünner roter Strahl.

»Nicht der Rede wert«, brummte ich, »tut nicht mal weh. Hast du ein Taschentuch?«

Bohdan zog ein kariertes Taschentuch aus der Tasche, band mir damit den Arm oberhalb der Verletzung straff ab. Der Blutstrom war gestillt. Die Wunde jedoch sah böse aus, sie war tief, hatte schartige Ränder.

»In die Poliklinik«, sagte Bohdan. »Aber nichts wie hin, Junge, so was kann eklig werden. Wie hast du das gemacht?«

»Weiß ich selber nicht.« Angewidert besah ich mir das rosarote Loch. »Es geht auch ohne Quacksalber. Ich hab Jod und Verbandzeug zu Hause.«

»Bei dir piept's wohl. Die Büchse ist rostig, das kann eine Blutvergiftung geben. Hast du Angst vorm Arzt?«

»Sonst noch was?« Ich zuckte den gesunden Arm. »Ich bin neugierig, wer heute Dienst hat in der Poliklinik ...«

Ich ging also hin, und natürlich hatte Frau Doktor Badeńska Dienst. Die Schwester führte mich ins Behandlungszimmer, noch wußte ich nicht, wen ich dort treffen würde, es konnte Doktor Roszkowski oder Doktor Kudaś da sein. Aber hinterm Schreibtisch erhob sich Frau Ala, dunkelhaarig, kurzgeschoren wie ein Junge und wie ein Junge schlank, mit ruhigen, wie abgezirkelten Bewegungen.

»Meinen Gruß dem Honigkuchenpferd«, sagte sie. »Du kommst mir gerade recht.«

»Wenn ich gewußt hätte ...«, murmelte ich.

»Ohne Frage hast du das.«

Sie zwinkerte mir zu. »Und hast dir extra die Pfote aufgeschlagen. Leg sie mal hierher.«

Sie sah sich die Wunde an und lächelte nicht mehr. Ihre dünnen Brauen stießen jetzt über der Nase zusammen, sie preßte fest die Lippen aufeinander. Sie führte mich zu einer Lampe und besah sich eingehend die Verletzung.

»Tut es sehr weh, Hipek?« fragte sie halblaut.

»Ein bißchen«, antwortete ich. »Nicht weiter schlimm.«

»Wo hast du dir das getan?«

Ich erzählte ihr von dem Fahrrad, von der leeren Fischdose. Sie hörte mir zu, während sie Wattetupfer zurechtmachte und Fläschchen entkorkte.

»Machen Sie bitte Tetanusserum fertig«, sagte sie über die Schulter hinweg zur Schwester und dann zu mir, schon wieder mit einem Lächeln: »Ich hab eine fingerdicke Kanüle für dich und eine Halbliterspritze. Sei tapfer, mein Freund ...«

»Kleinigkeit. Ich hab keine Angst vor Spritzen.«

»Und wovor hast du Angst?« fragte sie, während sie einen Tupfer in eine gelbe Flüssigkeit tauchte.

»Vor Ihnen.«

Sie stutzte. Ich weiß selbst nicht, warum ich das gesagt hatte, Frau Ala erbleichte kurz und sah mich wortlos an. Das dauerte nicht länger als zwei Sekunden. Dann lächelte sie wieder ganz normal, zwinkerte mir zu.

»Sehr zu Recht, mein Honigkuchenpferd, und gleich wirst du erfahren, weshalb. Beiß die Zähne zusammen.«

Ich spürte einen brennenden Schmerz, die Tränen traten mir von allein in die Augen. Ich war wütend auf mich wegen dieser Tränen. Verzweifelt versuchte ich zu lächeln, ich schaffte es nicht. Ich drehte den Kopf weg, um nicht die nächsten Folterwerkzeuge zu sehen.

»Momentchen noch. Gleich laß ich dich in Ruhe.«

Wieder ein Anfall von reißendem Schmerz, ich biß mir auf die Unterlippe, um nicht aufzubrüllen. Es glückte, ich schrie nicht. Der Schmerz ließ nach, es blieb nur ein leichtes Brennen. Ich atmete auf.

»Na, wie geht's, Hipek?«

»Alles in Ordnung. Ein bißchen gezogen hat es. War das schon alles?«

»Noch nicht.« Sie rückte ein vernickeltes Kästchen mit Spritzen zu sich heran, das die Schwester gebracht hatte. »Gib mal den rechten Arm her.«

Sie sägte den Kopf einer kleinen Ampulle ab, zog eine durchsichtige Flüssigkeit auf. Daß ich eine besondere Vorliebe für Spritzen hätte, kann ich nicht behaupten. Eher im Gegenteil. Wenn Doktor Kudaś oder Doktor Roszkowski dagewesen wären, hätte ich schon vorher ordentlich Laut gegeben.

Ich hielt ihr den Arm hin. Zuerst die kühlende Desinfektion, anschließend der schlimmste Augenblick, die Erwartung, und – ein kurzer Piks. Kein Schmerz im Vergleich mit dem vorangegangenen.

Die Schwester war aus dem Sprechzimmer gegangen. Frau Ala legte die Spritze weg, massierte mir den Arm.

»Nach einer Woche ist nichts mehr zu sehen«, sagte sie, während sie mir ein Pflaster aufklebte. »Na, was ist? Hast du immer noch Angst vor mir?«

»Ich hab doch nur Spaß gemacht, Frau Doktor.«

Sie wurde ernst. Ich malte mir aus, wie sie neben Prospero saß, genauso dicht wie jetzt neben mir. Wie sie ihn ansah, lächelnd oder auch ernst, wie in diesem Moment. Sie hatte gute, warme, sehr kluge Augen. Aber ich mochte sie nicht. Ich wollte so rasch wie möglich hier weg. Und stand nicht von dem Stühlchen auf.

»Ariel, ich weiß doch, daß das kein Spaß war.«

»Ich muß gehen«, sagte ich. »Vielen Dank.«

»Früher hast du mich gern gehabt.«

Das stimmte: Ich hatte Frau Doktor Badeńska sehr gern gehabt, bis zu jenem Tag. Hatte ich dann aufgehört, sie gern zu haben? Anders: Ich fing an, Angst vor ihr zu haben.

»Ich habe Sie immer noch gern«, sagte ich und zuckte die Achseln. »Ich habe alle gern, Frau Doktor.«

»Möchtest du offen mit mir reden? Offen und ehrlich, von Mensch zu Mensch?«

Mir fiel mein Wecker ein: Rasch griff ich in die Tasche, zog das graue Päckchen heraus, hielt es ans Ohr. Er tickte. Ein Glück, daß er bei dem Sturz nicht in Scherben gegangen war, dann hätte ich wieder ein paar Tage Angst haben müssen zu verschlafen.

»Wir sprechen doch ehrlich miteinander«, erwiderte ich. »Außerdem, worüber sollen wir schon sprechen? Mit mir gibt's nicht so viel zu erzählen, es sei denn, Sie interessieren sich fürs Luftgewehrschießen und fürs Im-Wald-Herumtoben.«

»Warst du schon mal verliebt, Ariel?«

Diese Frage verschlug mir die Sprache. Ich wollte einen kühlen Kopf bewahren, aber ich fühlte, wie mein Gesicht immer heißer wurde, wie mir die Ohren brannten. Ob ich schon verliebt war? ... Im vorigen Jahr hat mir Anka Gałecka gefallen, ich hab sogar viermal von ihr geträumt. Jetzt Wika ... Sie ist hübsch, ich fühle mich wohl, wenn ich mit ihr zusammen bin, wenn sie mich auch manchmal mit ihrer Eitelkeit, mit ihren zur Schau gestellten bunten Fähnchen zur Weißglut bringt. Und Majka? Mir fiel die Berührung ihrer Finger ein.

»Da kann ich nicht mitreden, Frau Doktor. Ich habe in Büchern darüber gelesen, aber da erfährt man nicht viel.«

»Du tust nur so, Ariel.«

Warum erlaube ich, daß sie mich so nennt? Schon zum wer weiß wievielten Mal heute? Ich versuchte, von dem Stuhl aufzustehen, Frau Alas Hand hielt mich zurück.

»Warum sollte ich so tun ...«, murmelte ich. »Ich gehe jetzt.«

»Momentchen noch.« Frau Alas Hand ruhte noch immer auf meinem Arm. »Was glaubst du ... Ob du mich liebgewinnen könntest?«

»Ob ich was?« Ich riß die Augen auf.

»Ich frage dich, ob du mich liebgewinnen könntest«, wiederholte sie, ihre dunklen Augen sahen mich warm und zugleich voller Ernst an. »Liebgewinnen und mir ein richtiger Freund sein.«

»Wieso?«

»Weil dein Vater mich liebt«, entgegnete sie ernst, ohne

zu lächeln. »Und ich liebe ihn auch. Und du bist ein Teilchen deines Vaters, also liebe ich dich ebenfalls.«

Endlich erhob ich mich von meinem Stühlchen.

»Er gehört mir«, sagte ich. »Ich geb ihn nicht her.«

Frau Ala erhob sich gleichfalls aus ihrem Sessel, nahm meinen Kopf in ihre Hände. Es war eine zarte, duftende Berührung: Ein Hauch von Maiglöckchen drang durch den Medikamentengeruch.

»Ich will ihn dir ja gar nicht wegnehmen«, sagte sie leise, mit einem feinen, sanften Lächeln. »Im Gegenteil, Ariel. Ich möchte zu euch gehören.«

»Nie im Leben!« zischte ich.

Ich riß mich los und rannte aus dem Zimmer.

Die Sonne war schon hinter den Bäumen verschwunden, als ich zu Hause ankam. Vater und Staatsanwalt Orlicz saßen vor dem Fernseher und sahen sich das Spiel Legia gegen Górnik an. Auf dem Tisch standen eine Flasche Rotwein, eine Platte mit Schinkenscheiben, Käse, Butter und ein Körbchen mit Brötchen.

»Zwei zu eins für Legia«, warf mir Vater über die Schulter hin. »Noch zehn Minuten bis Spielende. Wo hast du so lange gesteckt?«

Ich brummte etwas, er hörte es nicht; der Sturm von Górnik war bis zum Tor von Legia vorgedrungen, der Torwart hüpfte geduckt, wie auf Sprungfedern, einer fiel hin, ein Pfiff des Schiedsrichters.

»Das war kein Foul!« schrie der Staatsanwalt. »Er ist ihn scharf angegangen, aber es war kein Foul!«

»Der Schiedsrichter war näher dran!« widersprach Prospero.

Ich stand hinter seinem Rücken, verfolgte atemlos die Vorbereitungen zum Strafstoß. Ich war für Legia. Der

Spieler legte seelenruhig den Ball zurecht, dann trat er zurück, verharrte reglos und wartete auf das Zeichen des Schiedsrichters. Der Torwart beugte sich vor, verzweifelt einsam zwischen den Pfosten. Niemand konnte ihm helfen. Die Sekunden dehnten sich hoffnungslos, der Schiedsrichter hob die Pfeife nicht an den Mund; ich malte mir aus, wie entsetzlich angespannt die Nerven des Torwarts sein mußten, wie er in die Augen des Schützen starrte und die Richtung des Schusses zu erraten suchte. Sergeant Bilski hatte mir einmal erklärt, ein erfahrener Torschütze sieht vor dem Schuß niemals zum Tor. Er trifft seine Entscheidung in letzter Sekunde und führt sie sofort aus, damit der Torwart nicht die Zeit hat, sie zu erspüren – ein guter Tormann hat ein geradezu außergewöhnliches Einfühlungsvermögen.

Der Pfiff des Schiedsrichters. Schuß. Unwillkürlich schloß ich die Augen, hörte nur das Brüllen der Zuschauer im Stadion. »Tooor!« jaulte der Fernsehreporter. »Meine Damen und Herren, acht Minuten vor Spielende schafft Górnik den Ausgleich: Es steht zwei zu zwei, und so dürfte es wohl auch bleiben . . .«

»Das wird sich noch zeigen«, japste der Staatsanwalt. »Legia ist imstande und setzt denen noch eine Sekunde vor Schluß ein Tor rein.«

»Das kommt auch bei Górnik vor«, sagte Prospero lächelnd.

Er war kein Górnik-Fan, er widersprach aus Trotz. Orlicz zuckte die Schultern. Er war wesentlich älter als Vater, hatte graumeliertes, in Stirn und Nacken fallendes Haar, ein asketisch hageres Gesicht, dünne blasse Lippen. Er flößte den Leuten Herzklopfen und Respekt ein. Er lebte mit seiner alten Mutter in einem Haus am Markt, galt als Sonderling. Privat verkehrte er nur mit Herrn Rybka und mit Vater. Er spielte gern Schach und besuchte uns sicherlich deshalb hin und wieder, weil Prospero ihm die Stirn bieten konnte.

Die Männer von Legia gingen zum Angriff über. Der Ball fegte über die Feldmitte, sauste im Zickzack auf das Tor von Górnik zu. Das Fernsehbild war nicht scharf, ich konnte die Nummern auf dem Rücken der Spieler nicht erkennen, doch am Ball waren dauernd die weißen Hemden – Legia. Das Torfeld von Górnik, der verzweifelte Einsatz des Verteidigers, der Ball auf der Tribüne. Ecke.

»Bis zum Spielschluß bleiben noch knapp drei Minuten«, meldete der Reporter, »wenn Legia jetzt nicht die Gelegenheit nutzt ...«

Legia nutzte sie nicht. Den Ball übernahm der Rechtsaußen von Górnik, gab ihn zur Mitte ab, das Spiel verlagerte sich auf die Feldhälfte von Legia.

»Was würdest du sagen, wenn Górnik die Gelegenheit nutzt?« fragte Prospero.

»Unsinn!« brauste Orlicz auf. »Dann gelobe ich feierlich ...«

Er sprach nicht zu Ende. Ein weiter, scharfer, überraschender Schuß, und der Ball grub sich dicht über dem Kopf des schockierten Tormanns von Legia ins Netz. Der hatte nicht mal versucht, ihn abzuwehren ...

Ein Johlen auf den Tribünen, die Stimme des Reporters, die im Lärm unterging. Die Kamera zeigte den Torwart von Legia, der sich dramatisch die Schläfen drückte, und dann den siegreichen Schützen, von seinen glücklichen Kameraden umringt.

»Was gelobst du dann?« fragte Prospero lächelnd. »Ich glaube, du konntest den Satz nicht beenden.«

»Dann gelobe ich, daß ich nie wieder den Propheten

spielen will«, erwiderte Orlicz. »Ein Stümper, kein Torhüter ist das.«

»Der Tormann ist in Ordnung«, warf ich ein. »Mit so einem Schuß hätte keiner gerechnet.«

Der Staatsanwalt drehte sich zu mir um, kniff ein Auge zu.

»Ein Tormann von Format läßt sich nie überraschen«, sagte er. »Wachsamkeit, Junge, das ist das Wichtigste auf dem Sportplatz. Übrigens nicht nur dort, im Leben ebenfalls. Wachsamkeit und die Gabe, etwas vorauszusehen.«

»Wenn sich alles voraussehen ließe, würde ich sterben vor Langeweile.«

Prospero und Orlicz lachten, sie griffen zu den Weingläsern. Der Schiedsrichter pfiff gerade das Spiel ab; Górnik hatte mit drei zu zwei gewonnen, die Legia-Männer stellten sich finster auf der Mittellinie des Feldes auf. Vater schaltete den Fernseher ab.

»Nimm dir eine Schinkensemmel«, wandte er sich an mich und bemerkte den Verband. »Was ist denn passiert?«

»Nichts weiter«, brummte ich. »Eine kleine Verletzung.«

»Eine Prügelei? Wieder eine Prügelei?«

Wahrscheinlich dachte er an meine einstigen Gefechte in Gorów, deren Ursache er genau kannte.

»Nicht so was. Ich bin vom Fahrrad geflogen und auf eine Konservenbüchse geknallt ... Bohdan hat mich in die Poliklinik gejagt, weil es scheußlich geblutet hat.«

»Wer hat dir den Verband angelegt?«

»Frau Doktor Badeńska.« Ich drehte den Kopf weg, um Vater nicht in die Augen sehen zu müssen. »Wirklich nur ein Klacks, Prospero ...«

Ich griff nach einem Brötchen, schnitt es auf, bestrich es dick mit Butter und legte eine saftige Schinkenscheibe darauf. Ich dachte an Frau Ala, und mir war belemmert zumute, verdammt belemmert.

Prospero holte das Schachspiel aus dem Schränkchen, schüttete die Figuren auf den Tisch. Sie stellten sie auf dem Brett auf. Für gewöhnlich schaute ich zu, doch heute hatte ich keine Lust. Ich machte mir noch ein Brötchen und wollte mich mit dem Teller in der Hand in mein Zimmer verziehen.

»Du willst nicht zugucken?« fragte Orlicz. »Schade, du bringst mir immer Glück.«

»Das letzte Mal haben Sie verloren. Mein Kiebitzen hat nichts genützt.«

»Stimmt«, er lachte . »Aber nur, weil ich mir den Läufer hab wegnehmen lassen.«

»Du hättest den Zug zurücknehmen können«, wandte Prospero ein.

»Das tue ich nie, wie du weißt.« Der Staatsanwalt beugte sich über das Schachbrett und rückte seinen Königsbauern vor. »Aber du hättest den Läufer verschonen können.«

»Du wärst bestimmt gekränkt gewesen«, sagte Vater mit einem kleinen Lächeln, während er mit seinem Königsbauern konterte.

Ich legte mich auf die Couch. Der Schinken duftete verführerisch, doch irgendwie hatte ich keinen Appetit. Durch das offene Fenster sickerte die Dämmerung ins Zimmer, die von Zeit zu Zeit zerrissen wurde von den Lichtern der auf der Straße vorbeifahrenden Autos.

Ich schaltete die Lampe nicht an. Ich hatte noch immer das Lächeln von Frau Doktor Badeńska vor Augen, und noch immer hörte ich ihre Stimme: »Im Gegenteil, Ariel, ich möchte zu euch gehören . . .« Ich preßte die Lider zu, so fest ich konnte.

Müßte Prospero unsere Liebe nicht genügen? Hat er das Recht, noch jemand anderen zu lieben?

Die Wunde brannte. Ich hatte Lust, das Pflaster herunterzureißen. Es ist doch gelogen, daß ich Frau Ala nicht mag. Sie ist gut und hübsch, sie hat etwas gewinnend Herzliches an sich. Früher habe ich für sie geschwärmt. Aber Prospero würde mich nicht mehr so lieben wie bisher. Und ein Dritter in unserem Haus ...

Vater liebt sie. Das hat sie gesagt, und es stimmt. Er liebt sie, und sie liebt ihn. Und ich?! Er hat mich nicht mal darauf vorbereitet. Ist das anständig, einem Freund gegenüber?

Ich bin ein Blödmann, ein sechzehnjähriger Blödmann, ein Wickelkind. Ein unehrlicher und ungerechter Egoist. Der verrückt spielt. Unser Verhältnis hat sich doch nicht verändert, obwohl Vater Frau Ala liebt. Das einzige ist, daß er manchmal abends weggeht und spät nach Hause kommt. Wenn wir zusammen wohnten, würde er nicht weggehen.

Ich drehte mich auf die Seite. Wie das wohl wäre? Frau Ala im Morgenrock. Am Tisch, in der Küche, im Badezimmer. Hast du dir die Zähne geputzt, Ariel? Guck dir bloß mal deine Schuhe an. Stör uns jetzt nicht. Wieder eine Drei in Geschichte, das ist ja schrecklich. Leg dich hin. Steh auf. Setz dich. Wie bei Bohdan zu Hause, bei Leszek, bei den anderen aus der Klasse. Mütter sind kleinlich, übertrieben besorgt, sie mischen sich gern in alles ein.

Wieso verehrt Bohdan dann seine Mutter? Wieso vertraut sich Leszek seiner Mutter an und fast nie seinem Vater? Zwar beschweren sie sich manchmal über diese übermäßige Fürsorge, aber das klingt ganz und gar nicht ehrlich ...

Könnte ich Freundschaft schließen mit Frau Ala? Könnte ich sie liebgewinnen? Prospero zuliebe?

Ich machte Licht, zog das nächste Buch vom Regal. Aber ich konnte nicht lesen, die Buchstaben tanzten vor meinen Augen, sie krabbelten weg wie Ameisen. Von draußen drangen gedämpfte Stimmen zu mir herein.

»Schach«, hörte ich Vater sagen. »Du hast nur noch eine Ausweichmöglichkeit, auf das schwarze Feld.«

»Ich kann mich immerhin abschirmen«, antwortete Orlicz. »Das ist viel besser, weil du einen Bauern verlierst.«

»Das wird sich zeigen . . .«

Ein Augenblick Stille.

»Entschuldige, Henryk, daß ich dich heute so angefahren habe, aber das zieht und zieht sich hin. Letzten Endes kenne ich Liwicz besser als du. Vor Jahren war er in eine Getreideaufkaufaffäre verwickelt . . .«

»Ich weiß, ich hab mir die Akten angesehen, er wurde freigesprochen.«

»Aber es kann doch was dran gewesen sein. Der Fall lag nicht in meinen Händen . . . Schach.«

»Na, dann weichen wir aus auf das weiße Feld . . . Rowiński hat sich bei uns gemeldet, noch bevor er eine Absage bekommen hatte, gibt dir das nicht zu denken? Mir läßt das keine Ruhe.«

»Er kann erfahren haben, daß Liwicz nicht zu seinen Gunsten gestimmt hat.«

»Das behauptet er, aber Beweise dafür gibt es nicht. Und jetzt rücken wir mal mit dem Turm auf C6. Schlägst du ihn?«

»Ich bin doch nicht dumm, Oberleutnant. Die beiden Springer sind mir mehr wert. Der Fall ist publik geworden, sie wissen schon im Bezirk Bescheid. Bestechlichkeit bei

Verwaltungsangestellten muß geahndet werden, mit der ganzen Härte des Gesetzes, und zwar ohne Aufschub.«

»Falls so etwas vorliegt . . .«

»Du gestattest, daß das Gericht darüber befindet«, sagte Orlicz kühl. »Und paß auf deine Dame auf.«

»Um meine Dame mach dir mal keine Sorgen. Du hast mir zwei Tage Zeit gegeben. In zwei Tagen kriegst du das Material. Ich will nur noch herausbekommen, wozu dieser Rowiński gleich nach seiner Zusammenkunft mit Liwicz nach Brzezina gefahren ist. Seine Erklärung ist undurchsichtig.«

»Er kann hunderterlei Gründe dafür gehabt haben, in die Kreisstadt zu fahren. Und was hat das mit der Bestechung zu tun?«

»Vielleicht nichts«, räumte Prospero ein. »Vorläufig sieht es jedenfalls so aus, als hätte es nichts damit zu tun. Aber du hast mir zwei Tage Zeit gegeben . . . Schach und matt, Genosse Staatsanwalt.«

Ich weiß nicht, wann ich eingeschlafen war. Ich weiß nicht, wie lange ich geschlafen hatte, ich wachte auf, als mir Prospero behutsam das Hemd auszog. Herr Orlicz war nicht mehr da. Ich lag auf der Schlafcouch, neben mir, auf dem Stuhl, lag mein gesprenkelter Schlafanzug.

»Schlaf, schlaf . . .«, flüsterte Prospero. »Ich trag dich gleich rüber.«

Ich setzte mich auf. Die Müdigkeit war gewichen, sicherlich hatte der Schmerz im linken Arm sie vertrieben. Die Haut rund um das Pflaster war gerötet, der Schmerz strahlte vom Ellbogen bis zum Handgelenk aus.

Prospero half mir beim Ausziehen. Ich schlüpfte in den Pyjama und ging auf meine Liege hinüber. Prospero hüllte mich bis zum Kinn mit der Steppdecke ein.

»Liebst du deinen Beruf?« fragte ich.

Er setze sich schwer auf den Rand der Liege.

»Was weiß ich? Ein Milizionär hat für gewöhnlich nie dort was zu tun, wo alles in Ordnung ist. Und im Dreck rumzuwühlen gehört nicht zu den angenehmsten Beschäftigungen. Es ist keine leichte Arbeit, Ariel.«

»Und warum hast du sie dir dann ausgesucht?«

»Ich war damals ein junger Spund. Ich hatte das Abitur gemacht, wollte englische Literatur studieren. Schon damals las ich wie besessen Shakespeare. Ich lernte deine Mutter kennen, heiratete, sie war Architekturstudentin im zweiten Studienjahr. Damit einer studieren konnte, mußte der andere arbeiten gehen. Ich beschloß, daß ich arbeiten würde, bis Zosia mit dem Studium fertig sei, und wir dann die Rollen tauschen würden.« Er unterbrach sich und strich mir übers Haar. »Man bot mir eine Stelle bei der Miliz an. Zuerst lehnte ich ab. Ich war ein Romantiker, wollte schöne Dinge machen, hatte hochfliegende Träume. Damals waren die Zeiten viel schwerer als heute, das Land war nach den Kriegsverwüstungen noch nicht wieder auf die Beine gekommen. Der Offizier, den ich kannte und der mir vorgeschlagen hatte, in der Kommandantur zu arbeiten, nahm meine Ablehnung mit verständnisvollem Lächeln entgegen. ›Klar‹, sagte er, ›unsere Arbeit ist undankbar, Poesie gibt es da wenig. Viele Leute lieben die Miliz erst dann, wenn sie Hilfe brauchen. Genau das‹, sagte er, ›Rettung und Hilfe. Schwer schuften, um Ordnung zu schaffen, und die gerümpften Nasen der Spießer, die über dem stehen. Und als Entschädigung dafür nur das Bewußtsein, daß man Soldat der vordersten Linie ist. Soldat bleibt Soldat‹, sagte er, ›er schmort im Schützengraben, sein Rock ist dreckig, und er muß schießen: nichts Umwerfendes.‹«

»Und da hast du eingewilligt«, warf ich ein.

»Ja. Die Miliz brauchte ehrliche Leute. Ich hielt mich für ehrlich. Am Anfang hatte ich vor, nur die paar Jahre abzudienen, bis meine Frau mit dem Studium fertig war. Aber allmählich fesselte mich die Arbeit. Ich blieb. Absolvierte die Offiziersschule und wurde in Gorów eingesetzt. Dann hier.«

»Du hast gesagt, du wüßtest nicht, ob du deine Arbeit gern hast.«

»Was meinst du, geht ein Soldat gern unter feindlichem Beschuß zum Angriff vor?« sagte er lächelnd. »Und trotzdem geht er. Er tut das, weil er an den Sinn, an die Notwendigkeit seines Handelns glaubt. Eine verdammt komplizierte Geschichte.«

Ich suchte seine Hand auf der Bettdecke, drückte sie an meine Wange.

»Ich glaube auch nicht, daß Bohdans Vater das Geld genommen hat«, flüsterte ich. »Und weißt du was? Ich bin froh, daß du die Ermittlungen leitest.«

Prosperos Gesicht verfinsterte sich.

»Vergiß nicht unsere Abmachung. In diese Dinge darfst du dich nicht einmischen.«

»Ich mische mich ja nicht ein. Aber dir zu vertrauen hab ich doch wohl das Recht.«

Sein Gesicht hellte sich auf, sein Schnaufen wurde gleichmäßiger. Er klatschte sich auf den Bauch, den die hellblaue Popeline seines Schlafanzugs straff umspannte.

»Ich brauch eine Abmagerungskur, alter Junge. Ich erkläre entschieden und unwiderruflich, daß ich von morgen an keine Suppe mehr esse. Sei so gut und koch sie nur für dich allein.«

Er hatte schon zig solcher Erklärungen abgegeben. Ich wußte, daß er morgen, als wäre gar nichts gewesen, einen

Teller Tomatensuppe in sich hineinschaufeln und schüchtern um Nachschlag bitten würde.

»Frau Ala gefällst du so, wie du bist«, rutschte mir heraus.

Er sah mich lange nachdenklich an.

»Du warst heute bei ihr«, sagte er leise.

»Ja«, erwiderte ich.

Etwas in mir erstarrte. Ich wünschte, er möge endlich in sein Zimmer gehen. Ich schloß die Augen.

»Habt ihr über etwas gesprochen?« fragte er, sich zu Gleichgültigkeit zwingend.

»Ach, über nichts weiter . . .«

»Ariel, wenn du verstehen könntest . . .«

»Bin ich müde«, sagte ich gähnend.

»Ich will dir versprechen«, hörte ich, »ich werde nichts gegen deinen Willen tun.«

Er stand auf und verließ, ohne auf eine Antwort zu warten, mit tappendem Schritt das Zimmer.

5

Über dem Wasser hingen milchige Schwaden, dicht geballt und reglos. Der Wald war bläulich fahl, von einem feinen Dunst überzogen, es roch nach Pilzen und feuchtem Moos. Majka saß auf dem Stamm einer umgestürzten Kiefer. In diesem einen Tag schien sie abgemagert zu sein. Ihre Wangen waren grau, tief eingefallen. Sie verschlang gierig die Schinkensemmel und trank Tee aus der Limonadenflasche dazu.

Es war Viertel nach sechs. Die Spatzen lagen im Streit

mit den Fröschen. Über den Birkenwipfeln rollte langsam der rotgoldene Sonnenball herauf.

»Gut, daß du sie nicht hergebracht hast«, sagte sie. »Wenn sie angefangen hätte zu weinen oder was in der Art, wär ich womöglich schwach geworden. Und Joanna weiß, daß ich es nicht aushalten kann, wenn sie weint.«

»Wo hast du geschlafen?« fragte ich.

»Dort.« Sie zeigte lässig zu einer alten Eiche, die von einem Kranz aus Kiefern umgeben war. »Zwischen den Ästen ist was wie eine Mulde, allerdings ragen die Beine heraus.«

»Dafür fressen dich die Wölfe nicht«, witzelte ich, und ein Schauer überlief mich bei dem Gedanken an die einsame Nacht zwischen den Ästen der Eiche. »Ich glaube, das war deine letzte Nacht im Wald.«

»Das wird sich zeigen«, entgegnete sie. »Jedenfalls weiß ich schon, was ich tue, wenn mein Vater nicht nachgibt. Der Jugendwerkhof ist wahrscheinlich besser als dieses blöde Herumvagabundieren.«

»Wie bitte?« Ich begriff nicht.

»Ich brauche bloß eine Schaufensterscheibe einzuschlagen oder ein Auto zu knacken. Dafür würde ich ungefähr ein Jahr kriegen. Zusätzlich kann ich ja noch den Milizionär gehörig beschimpfen. Entschuldige«, fügte sie rasch hinzu, »natürlich nur so, damit sie mich einsperren.«

»Du hast eben doch einen Hieb weg«, knurrte ich.

»Schon möglich.« Sie lächelte. »Die Menschen haben überhaupt alle einen Hieb weg.«

Ich packte ihren Arm, zerrte daran. Sie fiel von dem Stamm, landete zusammen mit mir im Gebüsch. Aus den weißen Nebelschwaden, knapp ein paar Meter von uns entfernt, schob sich ein Boot. Am Heck saß Herr Tadeusz, den Spinner in der Hand. Der Kahn stieß mit dem Bug ins

Schilf. Herr Tadeusz stand auf, wedelte mit dem Spinner und fing an, die Kurbel zu drehen. Ich hörte ein langsames, gleichmäßiges Surren.

»Kennst du den?« fragte Majka flüsternd.

»Der Uhrmacher«, antwortete ich ebenfalls flüsternd. »Der zieht sicher gleich wieder ab.«

Sie lag dicht neben mir, ich spürte ihren Atem auf meiner Wange, unsere Arme berührten sich auch. Bei dem Sturz war ich wohl an meine Wunde gestoßen, denn nun meldete sich ein stechender Schmerz. Ich verzog das Gesicht, biß die Zähne zusammen.

»Was hast du, Ariel?«

»Nichts«, flüsterte ich. »Du besitzt nicht die Spur Verständnis.«

»Was bitte?«

»Die Erwachsenen sind auch Menschen«, setzte ich ihr auseinander, während ich die Lippen dicht an ihr Ohr brachte. »Sogar dein Vater. Kannst du nicht ein bißchen mehr Verständnis für deinen Alten aufbringen? Er hat doch wohl das Recht, auch mal ein bißchen schwach zu sein.«

Sie drehte sich vorsichtig auf die Seite. Wir lagen jetzt Gesicht an Gesicht, gekrümmt, unbequem.

»Hast du schon mal ein Mädchen geküßt?« fragte sie.

»Mmmmhmmm«, brummte ich. Meine Wangen brannten, ich hoffte, Majka sähe es nicht.

»Und möchtest du, daß ich dich küsse?«

Ich riß mich zusammen. Ich war durchaus nicht sicher, ob sie sich nicht über mich lustig machte.

»Und du, möchtest du mich denn küssen?«

»Ja«, erwiderte sie nach kurzem Zögern.

»Verstehe.« Ich rang mir ein spöttisches Lächeln ab.

»Du hast wahrscheinlich große Übung in diesem Fach. Sport oder Zeitvertreib?«

»Du bist blöd«, stieß sie hervor. »Nur einmal hat mich ein Kerl geküßt, auf einer Party. Weil er mich überrumpelt hat. Er wollte noch mehr, aber er hat Prügel bezogen. Ich geh schon das zweite Jahr zum Judo.«

»Und warum willst du mich dann küssen?«

»Aus Dankbarkeit. Du bist prima als Kumpel. Ich hätte nicht gedacht, daß du so viel für mich tun würdest.«

Ich legte mich auf den Rücken. Streckte die Beine aus. Ich brauchte nicht mehr zu befürchten, Herr Tadeusz könnte uns sehen. Gerade verschwand sein Boot langsam in der milchigen Watte.

»Laß es gut sein«, knurrte ich. »Aus Dankbarkeit brauchst du mich nicht zu küssen. Im übrigen, wieso überhaupt Dankbarkeit. Blödsinn.«

»Du willst nicht, daß ich dich küsse?«

Wieder ergriffen lodernde Flammen mein Gesicht.

»Die Menschen küssen sich, wenn sie verliebt sind«, sagte ich, um einen ironischen Tonfall bemüht. »Aber wir . . .«

Ich sprach nicht zu Ende. Sie umschlang meinen Hals, preßte ihre Lippen auf meinen Mund. Sie waren ein bißchen salzig, warm. Ihr Haar fiel mir ins Gesicht, ich spürte ihren herben, nach Kräutern riechenden Duft. Ich schloß die Augen.

Als ich sie wieder aufschlug, saß Majka mir gegenüber, die Knie mit den Armen umspannt.

»Entschuldige«, flüsterte sie und blickte über meinen Kopf hinweg in das grüne Blättergewirr. »Ich wollte einfach so sehr. Bist du mir böse?«

»Ich wollte auch sehr. Erst jetzt weiß ich, wie sehr.«

Dann saßen wir auf einem Birkenstamm, Majka schrieb

etwas auf einen Zettel. Sie faltete ihn zweimal, gab ihn mir. Ihre Augen waren grünlichblau wie das Wasser im See.

Das Wasser war weich und warm, wärmer als die Luft. Wir schwammen nebeneinander, ich nur mit dem rechten Arm, weil ich den Verband am linken möglichst nicht naß machen wollte. Wir schwammen bis hin zum Schilf, Majka tauchte, kam wieder hoch, einen Stein in der Hand.

»Tief ist es hier, so an die vier Meter!«

Dann schwammen wir langsam ans Ufer, und mir ging durch den Sinn, daß ich Vater erlauben könnte, Frau Ala zu heiraten, sollten sie doch glücklich sein... Und ich würde mich mit Majka aus dem Staub machen, und wir würden zusammen durch den Wald streifen, uns von Beeren ernähren, Pilze am Feuer braten, in Astgabelungen übernachten...

Ich stieg ans Ufer, zog Hemd und Hosen an. Kurz darauf sah ich Majka, die auch schon angezogen war. Sie stand übers Wasser gebeugt und kämmte sich die nassen Haare. Sie richtete sich auf, band das Haar mit ihrem weinroten Band zusammen und kam zu mir, lächelnd, rosig.

»Das war einwandfrei«, sagte sie. »Ich schwimme irrsinnig gern.«

»Ich muß gehen«, sagte ich mit einem Blick auf die Uhr. »In zehn Minuten steht mein Vater auf.«

»Schade.« Sie seufzte. »Ich sterbe hier vor Langeweile, falls mich nicht vorher die wilden Tiere fressen. Weißt du noch alles, Ariel?«

»Ja. Ich bin um vier im Werk und rufe vom Pförtner aus Apparat Nummer vierundzwanzigzwölf an. Ich sage deinem Vater, ich müßte ihn sofort wegen seiner Tochter sprechen. Wenn er mich empfängt, gebe ich ihm den Zettel und bitte um Antwort.«

»Du hast keine Ahnung, wo ich mich verstecke. Irgendwo im Wald. Du triffst dich nicht mit mir, sondern schreist die Antwort nur am See aus.«

»Ich weiß.«

»Wenn du sicher bist, daß sie dich nicht verfolgen, rufe zweimal. Dann komm ich heraus zu dir.«

Ich nickte.

»Und wenn dein Vater dich sehen will?« fragte ich.

»Zuerst die Antwort«, entgegnete sie und fügte schüchtern hinzu: »Küssen wir uns noch mal? Zum Abschied . . .«

Herr Liwicz sah mich mit einem blassen abwesenden Lächeln an. Dieser vor kurzem noch selbstsichere Mann mit den energischen Bewegungen wirkte jetzt wie ein Greis. Seine Haut war erdfarben, er hatte bläuliche Säcke unter den Augen, von der Nase zum Mund liefen zwei schlaffe Furchen, die seinem Gesicht einen Ausdruck bitterer Resignation verliehen. Bestimmt war die schlimmste Qual für ihn das untätige Herumsitzen; seit die Untersuchung eingeleitet worden war, hatte man ihn vom Dienst beurlaubt, diese Bedingung hatte der Staatsanwalt gestellt.

»Bohdan ist oben, mit Wika und Leszek«, sagte er. »Sie warten auf dich. Du warst lange nicht bei uns, Hipolit.«

»Hat sich so ergeben«, antwortete ich und sah weg, »ich hatte eine Menge zu tun . . .«

Ich stieg die schmale Holztreppe hinauf. Bohdan bewohnte eine geräumige Mansarde mit einem großen Fenster in der Decke und Wänden aus dicken, nachgedunkelten Balken. Die Möbel paßten hier hinein: ein Tisch und zwei Bänke aus dunklen Eichenbrettern, ausgehöhlte

Baumstümpfe als Sessel, schlichte Regale aus Holz und weißen Ziegeln. Direkt auf dem Fußboden lag eine Matratze, eine bunte Decke darüber gebreitet.

Ich mochte Bohdans Mansarde. Ich mochte auch seine Plastiken – gipserne Idole, Ungeheuer aus Ton von phantastischer Gestalt, hölzerne Heilige mit den kleinen Gesichtern übermütiger Kinder. Diese Figuren standen überall in der Mansarde herum, manche waren besonders angestrahlt, was die unheimlichen Formen hervorhob. Bohdan war verdammt talentiert in dieser Richtung, hatte eine wüste Phantasie. Binnen einer Viertelstunde konnte er aus einem Tonklumpen eine Kreatur kneten, der ich um keinen Preis im Traum hätte begegnen wollen.

Ich trat durch die kleine Holztür ein. Wika lag auf der Matratze und blätterte in einer Illustrierten. Bohdan und Leszek standen unter dem Fenster an dem Tischchen mit dem Rundfunkapparat. Die Skala flimmerte, aus dem Lautsprecher kam eine abstrakte Sinfonie aus musikalischen Klängen, Fiepen und Pfeifen und menschlichen Stimmen in den verschiedensten Sprachen. Dank der riesigen Dachantenne, die wir gebaut hatten, konnten wir sogar tagsüber die entferntesten Signale aus dem Äther auffangen, einschließlich der charakteristischen Summtöne der Nachrichtensatelliten. Die Antenne in Form eines Radarschirms ließ sich drehen und mit Hilfe eines von mir ersonnenen Systems aus Hebeln und Kurbeln in jedem beliebigen Winkel einstellen.

Wika sah von ihrer Zeitschrift auf und winkte mir zu. Bohdan drehte das Radio leiser.

»Klasse, daß du da bist«, sagte er. »Im Sechzehnmeterband haben wir ein sonderbares Signal aufgefangen. Es ist schwach, bricht ab, immer wieder dasselbe. Vielleicht kannst du es entschlüsseln.«

Er gab mir Bleistift und Notizbuch. Ich trat an den Empfänger. Leszek stand darüber gebeugt, drehte behutsam am Knopf, mit der anderen Hand bewegte er über eine Kurbel die Antenne. Er lächelte mir zu. Er war nicht erstaunt über mein Kommen, offenbar hatte Bohdan ihm gesagt, daß wir uns wieder vertragen hatten.

»Da ist es . . .«, flüsterte er. »Hör mal!«

Ich drückte mein Ohr an den Lautsprecher. Aus dem Gewirr von Tönen fischte ich die eintönige Melodie dieser Signale heraus. Ihr Rhythmus hatte es etwas Nervöses, eine gewisse Unruhe lag darin. Striche, Punkte . . . Der Bleistift glitt über das Papier, manchmal hielt er an, wenn der Ton kurz schwand.

Danach setzte ich mich in einen ausgehöhlten Stubben und übertrug die Zeichen in Buchstaben:

»Mirabella, Mirabella, Jim is calling . . . Why don't you answer? . . . Mirabella, darling, my love . . . Jim is calling . . . Pain . . . Don't be cruel, Mirabella, my sweetheart . . . I wait . . . answer . . . Casablanca, Denver is calling, Jim to Mirabella, attention, please, Mirabella . . .«

Bohdan gab mir schweigend das englisch-polnische Wörterbuch, ich suchte mir die paar Vokabeln zusammen, die ich nicht verstand.

»Mirabella, Mirabella, Jim ruft dich«, las ich langsam vor. »Warum antwortest du nicht? Mirabella, Schatz, meine Liebste. Jim ruft dich. Qualen. Sei nicht grausam, Mirabella, mein Herzblatt. Ich warte, antworte. Casablanca, Denver ruft, Jim an Mirabella, Achtung, bitte, Mirabella . . .«

Ich legte das Blatt weg. Wika setzte sich auf der Matratze auf, sah mich mit geweiteten Pupillen an. Leszek lächelte verschwommen, mit der Schulter gegen die Wand gelehnt.

»Irgend so eine love story«, murmelte er. »Druck auf die Tränendrüsen, Liebesgeflüster und Ferne.«

»Aus Amerika nach Marokko«, ließ sich Bohdan vernehmen und sah dabei zum Fenster hinaus, nach den weißen Haufenwolken. »Eine geheimnisvolle Liebe über Funk. Mirabella und Jim – er blond mit schmalem Schädel, sie mit olivfarbenem Teint, brauner Haut, mit langem schwarzem Haar, Reifen an den Armen, lachend, unbeständig. Einmal hat sie ihn angelacht, und schon war er verliebt bis über beide Ohren, leidet, ruft verzweifelt nach ihr. Sie hingegen . . .«

»Falsch getippt«, sagte ich. »Jim ist nie in Casablanca gewesen, er hat Mirabella nie gesehen. Er ist ein Krüppel, hat keine Beine. Es sind Kurzwellenamateure, sie haben sich im Äther kennengelernt. Mirabella hat ihm beschrieben, wie sie aussieht: wahrscheinlich das schwarze Haar und den olivfarbenen Teint und die Reifen an den Armen. Sie hat ihm was von Einsamkeit gefunkt und daß sie auf eine echte Freundschaft wartet, eine verwandte Seele sucht. Da hat Jim ihr gestanden, daß er keine Beine hat, und Mirabellas Sender ist verstummt.«

»So ein Kiki«, rief Wika aufgebracht. »Es könnte auch genau umgekehrt sein.«

»Dann hätte sie ihn gerufen.«

»Und wenn ihr Funkgerät ausgefallen ist? Oder sie hat ihm schließlich gestanden, daß sie durchaus nicht hübsch ist, sondern pockennarbig und dick, und wollte nicht mehr hören, was er darauf antwortet, ist weggelaufen, hat sich ins Meer gestürzt . . .«

»Ihr redet Blech«, warf Leszek ein. »Das ist ganz einfach der Code von zwei Witzbolden. Der eine umsegelt mit seiner Yacht Afrika, der andere hält Funkverbindung zu ihm.

Die Yacht heißt Mirabella, der Sender in Denver hat den Decknamen Jim.«

»Schade, daß wir keinen Kurzwellensender haben.« Ich seufzte. »Wir könnten mit Jim sprechen und klären, worum es geht. Oder Kontakt zu Mirabella herstellen und sie herunterputzen, weil sie Jim nicht antwortet. Ich kenne ein paar handfeste Wörter auf englisch.«

»Das ist eine Idee«, rief Bohdan erfreut. »Wir könnten uns einen Kurzwellensender bauen.«

»Wozu bauen?« Leszek zuckte die Achseln. »Bei der Liga für Landesverteidigung in Brzezina gibt es eine Sektion für Kurzwellenamateure, da kann man sich eintragen.«

»Noch besser!« schaltete sich Bohdan ein. »Was meint ihr, Jungs? Mit der ganzen Welt werden wir reden! Das ist ein Ding!«

Ich lächelte, rollte den Zettel mit Jims Aufforderung zu einem Rohr zusammen.

»Worüber, Junge? Hast du der Welt vielleicht was zu sagen?«

Bohdan ließ sich neben Wika nieder. Sein Arm stützte sich wie zufällig auf ihre Schulter und blieb dort liegen: Er sah zu dem LOT-Plakat, das an der Wand über den Regalen angepinnt war: ein hellblonder kleiner Junge, der Flugzeug spielt.

»Es fände sich schon was«, sagte er leise, wie zu sich selbst. »Zum Beispiel, daß wir hier sitzen, hier in Bory . . . Und wie wir sind, was wir wollen . . .«

»Spaßig!« Ich blickte auf seinen Arm, der noch immer Wikas Schulter berührte. »Wen interessiert denn, daß wir hier sitzen? Und was wir so wollen?«

Wika sah zu mir, sie rückte von Bohdan ab.

»Es müßte sie interessieren«, erwiderte er nachdenklich. »Die Menschen müßten sich doch füreinander interessie-

132

ren. Das würde ich zuallererst sagen. In Biafra sind Tausende Kinder verhungert, und in Dänemark kauft man das Fleisch von den Bauern auf, und dann liegt es jahrelang in den Lagern, bis es weggeworfen werden muß. Angeblich leiden drei Viertel der Menschheit unablässig Hunger.«

»Und wie sollen die Kurzwellenamateure da Abhilfe schaffen?« fragte Leszek und zwinkerte mir verstohlen zu.

»Ich weiß es nicht. Aber die Menschen von den verschiedenen Enden der Erde sollten miteinander darüber reden. Was in ihrem Land gut ist und was schlecht. So eine Art Erfahrungsaustausch. Vorschläge. Eine schwarze Liste der Unehrlichen unter allen geographischen Breiten. Dinge, die zu lösen wären. Gegenseitige Hilfe.«

Da ist was dran, dachte ich bei mir. Die Vertreter der Welt kommen zwar in der UNO zusammen, aber dort sitzen Profis, Fachleute für Politik, Spieler, Wichtigtuer. Unmittelbare Kontakte zwischen den einfachen Menschen könnten mehr ausrichten. Wieso reagieren alle auf einen Appell um Arznei für einen Schwerkranken, aber nach Brot für einen Verhungernden ruft niemand im Äther?

»Da ist schon was dran«, wandte ich mich an Bohdan. »Was mich betrifft, ich werde mich wohl eintragen für so einen Funkkursus.«

»Mit der Zeit könnten wir einen internationalen Stab ins Leben rufen.« Bohdan kam ins Träumen. »Wir würden Alarm geben in allerlei dringenden Angelegenheiten. Bei der Gelegenheit könnten wir auch gleich Jagd auf Kriegsverbrecher machen, die sich bisher versteckt halten.«

»Angeblich hält sich in unserer Gegend Lidia Skowron versteckt«, sagte Wika. »Die Tochter des Chefingenieurs aus Brzezina. Habt ihr im Fernsehen die Meldung gesehen? Schon den dritten Tag suchen sie nach ihr und können sie nicht finden. Der Förster hat meinem Vater erzählt, er hätte sie gestern morgen im Wald in der Nähe des Sees gesehen.«

»Das kann er sich eingebildet haben«, brummte Leszek. »Es läuft eine Menge Touristen hier rum. Aber immerhin ist es interessant, weshalb Ingenieurstöchter von zu Hause abhauen. Hat es so eine etwa schlecht? Der Alte verdient wie ein König, das Töchterchen hat alles, was das Herz begehrt, und kratzt trotzdem die Kurve.«

»Blödsinn . . .« Ich hielt es nicht aus.

»Wieso?« fragte Leszek. »Gibt's so was vielleicht nicht?«

»Schon«, pflichtete ich ihm bei. »Aber Lidia Skowron . . .« Ich biß mir auf die Zunge: Beinahe hätte ich mich verplappert . . . »Lidia Skowron muß ja nicht so sein, bloß weil sie die Tochter eines gut verdienenden Vaters ist. Sie kann auch aus schwerwiegenderen Gründen abgehauen sein.«

»Leeres Gewäsch«, spottete Leszek, »ich kann sie mir lebhaft vorstellen, diese schwerwiegenden Gründe. Das Hätschelkind hat einfach Lust gekriegt, mal das richtige Leben auszuprobieren. Die findet sich an, da wett ich um meinen Kopf, die kehrt auf Knien ins traute Heim zurück. Die Alten machen völlig umsonst so einen Rummel – Fernsehen, Aufrufe in der Zeitung . . .«

Es fiel mir schwer, sie nicht anzubrüllen, sie sollten das Maul halten. Ich steckte die Hände in die Taschen. Mit den Fingern der rechten Hand tastete ich nach dem doppelt gefalteten Zettel.

»Möglich«, sagte ich. »Trotzdem folge ich einer altbewährten Gewohnheit. Ich gebe kein Urteil ab, bevor eine Sache nicht endgültig geklärt ist.«

»Weshalb nimmst du sie so in Schutz?« Wika musterte mich aufmerksam. »Du redest merkwürdig über diese Skowron . . . Als wüßtest du was über sie.«

»Gar nichts weiß ich«, schnitt ich ihr das Wort ab.

»Er hat recht«, stand mir Bohdan bei. »Wir sollten dem Mädchen nicht von vornherein einen Stempel verpassen. Übrigens, sie ist hart im Nehmen, wenn sie es so lange allein im Wald aushält.«

»Wieso im Wald?« Leszek zuckte die Achseln. »Ich glaub dem Förster kein Wort. Die Puppe kann längst über alle Berge sein, treibt sich zum Beispiel auf den Warschauer Bahnhöfen herum oder auf der Mole in Sopot. Auf dem Bild ist sie ziemlich hübsch. Sie hat sich einen Jungen angelacht und . . .«

»Ich muß flitzen«, unterbrach ich ihn. Ich dachte schon, ich würde in die Luft gehen, aber irgendwie hielt ich an mich und lächelte sogar bedauernd, um keinen Verdacht zu erregen. »Tut mir leid, ich hab noch ein paar Sachen zu erledigen, mein Alter hat mir aufgetragen, nach Brzezina rüberzufahren.«

Ich ging rasch zur Tür. Wika ebenfalls.

»Ich muß auch weg«, sagte sie. »Ich hab Kryśka versprochen, bei ihr vorbeizukommen, ich soll ihr beim Rockändern helfen.«

In der Haustür holte sie mich ein.

»Hast du es echt eilig?« fragte sie.

»Ja.«

»Ich bin zu Bohdan gekommen, weil Leszek mir gesagt hat, du bist dort.«

»Na fein«, brummte ich und fuhr mein Rad aus der Toreinfahrt. »Du bist einwandfrei.«

»Ich geh zu Kryśka, bring mich ein Stück.«

Ich tat es ohne Begeisterung. Noch vorgestern, vielleicht sogar noch gestern, wäre es mir ein Vergnügen gewesen, doch heute regte mich Wikas Herzlichkeit auf. Ich sah sie nicht an. Schleppend ging ich neben ihr her und gaffte zum Himmel hinauf, an dem sich die weißen Wölkchen in graue, schwere Wolken verwandelten, die das Blau bis an den Horizont bezogen.

»Es wird Regen geben«, stieß ich hervor.

»Was ist los mit dir, Ariel?«

Wika blieb stehen, ich mußte das gleiche tun. Vor dem Fleischladen drängten sich Frauen, die auf das Ende der Mittagszeit warteten. Die Straße entlang fuhr ein blauer Linienbus; hupend und schwarze Abgase spuckend, rollte er in Richtung Chaussee. Ein sommersprossiger Knirps spielte allein Hopse.

»Nichts«, erwiderte ich. »Alles wie sonst.«

Ich blickte Wika an. Gewiß, sie sah hübsch aus: Miniröckchen mit Schottenmuster, weinroter Blazer, lange gebräunte Beine, das schwarze Haar zum makellosen Pony gekämmt. Gepflegt, appetitlich sauber, nach Maiglöckchen duftend. Sie ließ mich total kalt.

»Würdest du um sechs mit ins Kino gehen? Sie spielen den ›Herrn Dodek‹, zum Totlachen lustig.«

»Ich kann heute nicht.«

»Na, dann morgen. Ich hole Karten.«

»Morgen kann ich auch nicht.« Ich stützte mich auf mein Rad. »Geh mit Leszek oder mit Bohdan.«

»Also das ist es . . .« Sie rückte dichter an mich heran, ich roch den Maiglöckchenduft jetzt kräftiger, sie mußte sich einen ordentlichen Schuß drübergegossen haben vom Parfüm ihrer Mutter. »Also das . . .«

»Was?« Ich staunte ehrlich.

»Ich bin nur deshalb zu Bohdan gegangen, weil du hinkommen solltest. Ehrenwort.«

Ich lächelte. Ich konnte dieses Lächeln nicht zurückhalten. Wika und ihr Geplapper erschienen mir wie der Gipfel der Naivität, wie ein klägliches Mißverständnis. Wozu stehe ich hier mit ihr herum? Die Erinnerung an Majkas leicht salzige, warme Lippen stieg in mir hoch, an die Rauheit ihres Pullovers, als sie die Arme um meinen Hals schlang. Ich sah sie vor mir, wie sie auf das Schilf zuschwamm, nach dem Stein tauchte.

»Ich muß gehen«, sagte ich. »Auf Wiedersehen, altes Haus.«

»Warum bist du mir böse? Ich kann doch nichts dafür, daß er mir den Arm auf die Schulter gelegt hat. Ich bin gleich weggerückt.«

»Bringst du da nicht was durcheinander?« fragte ich leise. »Ich bin nicht dein Verlobter. Bohdan darf dir die Arme auf die Schulter legen, und du brauchst nicht wegzurücken. Das interessiert mich alles nicht, wirklich.«

»Ach so?« Sie verschränkte die Finger, preßte sie wahrscheinlich mit aller Kraft zusammen, denn sie liefen weiß an. »Und gestern, als ich bei dir war . . .«

Sie sprach nicht zu Ende, drehte sich rasch um. Schwachsinn, dachte ich, fehlt bloß noch, daß sie losheult . . .

»Wir sind doch Kumpel«, sagte ich. »Mach keine Zikken, Wika. Du weißt, daß ich dich verdammt gern hab.«

Sie richtete sich auf, reckte den Kopf und ging, ohne mich anzusehen, mit zackigen, entschiedenen Schritten davon.

Ich ließ das Fahrrad vorm Hotel, schloß es mit der Kette an. Nach dem Weg brauchte ich nicht zu fragen, die drei rauchenden Schornsteine wiesen ihn mir. Ich ging eine breite Straße entlang. Zu beiden Seiten erhoben sich Reihen einander aufs Haar ähnelnder, kasernenartig nichtssagender Blocks, die einstmals weiß und jetzt graubraun waren vom Staub. Wäsche trocknete auf den Balkons, auch die Bezüge und Laken hatten jenen grauen Schimmer.

Die Straße ging in die Chaussee über, hinter einer niedrigen Mauer erblickte ich die Fabrikhallen und eine breite Einfahrt, von einer Kette abgesperrt, an der eine runde Tafel mit dem Stoppzeichen hing. Neben dem Tor war ein Durchgang für Fußgänger und ein Pförtnerhäuschen, vor dem zeitunglesend ein junger Mann vom Betriebsschutz stand.

Fragend sah er mich hinter der Zeitung hervor an.

»Ich möchte telefonieren von hier«, sagte ich. »Mit Herrn Ingenieur Skowron. Er wartet auf meinen Anruf.«

»Er wartet, sagst du.« Er lächelte spöttisch, rückte das Koppel mit der Pistole zurecht. »Na, dann ruf nur schnell an, es gehört sich nicht, den Herrn Ingenieur warten zu lassen.«

Er ließ mich in das Häuschen. Ich hob den Hörer ab, wählte die Nummer vierundzwanzigzwölf. Der Wächter war draußen geblieben und las weiter Zeitung.

»Chefsekretariat«, meldete sich eine Frauenstimme. »Hallo, wer ist da?«

»Wojtek Zimecki«, nannte ich den Namen eines Schulkameraden. »Ich möchte mit Ingenieur Skowron sprechen.«

»In welcher Angelegenheit?«

»In einer privaten. Bitte sagen Sie Herrn Skowron ...«

»Herr Skowron ist nicht da«, unterbrach mich die Sekretärin. »Was darf ich ausrichten?«

»Daß ich in einer Stunde wiederkomme«, sagte ich und legte den Hörer auf.

Die Aussicht, eine Stunde warten zu müssen, entzückte mich nicht gerade. Ich wählte Joannas Nummer.

»Guten Tag«, sagte ich. »Hier ist der Kumpel deiner Freundin. Hast du einen Augenblick Zeit?«

»Ist was passiert?!«

»Nein. Ich bin bloß in der Nähe, und wenn du willst, können wir uns treffen.«

»Natürlich.« Ich spürte die Ungeduld in Joannas Stimme. »Wann?«

»Ich bin in zehn Minuten im Park, wo wir uns das letzte Mal gesehen haben.«

Ich trat aus dem Häuschen, der Wachmann ließ die Zeitung sinken.

»Nun, und? Der böse Chef hat nicht gewartet.«

»Sie wußten, daß er nicht da ist?« knurrte ich.

»Hier ist die Ausfahrt.« Er zeigte auf das Tor. »Aber da du so sicher warst, daß er wartet, wollte ich dich nicht enttäuschen.«

Ich hatte Lust, ihm die Zunge herauszustrecken, aber ich hielt an mich.

»Er konnte nicht warten«, warf ich lässig hin. »Er hat mich schon vor zwei Stunden erwartet. Er hat mich durch die Sekretärin bitten lassen, in einer Stunde wieder vorbeizukommen, weil er leider weg mußte. Er bittet mich vielmals um Entschuldigung.«

Ich sagte es ernst, ohne zu lächeln, und der Mann wagte nicht zu spotten. Schließlich konnte ich ein Verwandter von Ingenieur Skowron sein. Er nickte, wandte sich wieder seiner Zeitung zu.

Als ich den Park erreichte, war Joanna schon da. Sie sprang von der Bank auf, lief mir entgegen.

»Was ist mit Majka? Schickt sie dich zu mir? Will sie mich sehen?«

»Immer mit der Ruhe«, sagte ich lächelnd. »Komm, setzen wir uns erst mal.«

Wir setzten uns auf die Bank, die noch feucht war von dem kurzen, aber heftigen Regen, der mich auf dem Weg nach Bzrezina überrascht hatte – ich mußte mich eine Viertelstunde lang unter einem Baum unterstellen.

»Was ist mit Majka?« wiederholte Joanna ungeduldig ihre Frage.

»Sie hat mich nicht zu dir geschickt«, sagte ich. »Ich hab hier was anderes zu erledigen. Aber ich dachte . . .«

»Natürlich«, unterbrach sie mich. »Wunderbar, daß du angerufen hast. Rede! Wann hast du Majka gesehen?«

»Heute morgen. Es geht ihr nicht schlecht. Wir sind sogar geschwommen . . .« Ich unterbrach mich; es gibt keinen Fluß in der Umgebung, und ein See ist nur in der Nähe von Bory. »Ich mag Majka sehr.«

Das mußte ich sagen. Ich hatte mich wohl nur deshalb mit Joanna getroffen, weil ich das unwiderstehliche Verlangen verspürte, mit jemandem über sie zu sprechen, der sie kannte.

»Wann kommt sie zurück?« fragte Joanna. »Sie sollte endlich nach Hause kommen, das ist doch Irrsinn.«

Meine Erklärung hatte sie als etwas ganz Natürliches hingenommen. Wahrscheinlich konnte sie sich gar nicht vorstellen, es könne einer Majka nicht gern haben.

»Sie ist erschöpft«, sagte ich. »Wenn man auf Bäumen schläft, nicht satt zu essen hat und in dauernder Anspannung lebt, steigert das nicht die Kondition. Sie ist sehr abgemagert in diesen drei Tagen. Aber sie ist guter Stimmung. Und wie sieht es hier aus?«

»Gestern hat Herr Skowron mit mir gesprochen. Beinahe zwei Stunden. Er glaubt, ich wüßte, wo Majka ist, hätte Kontakt zu ihr. Er hat mich gebeten, ihr zu bestellen, daß das, was sie tut, ihre Mutter umbringt. Frau Skowron sieht schlimm aus, sie redet mit niemandem, sitzt die ganze Zeit

eingeschlossen in ihrem Zimmer. Und Herr Skowron . . .«
Sie stieß mit der Sandalenspitze ein Steinchen auf dem
Weg weg. »Er leidet wahrscheinlich noch mehr, weil er alles in sich hineinfrißt. Er ist erschreckend gefaßt. Er hat zu
mir gesagt, seine Tochter hätte ihn enttäuscht.«

»Enttäuscht?«

»Er meinte, von ihrer Seite hätte er eine Erpressung
nicht erwartet. Er hätte offenbar einen Erziehungsfehler
begangen, indem er Majka Selbständigkeit zubilligte und
sie zu nichts zwang. Das hätte sie gegen ihn ausgenutzt.
Sie hätte etwas von ihm erzwingen wollen, und als er ihr
das abschlug, sei sie durchgebrannt.«

»Hat er gesagt, worum es sich handelte?« fragte ich.

»Nein. Vermutlich nimmt er an, ich wüßte es. Er sah
mich die ganze Zeit über forschend an, versuchte, mir eine
Äußerung zu entlocken. Aber ich habe geschwiegen, mir
war zum Heulen zumute . . .« Sie machte eine kurze Pause.
»Ich habe ihm gesagt, ich wüßte wirklich nicht, weshalb
Majka weg ist. Sie wäre verstiegen, manchmal unberechenbar, hätte einen geradezu krankhaften Gerechtigkeitssinn . . .«

»Stimmt«, pflichtete ich ihr bei. »So kann man es nennen.«

»Und er erwiderte, das sei vor allen Dingen Ehrgeiz, sie
sei stur wie ein Esel, wolle mit dem Kopf durch die Wand.
Und Kinder hätten nicht das Recht, sich in die Angelegenheiten der Erwachsenen einzumischen. Nicht, weil sie
noch Kinder seien, sagte er, sondern weil sie nicht alles
wüßten und verstünden.«

»So gesehen, hat er recht«, warf ich ein, »obwohl, nicht
ganz . . . Ein bißchen für voll nehmen müssen sie uns
schon auch. Wenn mal eine Sache unsere Interessen be-
rührt, können sie nicht verlangen, daß uns das kalt läßt.«

»Genau!« fiel sie ein. »So was Ähnliches habe ich ihm auch gesagt. Ich hab ihm mein Ehrenwort gegeben, daß ich nicht weiß, weshalb Majka ausgerissen ist und wo sie sich versteckt. Aber ich wäre sicher, daß sie – wenigstens ihrer Meinung nach – einen schwerwiegenden Grund dafür hätte. Herr Skowron zog ein finsteres Gesicht, beendete rasch das Gespräch.« Sie stieß das nächste Steinchen fort. »Hinterher sprach mein Vater mit mir. Er bat mich, ich solle Majka überreden, zurückzukommen, falls sie Verbindung zu mir aufnimmt.«

»Und was hältst du davon?«

»Ich weiß es nicht.« Sie seufzte. »Ich müßte wissen, weshalb sie weggelaufen ist. Vielleicht kann sie wirklich nicht zurückkommen, solange sich nicht irgendwas ändert. Majka hat einen schwierigen Charakter. Ich erinnere mich, es gab mal ein Riesentheater. Majka erklärte, sie ginge nicht mehr in die Schule, wenn der Mathematiklehrer sich nicht bei ihr entschuldigte. Das war bei einer Klassenarbeit in Mathe. Majka hatte alles auf einen Schmierzettel geschrieben, sie war schnell fertig, sie ist in Mathe ein As. Als sie die Lösungen ins Heft übertrug, fiel ihr der Schmierzettel herunter. Ein Junge aus der Nebenbank bückte sich unwillkürlich, um ihn aufzuheben. Der Mathelehrer sprang hinzu, erwischte das Blatt. ›Ein Spickzettel‹, sagte er, ›Skowron und Czerniak erhalten eine Fünf.‹ Er nahm keinerlei Erklärungen zur Kenntnis. Da hetzte Majka den Józek Czerniak auf, und sie gingen beide nicht mehr in die Schule. Die Direktorin bestellte die Eltern zu sich, es half alles nichts, Majka und Józek verlangten entschieden, der Lehrer solle sich bei ihnen entschuldigen.«

»Ja, und?«

»Der Mathelehrer gab nach. Er räumte ein, daß er nicht hundertprozentig sicher sein konnte, ob es ein Spickzettel war, und daß er ihren Worten Glauben schenken würde. Er strich die Fünf. Aber für unentschuldigtes Fehlen wurden beiden die Betragenszensuren herabgesetzt«, schloß sie.

»Das heißt, euer Mathelehrer ist ein Kumpel«, sagte ich. »Ein anderer hätte auf stur geschaltet, und aus. Die Situation war ja sehr zweideutig: Majka läßt den Zettel mit der Lösung fallen. Czerniak hebt ihn auf . . .«

»Der Mathelehrer ist prima«, bestätigte sie. »Der kann sich in einen anderen hineinversetzen. Sicher ist er zu dem Schluß gekommen, daß Majka nicht so verrückt gespielt haben würde, wenn sie kein reines Gewissen gehabt hätte. Und er hat sich dazu durchgerungen, großzügig zu sein und nachzugeben.«

»Daß er keine Angst gehabt hat, die Autorität zu verlieren . . .«

»Im Gegenteil. Wir achten ihn mehr als vorher. Weil die Klasse Majka sofort geglaubt hat, alle wissen, daß sie niemals lügt. Ehrlich gesagt, wir haben eine Abordnung zu dem Lehrer geschickt . . .« Sie lächelte fein. »Wir haben ihm erklärt, daß Majka krankhaft ehrlich ist, einen übersteigerten Gerechtigkeitssinn hat.«

»Find ich durchaus nicht übersteigert . . . Ich an ihrer Stelle hätte auch gekämpft. Und wahrscheinlich jeder.«

»Ich nicht«, flüsterte sie und senkte den Kopf. »Ich hätte ein paar Tränen vergossen, das ist alles . . . Ich kann nicht kämpfen. Bestimmt imponiert mir Majka deshalb so.«

»Eifre ihr nach«, riet ich ihr. »Wenn du nicht lernst, für eine richtige Sache einzustehen, wirst du nicht viel Erfolg haben im Leben.«

Dieser Sinnspruch amüsierte mich ein bißchen; es ist nicht meine Art, anderen solche Weisheiten anzubieten, und ich spöttele immer über Leszek wegen seines Hangs zum Dozieren. Aber jetzt war mir das von selbst so herausgerutscht. Joanna nickte zustimmend. »Ich weiß. Ich möchte auch gern. Aber ich kann nicht. Offenbar hab ich den Charakter meines Vaters geerbt . . .«

Da fiel mir ein, was Majka über Herrn Radziej erzählt hatte.

»Ich habe, glaube ich, doch nicht recht«, sagte ich. »Zurückhaltende Menschen erzielen auch Erfolge. Bloß langsamer und mühsamer.« Ich sah auf die Uhr. »Tja, ich muß.«

»Bleib noch. Und sag mir nur das eine: Worauf wartet Majka? Sie will doch wohl nicht monatelang wie ein Tier hausen? Wann kommt sie zurück?«

»Vielleicht schon morgen, es wäre nicht ausgeschlossen. Fest steht es allerdings noch nicht. Weißt du, daß ich sie gern hab?«

Sie sah mich aufmerksam, ohne zu lächeln, an.

»Wenn ich ein Junge wäre, würde ich Majka wahnsinnig lieben.«

Ich fühlte, wie mir das Blut ins Gesicht schoß, die Ohren purpurrot färbte. Rasch erhob ich mich von der Bank.

»Ich werd Majka von dir grüßen.«

»Sage ihr, man darf nicht immer so grausam kompromißlos sein. Sie soll sich das mal durch den Kopf gehen lassen.«

»Ich werd es ausrichten«, versprach ich.

Joanna machte ihre rote Kunststofftasche auf, nahm zwei Tafeln »Wedel«-Vollmilchschokolade heraus.

»Für Majka. Sie ist eine Naschkatze.«

Der Mann vom Betriebsschutz stand mit dem Rücken gegen das Häuschen gelehnt und löste im »Sztandar« ein Kreuzworträtsel.

»Der Chef ist gerade zurück«, sagte er. »Kennst du die Nebenflüsse des Ganges?«

»Tut mir leid«, erwiderte ich. »In Geographie hab ich 'ne Eins mit Querbalken.«

»Und Kuh auf englisch? Kuh und Junge, sozusagen zusammen, ein Wort mit sechs Buchstaben . . .«

»Das kennen Sie auch«, versicherte ich ihm. »Einsam ritt mit Colt und Lasso . . . Na?«

»Ein Cowboy über die Prärie!« rief der Mann erfreut. »Klar, Cowboy!«

Ich ging in das Häuschen, wählte die Nummer des Sekretariats. Es meldete sich die bekannte Frauenstimme.

»Hier ist Wojtek Zimecki«, sagte ich. »Ich habe vor einer Stunde angerufen, ich möchte mit Herrn Skowron sprechen.«

»In welcher Angelegenheit?«

»Einer persönlichen.«

»Herr Skowron ist beschäftigt. Sag mir, worum es sich handelt, ich trage es ihm vor . . .«

»Es betrifft nicht mich«, unterbrach ich sie. »Es betrifft den Herrn Ingenieur persönlich.«

Im Hörer trat Stille ein. Dann erklang ein Summton, und ich vernahm eine scharfe Männerstimme: »Skowron, ja bitte? Wer ist am Apparat?«

»Ich möchte mich mit Ihnen treffen«, sagte ich. »Wegen Ihrer Tochter. Ich rufe aus dem Pförtnerhaus an.«

Ein Schnaufen.

»Komm herauf. Ich warte. Sag dem Betriebsschutz, er soll dich durchlassen.«

Ich trat aus dem Häuschen. Der Mann vom Betriebsschutz nickte, zeigte auf ein stattliches vierstöckiges Gebäude.

»Erster Stock, die Tür gegenüber der Treppe. So eine breite, mit schwarzem Leder gepolsterte. Im übrigen hängt ein Schild dran.«

Ich überquerte den Hof, den Rabatten voller regelmäßiger Reihen aus violetten und weißen Pfingstrosen in Quadrate teilten. Ich betrat das Verwaltungsgebäude, im ersten Stock fand ich mühelos die ledergepolsterte Tür mit dem Schildchen »Waldemar Skowron, Chefingenieur«.

Die Sekretärin musterte mich neugierig, es war eine ältere Frau in dunklem Kleid und Brille. Wortlos führte sie mich in das Arbeitszimmer.

Ich befand mich in einem weitläufigen Raum mit dunkler Eichentäfelung. Ein langer, mit grünem Tuch bedeckter Tisch schloß an eine blitzende Schreibtischplatte an. Rechter Hand, am Fenster, standen ein Ledersofa, ein rundes Tischchen und zwei moderne Klubsessel mit hohen Lehnen. An den Wänden hingen allerhand bunte Diagramme unter Glas.

Hinterm Schreibtisch erhob sich ein nicht sehr großer, schlanker Mann und kam mir entgegen. Ich stellte fest, daß Majka ihrem Vater sehr ähnlich war: die hellen Haare, die leuchtend blauen Augen, die biegsame Gestalt. Man sah ihm an, daß er lange Sport getrieben hatte.

»Skowron.« Er streckte mir die Hand hin. »Guten Tag, junger Mann.«

». . . ecki«, murmelte ich.

Aus der Nähe bemerkte ich, daß sein Gesicht müde und sein Haar von silbergrauen Strähnen durchzogen war.

»Bitte lassen Sie niemanden herein«, sagte er zu der Sekretärin und führte mich zu dem schwarzen Sofa. »Setzen wir uns. Wie heißt du mit Vornamen?«

»Hi . . .«, stammelte ich. »Wojtek.«

Ein blasses Lächeln huschte über sein Gesicht.

»Dann also Wojtek. Na schön. Was ist dir über meine Tochter bekannt, Wojtek?«

Es gibt Menschen, die man schwer anlügen kann. Sie besitzen eine Offenheit, eine Art rechtschaffenen Ernst, vor dem einem die geringfügigste Schwindelei als etwas Verabscheuungswürdiges erscheint. Skowron gehörte zu dieser Sorte von Menschen. Es würde mich schwer ankommen, die beabsichtigte Rolle zu spielen.

»Ich hab sie im Wald getroffen«, sagte ich. »Sie hat sich um Hilfe an mich gewandt.«

»Hattest du die Suchmeldungen gesehen?« fragte er. »Du hast sie doch bestimmt erkannt.«

»Ja.« Ich nickte. »Das war gestern. Ich wußte, daß sie diese Lidia Skowron ist, im übrigen hat sie das nicht verheimlicht.«

»Worum hat sie dich gebeten?«

»Daß ich mich mit Ihnen treffen und Ihnen einen Brief aushändigen soll.«

Ich hatte geglaubt, er würde sofort diesen Brief verlangen, aber das tat er nicht. Er zog ein Kästchen mit Zigaretten, das auf dem Tischchen stand, zu sich heran, nahm eine heraus, brannte sie in aller Ruhe an.

»Und du warst gleich damit einverstanden? Hast ihr gar keine Fragen gestellt? Nicht um eine Erklärung gebeten?«

»Wir haben uns unterhalten«, versuchte ich mich aus der Affäre zu ziehen. »Sogar mehrmals. Majka ist ein prima Mädchen«, rutschte es mir unwillkürlich heraus; ich bemerkte ein feines Lächeln um Skowrons Lippen.

»Das stimmt«, sagte er. »Meine Tochter ist wirklich ein prima Mädchen. Wenigstens hat sie das Zeug dazu. Wenn sie reifer und vernünftiger wird . . .« Er brach ab, sog tief den Rauch ein. »Hat sie dich nur gebeten, diesen Brief zu übermitteln?«

Ich hatte beschlossen, nur dann zu lügen, wenn es unumgänglich wäre. Letzten Endes würde nichts passieren, wenn ich Herrn Skowron ein paar Einzelheiten erzählte.

»Sie brauchte überhaupt Hilfe. Sie konnte sich nicht vor den Leuten sehen lassen, sie wäre sofort erkannt worden. Sie hatte Hunger, suchte einen Unterschlupf.«

»Und du hast ihr geholfen? Weshalb?«

»Weil ich den Eindruck hatte, daß sie nicht einfach nur so von zu Hause fortgelaufen war. Sie liebt Sie wahnsinnig.«

Skowrons Hand verhielt über dem Aschenbecher. Dann zerdrückten die Finger die erst halb aufgerauchte Zigarette, die Tabakkrümel fielen in das Kupferboot.

»Und trotzdem ist sie fortgelaufen«, sagte er leise, wie zu sich selbst. »Ohne sich zu überlegen, daß meine Frau und ich . . .«

»Ich glaube, sie hat sich das überlegt.« Ich starrte auf das kleine Kupferboot, über dem ein feiner Rauchstreif schwebte. »Aber sie hat keinen anderen Ausweg gewußt . . .«

Verdammt, quatsche ich nicht zuviel? Ich sollte den Brief abgeben und die Antwort entgegennehmen, das hatte ich Majka versprochen, nichts weiter.

»Das heißt, daß sie dir alles erzählt hat.«

Das geschieht mir recht, dachte ich, jetzt bin ich da reingelatscht wie der letzte Vollidiot, da winde ich mich nicht wieder raus. Skowron glaubt mir nicht, daß ich ihr Versteck nicht kenne, der läßt mich nicht mehr hier weg, vielleicht ruft er die Miliz. Und Hauptmann Krupcio, der Chef der Kreiskommandantur, ist Prosperos Freund und kennt mich ausgezeichnet. Nicht ausgeschlossen, daß Vater Unannehmlichkeiten bekommt, er ist ja verantwortlich für mich . . .

»Ob alles, weiß ich nicht.« Ich bemühte mich, Skowrons Blick auszuweichen. »Wir haben uns ein paarmal unterhalten. Aber ich sehe sie nicht wieder!« beteuerte ich inbrünstig. »Ich soll in den Wald kommen und Ihre Antwort dreimal laut rufen, die Stimme hallt weit, ich weiß wirklich nicht, wo Majka sich jetzt versteckt.«

»Beruhige dich. Ich werde dich nicht zwingen, mir ihren Unterschlupf zu verraten . . ., Wojtek.«

Er wußte natürlich, daß ich anders hieß, und er zweifelte nicht daran, daß ich Majkas Versteck kannte. Ich zog den doppelt geknifften Zettel aus der Tasche und gab ihn ihm. Er faltete ihn langsam auseinander. Stand auf, ging zum Schreibtisch, holte seine Brille. Ich sah, wie er sie aufsetzte, das Blatt an die Augen führte. Er las lange, mehrmals.

Schließlich war er fertig. Er faltete das Blatt sorgfältig zusammen und steckte es in die Innentasche seines Jacketts. Er kam an den Tisch zurück, setzte sich in den Sessel, griff wieder nach den Zigaretten.

»Du kennst also die Geschichte mit dem Präparat R-24«, sagte er halblaut. »Wirklich eine bedeutende Entdeckung. Jedenfalls darf man das annehmen. Ich freue mich, daß mein guter Freund sie gemacht hat . . . Du hast den Brief gelesen?«

»Nein. Der Brief ist doch an Sie. Wie lautet die Antwort?»

Ingenieur Skowron starrte schweigend auf das dunkelrote Köpfchen seiner Zigarette. Langsam wuchs der graue Aschenstengel daran. Eine Fingerbewegung, und die kleine Säule brach in sich zusammen, fiel in das Kupferboot.

»Ich kann nicht zulassen, daß meine Tochter in meine

dienstlichen Angelegenheiten eingreift. Gleichgültig, welchen Zweck sie verfolgt. Und auf gar keinen Fall geht es an, daß sie meinen persönlichen Bereich verletzt. Diese Geschichte ist meine Sache. Majka weiß das.«

»Ja. Aber Majka . . .«

»Das darf sie nicht!« unterbrach er mich scharf. »Niemand hat das Recht, einen anderen Menschen in seiner Freiheit zu beschneiden. Jeder muß allein über sein Tun entscheiden, nur dann hat seine Wahl einen gewissen Wert. Ich habe mich immer bemüht, Majka so weit wie möglich freie Hand zu lassen. Ich habe mich nicht in ihre Angelegenheiten eingemischt, wenn es nicht unbedingt erforderlich war, weil ich fand, sie sollte sie selbst entscheiden, im Einklang mit ihrem Gewissen. Aber sie will ohne Pardon in das Revier eindringen, das mir allein vorbehalten ist. Sie richtet, sie verdammt, sie stellt Bedingungen. Mit welchem Recht?«

»Sie verstehen, glaube ich, nicht, worum es hier geht . . .«, warf ich zaghaft ein.

»Gewiß doch, sie ist mit Joanna befreundet, hat ihren Vater sehr gern, hält ihn für ein Genie, dem ich Knüppel zwischen die Beine werfe«, sagte er mit finster-ironischem Lächeln. »Auch ich bewundere Ingenieur Radziej, ich bin eng mit ihm befreundet. Aber Freundschaft ist nicht das Ausschlaggebende in Dingen, die nicht unsere Privatangelegenheiten sind. Bestell das Majka. Sag ihr, daß ich auf diese Art von Einmischung niemals eingehen werde. Selbst . . ., wenn ich sie für immer verlieren sollte . . .« Er stockte, ein Krampf lief über sein Gesicht. »Sage Majka, sie soll nach Hause kommen«, sagte er leise, wie mit hölzerner Stimme. »Daß ich sie sehr darum bitte, im Namen ihrer Mutter und in meinem eigenen Namen.«

150

»Ich sage es ihr, ganz bestimmt sag ich ihr das . . . Trotzdem habe ich den Eindruck, Sie verstehen sie nicht . . .«

Ingenieur Skowron schien das nicht gehört zu haben. Er
zog gierig an der Zigarettenkippe, drückte sie im Aschenbecher aus.

»Ich könnte ihr eine andere Antwort geben«, ließ er sich
vernehmen, während er mit dem Zeigefinger ein Tabak-
klümpchen auf dem Grunde des Kupferbootes zerrieb.
»Aber ich sage nein, weil ich finde, die Antwort muß nein
lauten.«

Er stand auf, streckte mir die Hand hin. Sein Gesicht
hatte einen sonderbaren Ausdruck, so als fechte er einen
verzweifelten Kampf mit sich aus. Was hatte das zu bedeuten: Ich könnte ihr eine andere Antwort geben? Noch
zögerte er, seine Stirn war von dichten Furchen zerschnit-
ten. Dann räusperte er sich energisch und ging zur Tür,
wobei er mich beinahe vor sich her stieß.

6

Leszek setzte sich noch zur Wehr, aber seine Lage war aus-
sichtslos. Eben hatte er einen Turm eingebüßt, jetzt nahm
ich ihm den Läufer und den Springer ab. Bohdan legte seine Baumwurzel weg, der er mit ein paar raschen Schnitten
seines Taschenmessers die Züge eines rachitischen Gnoms
verliehen hatte; er trat zu uns, warf einen kurzen Blick auf
das Schachbrett.

»Gib's auf«, riet er Leszek. »Du hast nicht die geringste
Chance.«

»Das wird sich zeigen«, brummte Leszek düster.

Er tat mir leid. Ich sah zu dem glatten Spiegel des Sees

hinüber, auf dem die Sonnenblitze flirrten, zu dem Boot auf der anderen Seite mit Herrn Tadeusz' regloser Gestalt darin. Plötzlich fiel mir ein, irgendwo hier in der Nähe könnte Majka stecken. Durchaus möglich, daß sie uns beobachtete. Bei dem Gedanken an Majka überflutete mich eine Welle wohliger Wärme.

»Remis«, schlug ich vor. »Und jetzt komm baden.«

Leszek musterte mich mißtrauisch, dann blickte er konzentriert auf das Schachbrett: Hätte er mich mattsetzen können und hatte es nicht bemerkt? Es gibt solche Situationen beim Schach – einer ist den Figuren nach im Vorteil und verliert dann unverhofft. Doch diesmal war es anders, folglich nickte Leszek widerstrebend, als erwiese er mir eine Gnade. »Na schön, wenn du meinst . . .«

Er vollführte einen seiner wirkungsvollen Sprünge von der Schwarzen Zunge, stach ins Wasser, fast ohne zu spritzen. Bohdan zog die Jeans aus, baute sich am Rand des Steilufers auf und streckte mir die Hand hin.

»Springen wir zusammen?«

Das war ein schwieriges Kunststück: hinunterzusegeln, ohne sich loszulassen, zur gleichen Zeit den flimmernden Spiegel zu zerschneiden. Bohdan und ich hatten Übung in solchen Sprüngen. Ich faßte ihn am Handgelenk, und wir stießen uns ab. Die Luft pfiff uns um die Ohren, der See jagte uns in irrsinnigem Tempo entgegen.

Wir tauchten gut zehn Meter vom Ufer entfernt wieder hoch. Ich hustete, spuckte Wasser. Bohdan legte sich auf den Rücken, schwamm gemächlich zwischen den weißen Muscheln der Seerosen hindurch. Leszek war jetzt mit mir auf gleicher Höhe.

»Fein, daß ihr euch vertragen habt«, sagte er halblaut. »Hab ich mir sehr gewünscht.«

»Freut mich für dich«, murmelte ich. »Warum ist Wika nicht da?«

»Tu bloß nicht so.« Er zwinkerte mir zu. »Mußt du doch besser wissen.«

Ich hatte den kleinen Zwischenfall vergessen gehabt, erst jetzt erinnerte ich mich wieder daran. Hatte sie sich etwa bei Leszek beschwert?

»Keine Ahnung...«, erwiderte ich undeutlich und schaufelte Wasser unter mich.

»Schon gut, schon gut.« Leszek lächelte. »Im übrigen hast du recht. Kleine Mädchen sollen sich in Männersachen nicht einmischen. Sie hat ihre Truppe, Małgosia und Kryśka, sie muß uns nicht auf die Pelle rücken. Ehrlich gesagt, sie reicht mir schon zu Hause.«

Er tauchte unter mir weg, wollte mich am Knöchel pakken, aber ich entwischte ihm rechtzeitig. Ich drehte mich um, er schwamm Schmetterling zum Ufer und wirbelte silberne Fontänen auf. Ich suchte Bohdan, er war nicht in der Nähe. Ich entdeckte ihn erst nach einer Weile: Er saß auf dem Bootsrand und plauschte mit Herrn Tadeusz.

Ich schwamm ans Ufer. Als ich auf den Sand hinausstieg, durchschnitt hoch über mir Leszeks schokoladenbrauner Körper die Luft. Dieser Sprung war noch besser, eine makellose Schwalbe mit Schließen der Arme kurz vor der Wasseroberfläche. Ich legte mich in den warmen Sand. Irgendwo hier in der Nähe könnte Majka sein, sie ist sogar ganz bestimmt nicht weit, wahrscheinlich sieht sie mich, schade, daß ich sie nicht sehen kann. Erst in drei Stunden, wenn es dämmert.

Was wird sie tun, wenn ich ihr sage, daß ihr Vater nein gesagt hat? Dummheiten wird sie schon nicht machen. Ihr Vater ist einwandfrei. Sie muß nach Hause zurück und mit ihm reden, versuchen, seine Argumente zu verstehen. Freiheit, das Recht zu wählen . . .

Das Wichtigste habe ich Skowron nicht gesagt: daß es Majka um den Glauben geht. Ob sie es ihm geschrieben hat?

Wenn sie nun nicht nach Hause zurück will, was dann? Sie kann doch nicht ewig im Wald hausen. Ich würde sie zu uns nehmen, aber Prospero wäre nicht einverstanden, dürfte er übrigens auch nicht sein, selbst wenn er wollte. Er müßte Majka zu Hause abliefern. Verdammt, was lassen wir uns da einfallen?

Bohdan sprang vom Boot, kam quer über den See gekrault, ich beobachtete, wie er mit den Armen auf das Wasser einhieb. Er schwamm auf mich zu, wenige Minuten später erreichte er das Ufer, schüttelte sich, sank dicht neben mir in den Sand.

»Ganz schön geschafft«, brummte er. »Aber die Zeit war wahrscheinlich nicht die schlechteste.«

»Anständig durchgezogen hast du«, bestätigte ich.

Er gehörte zur Kreisauswahl, bei den Bezirksausscheidungen hatte er voriges Jahr den zweiten Platz über hundert Meter geholt.

»Ich hatte ein aufschlußreiches Gespräch mit Herrn Tadeusz«, sagte er nach einer Weile. »Über Rowiński. Bei denen hat es gestern einen Heidenkrach zu Hause gegeben.«

»Weswegen?«

»Eben das könnte ja interessant sein. Rowiński hat einen Sohn aus erster Ehe, das weißt du wahrscheinlich.«

»Hab davon gehört.«

»Frau Rowiński hat gestern einen Brief an ihren Mann aufgemacht. Der Sohn dankt seinem Vater, daß er ihn gerettet hat. Die Alte hat angeblich getobt wie wild. ›Durch dich ist er ein Strolch!‹ hat sie geschrien. ›Ich rackere mich im Treibhaus ab wie eine Blöde, und du gibst ihm heimlich Geld . . . Das ich mit saurem Schweiß verdient habe!‹ Interessant, findest du nicht?«

»Gewiß. Könnte interessant sein.«

»Besonders, falls er ihm die fünf Tausender genau an dem Tag geschickt hat . . .« Bohdan rollte sich auf den Bauch. »Meinst du nicht?«

»Zufällig weiß ich, daß er das nicht getan hat. Für alle Fälle hat mein Alter das auf der Post nachgeprüft. Das hat er gleich am Anfang gemacht, ich habe gehört, wie er es Orlicz sagte.«

»Vielleicht hat er es von einem anderen abschicken lassen.«

»Vielleicht«, räumte ich ein. »Fragt sich nur, von wem. Und wann. Denn wenn er es vor dieser ganzen Geschichte abgeschickt hat, dann kannst du dir denken . . .«

Bohdan verstummte. Er schmiegte die Wange in den Sand, schloß die Augen. Mich aber durchzuckte ganz plötzlich ein undeutlicher Gedanke, eine Vermutung, eine Vorstellung: Was für einen Zweifel hatte Vater doch noch gehabt? Er hatte etwas nachprüfen wollen, aber was . . .

Prospero kaute schweigend an seinem Tomatensalat. Er hatte ihn selber zubereitet, scharf, mit Essig und Pfeffer, es sah aber gar nicht so aus, als würde er ihm munden. Er guckte über meinen Kopf hinweg zum Fenster hinaus.

»Was macht dein Arm?« erkundigte er sich.

»Alles in Ordnung. Es heilt. Tut fast nicht mehr weh.«

»Du solltest in der Poliklinik vorbeikommen, um den Verband zu erneuern.«

»Wozu? Es heilt auch so.«

Er stand vom Tisch auf, zog die Uniformjacke aus und hängte sie über die Stuhllehne. Er zog auch die Schuhe aus, band die Krawatte ab, legte sich auf die Couch, drückte auf den Knipser der Wandlampe.

»Gehst du nicht weg?« fragte ich.

»Nein.«

Das Telefon klingelte. Prospero griff, ohne aufzustehen, nach dem Hörer.

»Ja, das bin ich«, sagte er halblaut und schloß die Augen. »Guten Abend. Ich kann leider nicht. Versteh doch ... Mir auch, vielleicht mehr als dir. Ja. Gute Nacht.«

Er legte den Hörer auf, nahm von dem Regal über der Couch einen dicken Wälzer in hellem Leineneinband. Er schlug ihn aufs Geratewohl auf, hielt ihn an die Augen. Aber irgendwie wurde es mit dem Lesen nichts Rechtes.

»Wieso ißt du nicht?« fragte er. »Der Salat ist wirklich gut.«

»Ich hab keinen Hunger. Du hast auch fast nichts gegessen. Du mußt durchaus nicht zu Hause bleiben.«

»Ich weiß selbst, was ich muß und was nicht.« Er verschanzte sich hinter dem Buch.

Ich räumte den Tisch ab und ging in die Küche. Ich warf zwei hartgekochte Eier, eine große Tomate, einen Zipfel Wurst und vier Butterschnitten in einen Frühstücksbeutel. Den Beutel schmiß ich in die Ecke, damit ich ihn mir unbemerkt schnappen konnte, wenn ich das Haus verließ.

»Du bist gar nicht nett am Telefon!« rief ich, während ich die Teller unter den Wasserstrahl hielt; ich hatte keine Lust, Wasser heiß zu machen, sie waren nicht fettig, der Dreck ging auch so runter. »Wenn ich der Mann wäre, würde ich gekränkt sein.«

Ich hatte nicht boshaft sein wollen, es war mir von allein so herausgerutscht. Ich hörte die Couch knarren, Prospero stand in der Küchentür.

»Du hast noch einen Monat Ferien«, sagte er. »Ich habe auch Urlaub verdient, ich könnte, sagen wir, ab übermorgen welchen nehmen. Hättest du Lust, an die See zu fahren?«

Mir verschlug es die Sprache. Ich war noch nie an der See gewesen. Und sofort dachte ich an Majka und auch an den Grund, weshalb Prospero mit mir wegfahren wollte.

»Wozu?« Ich zuckte die Achseln und fing an, die Teller trockenzureiben. »Mir genügt unser See vollauf. Wir können ja nächstes Jahr fahren.«

Prospero seufzte. Er lehnte sich gegen den Türrahmen und füllte fast gänzlich die Tür.

»Hättest du Lust, in Olsztyn zu wohnen?« fragte er. »Ich habe ein Angebot, dorthin zu kommen, ein recht vielversprechendes Angebot ...« Er sah mich nicht an, sondern an mir vorbei. »Vom neuen Schuljahr an könntest du schon ...«

»Ich will nicht«, unterbrach ich ihn. »Ich geh gern in meine Schule. Ich bin gern in Bory. Du mußt heute wirklich nicht zu Hause bleiben, ich will übrigens auch noch weg.«

»Wo willst du hin, Ariel?«

»Zum Stelldichein.« Ich blinzelte ihm zu. »Hab mich mit einer Freundin verabredet. Ist doch wohl nichts dabei?«

»Nein.« Er lächelte fein und sah mich aufmerksam an. »Du tust so geheimnisvoll in letzter Zeit.«

»Und du das Gegenteil.« Ich hielt es nicht aus. »Dir steht alles im Gesicht geschrieben. Du bist extra zu Hause geblieben, damit ich sehe, wie du leidest ...«

»Ariel!«

Ich trat zu ihm, steckte meine Hände hinter seinen Hosengürtel. Er stand kerzengerade aufgerichtet, mit verkniffenem Mund.

»Ich bin gemein!« flüsterte ich. »Du solltest mich verhauen. Ich begreife nicht, wieso du mir nichts eins überziehst. Ich bin gemein, Prospero . . .«

Ich fühlte, daß mir die Augen brannten, und kniff sie, so fest ich konnte, zusammen. Prosperos Hand versenkte sich langsam in meinen Haaren.

»Du bist ein Dummchen. Aber keine Sorge, das bringst du hinter dich.«

»Ich weiß, wer angerufen hat.« Ich schmiegte meine Wange an Vaters Hemd. »Du mußt dich nicht für mich aufopfern. Ich . . .«, stotterte ich, »ich finde sie sogar nett. Und wenn ihr so gern zusammen seid . . .«

»Hör auf. Heute abend hab ich Lust zu lesen. Ich darf doch wohl tun, wozu ich Lust habe?«

Er faßte mich unters Kinn, hob meinen Kopf. Mit dem Zeigefinger drückte er mir die Nase platt. Jetzt war es ganz natürlich, daß mir die Augen tränten.

»Es ist so prima mit dir«, flüsterte ich. »Also mußt du verstehen, daß ich Angst habe . . .«

Ich sprach nicht zu Ende. Prospero preßte einen mächtigen Nieser aus mir heraus. Wir lachten beide, Prospero kehrte auf die Couch zurück.

»Und woraus stammt das?« hörte ich.

> »Ha! Pfui dem schnöden Fehl! Mit gleichem Recht
> verzieh' ich dem, der aus der Welt entwandt
> ein schon geformtes Wesen, als willfahrt' ich
> unreiner Lust, des Himmels Bild zu prägen
> mit unerlaubtem Stempel. Ganz so leicht
> ein echt geschaffnes Wesen falsch vernichten,

als Saat zu streuen wider das Gebot,
ein falsches zu erzeugen.«

»Aus ›Maß für Maß‹. Der Angelo im zweiten Akt. Sie haben mir heute eine ulkige Geschichte erzählt.«

»Nämlich?«

»Über Herrn Rowiński. Die Frau Gärtnereibesitzerin hat ihrem Mann gestern eine wüste Szene gemacht. Der Rowiński hat einen Sohn aus erster Ehe, weißt du das?«

»Ich weiß.« Ich merkte seiner Stimme an, daß ihn das interessierte.

»Sie hat ihm also eine Szene gemacht, weil er dem Sohn ohne ihr Wissen irgendwelches Geld geschickt hat«, fuhr ich fort. »Dieser Sohn soll ein ganz schönes Früchtchen sein. Trotzdem hat er sich bei seinem Papi bedankt, und sie hat den Brief geöffnet und hat getobt. Ulkig, was?«

»Von wem hast du das gehört?« fragte er.

»Herr Tadeusz hat es erzählt. Der Uhrmacher. Der Rowiński ist sein Nachbar.«

»Ulkig«, bestätigte er. »Falls es stimmt.«

»Herr Tadeusz flunkert nur, wenn es um Fische geht. Im übrigen bin ich mir wirklich nicht sicher, ob es in unserem See nicht doch Hechte gibt.«

»Es könnte welche geben«, pflichtete mir Prospero bei.

Ich hörte, wie er von der Couch aufstand und anfing, rastlos durchs Zimmer zu wandern.

Majka saß neben mir auf dem Stamm einer umgestürzten Birke. Sie hatte den letzten Happen Tomate hinuntergeschluckt, biß ins Brot und wischte sich mit dem Handrücken über die Lippen.

»Könntest du endlich mal den Mund aufmachen?« sagte sie.

Ich sah zu dem funkelnden Spiegelbild des Mondes im

See, der silberne Glanz lief bis hinüber zu der schwarzen Wand aus Bäumen am anderen Ufer. Schade, daß man diese Brücke nicht überqueren kann, mit Majka an der Hand ...

»Zuerst habe ich mich mit Joanna getroffen«, sagte ich und gab ihr die beiden Tafeln Milchschokolade. »Angeblich dein Leibgericht. Joanna hat Sehnsucht nach dir, sie macht sich immer mehr Sorgen. Sie findet, du solltest nach Hause kommen.«

Sie seufzte. Brach ein Stück von der Schokolade ab und steckte es in den Mund. Sie hielt mir die Tafel hin, ich lehnte ab; ich bin nicht für Süßigkeiten.

»Wozu hast du dich mit ihr getroffen?«

»Ich hatte eine Stunde frei. Dein Vater war nicht im Betrieb. Und außerdem ...«, ich stockte einen Augenblick, »wollte ich sie sehen.«

»Verstehe. Sie ist hübsch. Es heißt, wenn sie nicht das helle Haar hätte, sähe sie aus wie eine Ikone. Eine Menge Jungs ist verrückt nach ihr.«

Ich lächelte. Sie hatte das gewissermaßen freundlich gesagt, ja sogar herzlich, aber ich fühlte ihren forschenden Blick auf mir ruhen.

»Hübsch ist sie«, pflichtete ich ihr bei. »Aber nicht das hat den Ausschlag gegeben.«

»Sondern was?«

»Daß ich mit ihr über dich reden konnte.«

Majkas Finger streiften wie zufällig meinen Ellenbogen. Wir saßen eng nebeneinander, durch das Hemd spürte ich an der Schulter ihren rauhen Pullover.

»Wie war es mit meinem Vater?« fragte sie. »Was hat er geantwortet? Das ist doch das Wichtigste.«

Mir kam eine Idee.

»Hinterm Schilf in der Bucht liegt das Boot von Herrn Tadeusz. Um die Zeit sieht uns hier niemand. Komm.«

Das war ein guter Vorwand, um Majka bei der Hand zu fassen. Ich führte sie einen unsichtbaren Pfad durch Schlehdorn- und Heckenrosenbüsche hindurch am Ufer entlang, dann ein Stückchen bergauf; Sand, eine kleine Gruppe junger Birken und ein steiler Abhang hinunter zur Bucht, die in einem Halbrund aus Ahornbäumen und Kiefern verborgen lag.

Das Boot war halb ans Ufer gezogen, die Kette mehrfach um den nächsten Ahornstamm gewunden. Ich wikkelte sie ab und legte sie in den Kahn, behutsam, um keinen Lärm zu machen. Mit einer Handbewegung bedeutete ich Majka, sie solle einsteigen. Ich umschlang den Bug mit den Armen, stemmte mich mit den Fersen in den Sand. Meine Füße versanken darin, blieben stecken, doch schließlich gab es einen Ruck, und das Boot glitt ins Wasser. Ich sprang hinein, hob die Ruder vom Grund des Bootes, befestigte sie und stieß den Kahn lautlos vorwärts, hinein ins Schilf, das die Bucht abschloß.

Für alle Fälle ruderte ich am Ufer entlang. Höchstwahrscheinlich war niemand in der Nähe, aber ich wollte lieber nichts riskieren; mitten auf dem See wären wir sogar in einer mondlosen Nacht zu sehen gewesen. Majka saß am Heck, nach hinten gelehnt, die Hand ins Wasser getaucht.

»Hör auf zu rudern«, flüsterte sie. »Erzähle.«

Der Boden des Kahns war trocken; wir legten uns auf den Holzrost, das Gesicht zum Himmel gekehrt; eine Weile lauschte ich dem Plätschern des Wassers, das gegen die Bootswand schlug.

»Er war sehr aufgeregt«, fing ich an, »versuchte, es sich nicht anmerken zu lassen. Zuerst wollte er rauskriegen, weshalb ich dir helfe.«

»Zuerst hat er doch wohl den Brief gelesen . . .«

»Eben nicht. Davor hatten wir ein langes Gespräch. Dein Vater vermutete, ich wüßte alles . . .«

»Ja, und?«

»Er bittet dich, zurückzukommen.«

»Was hat er gesagt?« stieß sie ungeduldig hervor. »Ja oder nein?«

»Warte doch, immer der Reihe nach. Zuerst war also dieses Gespräch, du mußt wissen, worum es da ging. Dein Vater sprach von Freiheit. Er sagte, er hätte dir weitgehende Freiheiten gelassen, weil er dir Selbständigkeit und Verantwortungsgefühl anerziehen wollte.«

»Gewiß«, gab sie zu. »Und weiter?«

»Weiter sagte er, ein freier und gerechter Mensch achte auch die Freiheit anderer Menschen. Er gesteht ihnen das Recht zu, selbst zu entscheiden, nach eigenem Gewissen . . .« Ich schielte zu Majka hinüber, sie kniff die Lippen zusammen. »Er achtet fremde Beweggründe. Erpreßt nicht und will nichts erzwingen. Ein gerechter Mensch bemüht sich, andere zu verstehen. Und wenn er das nicht kann, zieht er daraus nicht den Schluß, daß die anderen bestimmt im Unrecht sind.«

»Es reicht!«

»Schrei nicht so . . . Willst du den Waldhüter herlocken? Um diese Zeit hallt die Stimme kilometerweit.«

»Etwas logisch entwickeln, das kann er. Seine Reden sind immer schon logisch gewesen. Aber selbst die allerlogischste Logik ändert nichts an den Gefühlen. Das Gehirn ist die eine Sache, das Herz eine andere. Hab ich nicht recht?«

»Ich weiß nicht . . .«, murmelte ich. »Jedenfalls ist es nicht ganz so einfach.«

»Ariel, sag mir, ist das, was ich gemacht habe, Erpressung?«

Ich antwortete nicht sofort.

»Na, sag schon. Ist es Erpressung?«

»Im gewissem Sinne ja«, entschloß ich mich endlich. »Das weißt du im übrigen selbst.«

»Aber er war mir gegenüber auch nicht ehrlich. Er hat mir verboten, mich einzumischen, hat mich Rotzgöre genannt. Er hätte mir seine Gründe darlegen müssen . . .«

Sie brach ab. Ich bewegte den Arm und traf auf ihre Hand. Langsam flocht ich meine Finger in Majkas Finger, bereit, sie sofort zurückzuziehen, sobald ich auf den leisesten Widerstand stieß.

»He, da! He, dort im Booooot!«

Ich erstarrte. Das war der Baß von Förster Maliniak. Er kam ganz aus der Nähe, das Boot trieb wahrscheinlich dicht am Ufer. Hatte er meine Stimme gehört oder nicht?

»Heee!« ertönte es wieder. »Ist dort wer?«

Ich hielt den Atem an. Auch Majka hörte auf zu atmen. Wenn es uns ans Ufer trägt, dachte ich, kann das ins Auge gehen . . .

»Wahrscheinlich niemand«, antwortete ihm die Stimme seines Sohnes, die ähnlich klang, nur ein bißchen höher; der siebzehnjährige Witek half seinem Vater bei den Rundgängen, er besuchte die Forstfachschule in Olsztyn, kam in den Ferien her. »Das ist das Boot von Herrn Tadeusz, es ist abgetrieben worden. Soll ich es ranziehen?«

Majka krallte die Fingernägel in meine Hand.

»Wozu erst ins Wasser steigen.«

»Ich reich mit der Stange ran.«

»Laß halt gut sein, Wituś.« Der Förster stammte aus der Gegend von Vilnius, sprach in singendem Tonfall. »Weit schwimmt es ja nicht, es gondelt noch ein bißchen und wird ans Ufer getrieben. Auf geht's, Witek, Mutter wartet mit dem Abendbrot . . .«

»Wie du meinst, Papa.«

Das Knacken sich entfernender Schritte, leiser werdende Stimmen.

»Noch mal Schwein gehabt«, flüsterte ich. »Der Förster ist ein Pedant, der hätte uns am Schlafittchen gepackt, und ab aufs Revier.«

»Und dort hätte dein Papilein mit dir abgerechnet, weil du mit mir unter einer Decke steckst. Du hättest nichts zu lachen gehabt.«

»Er weiß es. Oder ahnt es. Er hat damals den Ring erkannt.«

»Mach nicht die Pferde scheu!« Sie ließ meine Hand los. »Und er hat dich nicht ausgequetscht?«

»Das ist eine komplizierte Geschichte«, sagte ich und legte mich wieder auf den Rücken. »Wir haben eine ungeschriebene Abmachung. Wenn der eine über etwas nicht spricht, stellt der andere keine Fragen. Nur manchmal so eine feine Spitze . . . Beiderseitiges Vertrauen auf der Basis der Achtung der Souveränität«, zitierte ich eine Fernsehfloskel.

Sie drehte sich auf die Seite, stützte den Kopf auf den Ellbogen.

»Hat das immer geklappt?« fragte sie.

Ich verfinsterte mich. Ich sah Frau Ala vor mir im weißen Arztkittel, zierlich, dunkelhaarig, sanft lächelnd. Dann sah ich sie im Mantel, vor ihr Prospero, durch den Spalt in der Korridortür . . .

»Falls du dich entschließen solltest, nicht nach Hause zurückzugehen . . .« – ich räusperte mich –, ». . . gehe ich mit dir.«

»Wohin, Ariel?«

»Wohin auch immer. Damit er freie Hand hat.«

»Drück dich aus wie ein Mensch, ich kapier überhaupt nichts.« Wieder verflochten sich ihre Finger eng mit den meinen. »Was ist passiert, Ariel?«

»An meine Mutter kann ich mich nicht erinnern, wir waren immer nur zu zweit«, flüsterte ich und schloß fest die Augen. »Und jetzt, verstehst du ... Hat sich Prospero verliebt.«

»Wer?«

»Mein Vater. Ich nenne ihn so. Er hat sich in die Frau Doktor verliebt. Und sie in ihn. Verstehst du? Sollen sie doch heiraten, bitte sehr. Ich mach ihnen den Weg frei. Ich haue ab. Sie kriegen mich nie wieder zu Gesicht.«

Das Wasser plätscherte, es klatschte an die Bootswände, die Frösche quakten aus vollem Hals, es stank nach Wasserpflanzen, nach Fäulnis.

»Weshalb haust du ab, Ariel?«

»Sie brauchen mich nicht«, knurrte ich. »Und ich sie auch nicht.«

»Du kannst diese Frau Doktor nicht leiden? Ist sie blöd?«

Unsinn, dachte ich, was hat das damit zu tun ..., ob ich sie leiden kann oder wie sie ist, es ist einfach ein dritter, verdammt, warum kapiert das Majka nicht ...

»Prospero macht mit ihr Schluß, wenn ich es verlange«, sagte ich leise. »Er hat es mir versprochen. Eigentlich trifft er sich schon nicht mehr mit ihr.«

»Deinetwegen?«

»Ja«, gab ich zu. »Obwohl ich es gar nicht verlangt habe.«

»Aber du hast es ihm zu verstehen gegeben.«

»Blind ist er nicht.«

Heftig riß sie ihre Hand aus der meinen.

»Und willst du wissen, was du bist?« zischte sie. »Ein dummer kleiner Junge!«

»Was bitte?« stammelte ich.

»Ein dummer kleiner Junge«, wiederholte sie laut. »Was hast du für ein Recht, Menschen die Liebe zu verbieten? Weißt du, was das ist, Liebe? Wenigstens vorstellen kannst du es dir doch, unverschämter Egoist?!«

»Brüll nicht so ... Und warum fällst du so über mich her?«

»Weil mich deine Gefühllosigkeit aufregt«, sagte sie schon bedeutend leiser. »Mann, glaubst du, es gibt auf der Welt etwas Schöneres als die Liebe? Schon davon zu träumen ist wunderbar. Und die Liebe selber ..., die ist wie das Licht, Ariel. Wer nicht liebt, lebt in Finsternis. Und du ...« Sie brach ab. »Entschuldige. Ich will mich da nicht einmischen. Letzten Endes ist es deine Sache.«

Ich lag auf dem Boden des Kahns, wie vor den Kopf geschlagen, zerknirscht.

»Vielleicht hast du recht«, flüsterte ich schließlich. »Aber ich will Prospero nicht verlieren ...«

»Wieso verlieren? Wenn sie deinen Vater echt liebt, wird sie dich doch auch lieben.«

Du bist ein Teilchen vom ihm, fielen mir Frau Alas Worte wieder ein.

»Ich weiß nicht«, sagte ich leise, »in meinem Kopf geht alles verdammt drunter und drüber.«

»War dein Vater in letzter Zeit anders dir gegenüber?« fragte sie.

»Ich glaube nicht. Er schleicht nur trübsinnig herum, in Gedanken versunken. Ißt schlecht ...«

»Na, siehst du!« rief sie triumphierend. »Und dabei liebt er diese Frau Doktor. Du wirst dir noch an den Kopf fassen, daß du ihnen Hindernisse in den Weg legen wolltest. Zu dritt kann es doch viel schöner werden als jetzt.«

Schöner als jetzt? Das konnte ich mir nicht vorstellen.

Und plötzlich fiel mir ein, wie ich mit Fieber dagelegen hatte, benebelt, der Kopf zum Zerspringen. Eine kühle Hand auf meiner Stirn. Eine Wohltat, eine wunderbare Kühle ... Ich schlug die Augen auf und erblickte dicht über mir Frau Alas lächelndes Gesicht. Sie trug damals das Haar länger, es reichte bis auf die Schulter. Sie erschien mir schön. »Wie geht es dir, Ariel?« fragte sie halblaut und lächelte mir immer noch zu. »Besser«, erwiderte ich. Das stimmte. Ihre kühle Hand hatte den Schmerz in meinem Kopf verjagt. »Aber gehen Sie nicht weg«, flüsterte ich. »Ich gehe nicht weg«, versprach sie. Und sie saß bei mir, bis der Schlaf kam, ein lindernder, gesunder Schlaf ohne Fieberträume. Der erste gute Schlaf, seit ich krank geworden war.

»Ich weiß nicht«, wiederholte ich. »Ich hab einfach Angst. Ohne Grund ...«

»Eben!« fiel Majka ein. »Deine grundlose Angst ist dir wichtiger als die Liebe deines Vaters. Als sein Glück ...«

»Genug«, unterbrach ich sie. »Ich muß das alles erst mal verdauen. Quäl mich nicht, Majka.«

Ich sah über den Bootsrand. Der Kahn hatte sich von den Schilfbüschen entfernt, er war in die Mitte des Sees getrieben und stand jetzt quer zu der Straße aus Mondenlicht. Das Froschquaken war leiser geworden, vom Kiefernwäldchen wehte ein frisches Lüftchen herüber und trug den harzigen Nadelduft bis zu uns.

»Ariel?«

»Ja.«

»Ich würde mich sehr gern verlieben. Und du?«

Ich gab keine Antwort. Lag auf dem Rücken und zählte

die Sterne, die hinter den Wolken hervortraten. Majkas Finger fanden meine Hand. Ich spürte ihre zarte Wärme und Weiche.

»Ich weiß nur vom Lesen was über die Liebe. Und aus meiner Vorstellung. Und aus Gesprächen mit Joanna, sie stellt sie sich auch wunderbar vor, aber sie hat Angst. Joasia hat vor allem Angst, sie ist so komisch . . . Möchtest du dich verlieben, Ariel? In mich zum Beispiel?«

Ich spürte das mir wohlbekannte Feuer in den Ohren, eine beißende Trockenheit in der Kehle.

»Wenn du spotten mußt . . .«, stammelte ich.

»Ich spotte nicht, Ehrenwort. Weißt du was, ich habe heute den ganzen Tag an dich gedacht. Ich hab noch nie so an einen Jungen gedacht. Einfach so . . . Daß du bei mir wärst. Ja, so wie jetzt. Ich fühle mich wohl, weißt du? Irgendwie merkwürdig wohl . . .«

»Hör auf. Du analysierst das wie einen Versuch in Chemie.«

»Weil ich es noch nie empfunden habe. Und du?«

»Ich auch nicht«, gestand ich, einen inneren Widerstand überwindend. »Aber reden wir nicht mehr davon.«

Sie rückte mit ihrem Kopf nach links, unsere Schläfen berührten sich. Vom Ufer klang der trockene Ruf einer Eule herüber.

»Aber jetzt erzähl endlich den Rest«, ließ sich Majka leise vernehmen. »Was hat er gesagt, als er den Brief gelesen hatte? Ja oder nein?«

Ich seufzte. Ich kann ihr doch nicht die Wahrheit sagen. Ich darf es nicht. Ohne zu überlegen, stieß ich hervor: »Er hat gesagt, er will sich mit dir treffen. Dann sagt er dir seine Antwort.«

Majkas Schläfe riß sich von meiner los. Wir setzten uns auf, den Rücken gegen die Bordwand gelehnt.

»Wo?« fragte sie nach einer Weile. »Denn ich gehe nicht zu ihm.«

»Das ist ihm egal«, spann ich meinen Faden weiter, »er ist bereit, sich sogar hier mit dir zu treffen. Er hat versprochen, daß er dich nicht zwingt, nach Hause zurückzukommen.«

Sie kniete sich hin, beugte sich über Bord, schöpfte Wasser in die gefalteten Hände und spritzte es sich ins Gesicht. Im Mondenschein sah ich die lichthellen Tröpfchen an ihren Wimpern.

»Er findet, ich erpresse ihn«, sagte sie. »Worüber will er denn mit mir reden?«

»Eben darüber«, erwiderte ich. »Ihr solltet einander alles bis zum Schluß erklären. Ich glaube, dein Vater weiß nicht, weshalb du von zu Hause fortgelaufen bist. Und du kennst nicht die echten Motive seines Handelns. Ihr habt bestimmt genug miteinander zu besprechen.«

»Und wenn . . .«

»Nein«, fiel ich ihr ins Wort. »Dein Vater ist kein Feigling. Was das betrifft, bin ich mir völlig sicher.«

Sie tauchte die Finger ins Wasser. Ich rutschte an sie heran, legte ihr die Hand auf die Schulter.

»Wann?« fragte sie, ohne sich umzudrehen.

»Wann du willst. Wenn du nur willst, führe ich ihn hierher.«

»Ich werd drüber nachdenken . . .«

Dann wandte sie sich zu mir um.

»Und jetzt küß mich«, sagte sie. »Du mußt mich auf der Stelle küssen.«

Es dröhnte etwas in mir, brauste wie ein Orkan über mich hinweg. Mir war, als sei es nicht Majka, sondern die ganze Welt, die diesen pulsierenden Duft süßen, sonnenwarmen Grases verströmte. Und plötzlich hatte ich das

Verlangen, der ganzen Welt ein riesiges, warmes, nach Gras duftendes Glück zu schenken.

Bohdan stand vor den Regalen und musterte zerstreut die Buchrücken. Ich wußte, daß er die Bücher alle gelesen hatte, einige hatte er sich ein paarmal von mir geliehen, er erwartete nicht, etwas Neues zu finden.

»Gibt's was?« fragte ich.

»Nichts ... Meine Mutter hat mir aufgetragen, Pilze zu sammeln. Heute morgen hat es geregnet, es müßte welche geben. Kommst du mit?«

»Ich kann nicht. Hab noch bißchen was im Haus zu tun.«

»Schade«, sagte er ohne Überzeugung; ich bemerkte, daß er jetzt nicht mehr die Bücher ansah, sondern mich verstohlen beobachtete. »Hattest du Streit mit Wika?« fragte er gespielt gleichgültig.

»Streit ...« Ich zuckte die Achseln. »Nicht daß ich wüßte.«

»Du hast ihr gesagt, sie soll uns nicht dauernd auf die Pelle rücken.«

»Schon möglich. Ja, und? Liegt dir was an Wikas Gesellschaft?«

»Ich dachte, dir liegt was dran«, antwortete er und wich meinem Blick aus. »Zumindest hat dir früher was dran gelegen.«

Ich ging zu ihm, sah ihm offen ins Gesicht.

»Laß die Diplomatie. Entweder wir sind Kumpel oder nicht.«

Er seufzte. Setzte sich auf die Couch, stützte das Kinn auf die Faust. »Na schön«, brummte er. »Ich weiß doch, daß sie dir gefällt. Die Worte können wir uns sparen.«

»Da bin ich anderer Meinung.« Ich setzte mich ihm gegenüber. »Nimm vor allem zur Kenntnis, daß Wika mich nicht interessiert. Wenn sie das tun würde, hätte es keinen Streit gegeben, wie du es nennst.«

»Kommt drauf an. Was sich neckt, das liebt sich, das weiß man ja.«

Ich schob ihm die Schale mit den Äpfeln hin, mechanisch nahm er sich einen.

»Jetzt weiß ich, worauf du hinauswillst«, sagte ich. »Ehrenwort, Wika interessiert mich nicht. Es gibt da jemand anderes . . .«

Ich brach ab. Ich hatte große Lust, ihm mehr zu beichten, von Majka zu sprechen, von ihr zu erzählen, es drängte mich, jemandem mein Herz auszuschütten über das, was mich bewegte. Aber das war unmöglich.

»Warum machst du mir was vor, Junge? Ich weiß doch, daß du dich mit niemandem triffst.«

»Gar nichts weißt du. Weder du noch irgendwer sonst. Es gibt ein Mädchen, in das ich . . .« Ich kam ins Stottern. »Aber das ist es gar nicht. Ein wunderbares Mädchen, mehr kann ich dir nicht sagen.«

Neugierig geworden, sah er mich an. Es war wohl etwas in meiner Stimme gewesen, was ihn glauben machen ließ, daß ich nicht log.

»Was für ein Mädchen?« fragte er. »Ich kenne in Bory keine, die wunderbar wäre.«

»Eine schon«, sagte ich lächelnd. »Und dir steht nichts im Wege. Du kannst ohne Bedenken Kurs auf Wika nehmen.«

Er stand auf, durchquerte das Zimmer. Griff sich den Korb, mit dem er in die Pilze wollte, sah hinein, stellte ihn weg.

»Gut gesagt, ich kann . . . Sie ist doch auf dich scharf.

Nicht mal ins Kino will sie mit mir gehen. Ich dachte, sie würde wenigstens bei unserer Truppe bleiben . . .«

Noch vor wenigen Tagen hätte ich ihn einfach ausgelacht, hätte ihn einen Blödmann genannt, der sich sonstwas einbildet. Aber heute nicht mehr. Heute verstand ich Bohdan, und er tat mir leid, weil ich mir vorstellen konnte, wie mir zumute wäre, wenn ich Majka plötzlich verlöre.

»Alles wird gut, Bohdan«, sagte ich. »Schon in ein paar Tagen. Dann siehst du . . .«

»Was sehe ich dann?« fragte er finster.

»Majka.« Den Namen durfte ich unbesorgt nennen, in den Meldungen lief sie ja unter Lidia Skowron. »Und Wika wird sie auch sehen. Und dann . . .«

»Damit sie nur dir zum Trotz . . .«, unterbrach er mich. »Danke, ich kann mich beherrschen.«

»Irrtum. Du bedenkst nicht, daß Wika dich mag. Ihr lag sehr viel daran, daß wir uns wieder vertragen, also mag sie uns beide. An *mich* hat sie sich nur aus Trotz herangemacht.«

»Wieso?« Er begriff nicht.

»Erstens, weil ich damals allein war gegen euch alle. Zweitens, weil ich sie in letzter Zeit links liegengelassen habe. Das war nicht Absicht, es hat sich einfach so ergeben. Ich glaube, andere Gründe gibt es nicht.«

Er lächelte zum erstenmal. Kehrte zur Couch zurück, setzte sich mir gegenüber.

»Vielleicht hast du recht, Junge!« sagte er. »Sie ist erst mal sauer auf dich, hat eine Stinkwut im Bauch . . .«

»Verletzte Eitelkeit . . .«, warf ich ein.

»Stimmt«, pflichtete er mir bei, »verletzte Eitelkeit, aber das geht vorüber.« Er beugte sich zu mir vor. »Was ist das für eine Majka, Hip? In Bory gibt es keine Majka.«

»Ein Deckname«, sagte ich. »In Wirklichkeit heißt sie

anders. Du würdest dich hinsetzen vor Staunen, wenn ich dir erzählte, wer es in Wahrheit ist.«

Er klapperte mit den Wimpern, legte den Kopf schief.

»Womöglich eine Göttin aus dem Wald?« scherzte er ungläubig.

»Erraten!« lachte ich. »Aus dem Wald unbedingt.«

»Früher hatten wir keine Geheimnisse voreinander«, knurrte er schmollend.

»Mann!« Ich legte ihm die Hand auf die Schulter. »Ich würde es dir sagen, wenn ich könnte, Ehrenwort, so wahr ich Hipolit Grobla heiße. Leider ist es nicht mein Privatgeheimnis. Es ist eine ernste Geschichte.«

Er nickte wenig begeistert. Ich spannte ihn wohl irrsinnig auf die Folter.

»Wann führst du uns deine Majka vor?«

»Durchaus möglich, daß es schon morgen ist. Und sag vorläufig niemandem was, nicht mal Leszek.«

»Geritzt.« Er stand auf, nahm den Korb vom Fußboden. »Schade, daß du nicht mit in die Pilze kannst.«

»Noch eins.« Ich hielt ihn an der Tür zurück. »Ich habe meinem Vater gestern diese ulkige Geschichte mit dem Theater bei den Rowińskis erzählt.«

»Ja, und?« fragte er schnell.

»Ich weiß nicht«, erwiderte ich. »Aber mir kam es so vor, als hätte er sie sehr interessant gefunden.«

Er senkte den Kopf, die weißblonden Augenbrauen wölbten sich zum Bogen.

»Und mein Alter hat heute eine Vorladung vor den Staatsanwalt gekriegt«, sagte er leise. »Eine Stimmung in der Bude wie in einer Familiengruft . . .«

Er ging. Es tat mir leid, daß ich kein tröstendes Wort für ihn gefunden hatte. Wenn Orlicz den Fall übernommen hatte, sah es für Bohdans Vater nicht besonders rosig aus.

Der Krankenwagen stand am Straßenrand. Herr Dudziak, der Fahrer vom Rettungsdienst, drehte die Muttern an einem Rad mit plattem Reifen ab und murmelte dabei wütend in seinen Bart. Ich winkte ihm zu, er guckte mich nicht mal an.

Ein Stückchen weiter ab, unter einer Birke, daß Frau Doktor Badeńska im Gras. Sie hatte ein sehr buntes, geblümtes Kleid an, wirkte von weitem nicht älter als ich.

»Guten Tag«, grüßte ich und stieg vom Rad. »Soll ich Sie mitnehmen?«

Der Krankenwagen kam sicherlich vom Einsatz zurück, weil er mit dem Kühler in Richtung Bory stand. Frau Ala lächelte mich an.

»Danke. Ich wiege zweiundfünfzig Kilo, du hättest einige Mühe damit. Was macht dein Arm? Du bist nicht zum Verbandwechseln gekommen.«

»Alles bestens.« Ich schielte zu dem angeschmuddelten Pflaster; die Wunde heilte, ich spürte nur noch ein leichtes Jucken. »War nicht nötig, Frau Doktor.«

»Zeig her!«

Widerstrebend trat ich näher, streckte ihr den Arm hin. Sie stand auf, packte den umgebogenen Zipfel mit zwei Fingern und riß das Pflaster mit einem Ruck herunter. Ich zischte auf. Dann sah ich zu, wie sie die Tasche aufmachte und ein Fläschchen mit einem gelblichen Puder herausnahm. Sie bestreute meine Wunde, die schon von einem rosa Häutchen überzogen war.

»Einen Verband brauchst du nicht mehr«, sagte sie. »Es heilt sehr anständig. Du mußt nur aufpassen, daß du dich nicht dran stößt. Wohin flitzt du denn, großer Held?«

»Zu Vater. Ich soll einkaufen gehen, und er hat mir kein Geld dagelassen. Neuerdings ist er gräßlich zerstreut.«

Frau Ala sah in die Gegend – die Straße, die Heide, die

174

Wiese mit der weidenden Kuh. Die Sonne kam wieder und wieder zwischen den Wolken hervor und sengte mächtig.

»Einen Durst hab ich«, seufzte sie. »Nicht mal meinen Tee hab ich trinken können, weil sie mich zum Einsatz holten. Zum Glück war es nichts Gefährliches, ein Mädchen hatte Schlaftabletten geschluckt, ein schwaches Mittel, sie hat eine kleine Dosis genommen. Aber an das Magenauspumpen wird sie sich lange erinnern. Ziemlich unangenehm so was.«

»Warum wollte sie sich umbringen?«

»Ihr Verlobter hat sie verlassen.«

»Ich hab kalte Milch im Haus«, sagte ich. »Zwei Schritte von hier. Möchten Sie einen Schluck, Frau Doktor?«

Sie musterte mich aufmerksam, mit der Andeutung eines Lächelns. Dann sah sie zu dem Fahrer, der sich mit dem Reifen abquälte.

»Wie lange kann das noch dauern, Herr Dudziak?«

»Die Muttern sind festgefressen. So an die zwanzig Minuten.«

»Hupen Sie vor Groblas Haus. Ich geh dorthin, Milch trinken.«

Wir marschierten am Straßenrand entlang in Richtung Kurve. Frau Ala nahm mein Rad, stieg ungeschickt auf und brachte nur ein paar jämmerliche Achten zustande. Beinahe wäre sie umgekippt.

»Ein Królak sind Sie nicht.«

»Dafür kann ich spritzen. Aber auf einem Fahrrad habe ich bestimmt fünf Jahre nicht mehr gesessen. Ich müßte erst ein bißchen üben.«

Die Kurve lag hinter uns, und unser grünes Haus tauchte auf, mit dem ebenfalls grün gestrichenen Drahtzaun davor. Voller Unbehagen fiel mir plötzlich ein, daß die Küche nicht aufgeräumt war, die Unordnung in den Zimmern war auch nicht ohne; Aufräumen macht mich krank.

»Vielleicht setzen Sie sich in den Garten?« schlug ich vor. »Ich bringe Ihnen einen Liegestuhl und die Milch. Die Sonne scheint so schön . . .«

Sie hatte es wohl erraten. Wieder lächelte sie fein, nur mit den Augen.

»Umgekehrt wird ein Schuh draus«, sagte sie. »Du bleibst hier, und ich geh ins Haus. Ich weiß, wo die Milch steht.«

Wir gingen zusammen hinein. Ich raffte mein schmutziges Hemd vom Stuhl und schob ihn der Frau Doktor hin. Rannte in die Küche und brachte ihr ein Glas Milch mit zartem, duftigem Schaum darauf. Sie leerte es in einem Zug, dann sah sie sich in der Wohnung um.

»Wir haben zwanzig Minuten, Ariel. Eine Menge Zeit. Klotzen wir ran?«

»Aber . . .«, versuchte ich zu protestieren.

Sie ließ mich nicht ausreden. War schon in der Küche: Bürste, Staubtücher, Staubsauger.

»Das große Zimmer und die Küche übernehme ich«, teilte sie mir über die Schulter mit. »Du knöpfst dir dein Zimmer vor, mal sehen, wer zuerst fertig ist. Aber gründlich!«

Nicht sonderlich begeistert machte ich mich ans Aufräumen. Es war mir peinlich, daß Vater und ich bei so einer Unordnung ertappt worden waren. Eigentlich hatte Prospero schuld, heute war er an der Reihe, für gewöhnlich räumt er nach dem Wecken auf, statt Morgengymnastik – eine Viertelstunde in der Küche und ebensoviel in den Zimmern, ich bereite in der Zwischenzeit das Frühstück vor. Doch heute war Vater schon weg, als ich aufwachte. Wo war er so früh hingegangen? Auf dem Tisch lag ein

Zettel mit der Einkaufsliste und kein bißchen Bargeld. Auch das war bisher noch nicht vorgekommen.

Ich wischte Staub auf den Regalen und auf dem Schreibtisch, säuberte den Schirm der Nachttischlampe, zog die Decke auf der Liege glatt. Hob einen Apfelgriebs vom Boden auf und schmiß ihn in den Papierkorb. Frau Ala wütete noch in der Küche. Ich hörte Geschirrklappern, Möbelrücken, dabei pfiff sie den Marsch: »Aber er, aber er ist beim Militär, und sie weint, und sie weint ihm Tränen hinterher . . .« Ich holte den Staubsauger, fuhr zweimal mit der Bürste über den kleinen Teppich. Dann rieb ich mit einem nassen Lappen die Fensterscheibe ab und rubbelte sie mit einem Zeitungsknäuel trocken.

»Fertig!« rief ich. »Sie können nachsehen!«

Ich betrat das große Zimmer. Auf dem Tisch lag eine frische Tischdecke, und auf dem Regal über der Ausziehcouch standen die Bücher in Reih und Glied, die vorher im ganzen Zimmer verstreut gelegen hatten.

»Ich auch!« schnaufte sie, setzte sich auf die Couch und wischte sich mit dem Taschentuch über die feuchte Stirn. »Ich glaub, wir haben ganz schön was geschafft, Ariel. Bleibt nur noch das Bad, das darf sich Prospero vornehmen, man soll die Männer nicht zu sehr verwöhnen.«

»Ich verwöhne ihn nicht«, brummte ich. »In letzter Zeit hat er ein schweres Leben mit mir . . .«

»Und wieso?« fragte sie harmlos, als ahne sie nicht, worum es ging.

Na, dann werd ich's ihr sagen, dachte ich, das hat sie nicht erwartet . . .

»Vater soll nach Olsztyn versetzt werden. Schon nächsten Monat können wir umziehen.«

»Ah, so . . .«

Vielleicht kam es mir nur so vor, als wäre sie blasser geworden. Ich merkte, daß ich keine Abneigung und keine Angst mehr vor ihr empfand wie noch vor zwei Tagen. Wahrscheinlich, weil jetzt alles von mir abhing; Prospero würde sein Wort niemals brechen. Wenn ich will, ziehen wir nach Olsztyn, und Frau Ala sieht Vater und mich nie wieder. Wenn ich gewollt hätte, könnten wir schon jetzt an die See fahren... Brächte ich es wohl fertig, alles, was meine Zusammenkünfte mit Majka betrifft, freiwillig Prosperos Entscheidung zu überlassen? Zu ihm zu sagen: Wenn du es nicht wünschst, werde ich mich nicht mehr mit ihr treffen, höre ich auf, ihr zu helfen? Nein. Ganz bestimmt nicht. Heißt das, daß Majka mir mehr bedeutet als meinem Vater Frau Ala? Unsinn!

»Aber wir ziehen nicht um«, sagte ich. »Wir bleiben hier.«

Sie sah zum Fenster hinaus.

»Was ist bloß mit diesem Wagen... Die zwanzig Minuten sind längst vorbei.«

Sie will also nicht eingehen auf das Thema. Um so besser. Es ist eigentlich alles gesagt. Sie hat gestern angerufen, Prospero wollte sich nicht mit ihr treffen. Sie müssen vorher schon darüber gesprochen haben.

Aber vielleicht möchte ich gar nicht mehr, daß Prospero sich für mich aufopfert? Vielleicht ist etwas in mir umgestoßen, niedergebrochen worden? Ich weiß es nicht. Ich sah verstohlen zu Frau Ala und versuchte, sie mir in unserem Haus vorzustellen. Am Abend. In der Nacht. Am Morgen. Das Mittagessen auf dem Tisch. Fernsehen. Ich komme aus der Schule. Prospero liest laut »Macbeth« vor. Ich erzähle von einem Streich in der Polnischstunde. Ein Eintrag im Tagebuch. Ich treffe mich mit Majka.

»Eine festgefressene Mutter läßt sich schwer losschrauben«, sagte ich. »Herr Dudziak rackert sich mächtig ab.

Selber schuld, er hätte die Gewinde mal mit Fett abschmieren müssen.«

»Mir haben sie auch eine Versetzung angeboten«, hörte ich. »Nach Ruciane oder nach Mikołajki. Ich werde wohl annehmen.«

»Weshalb? Mögen Sie Bory nicht?«

Sie sah mich prüfend an, gesammelt, als wollte sie erraten, was sich hinter meiner Frage verbarg. Dann lachte sie unbefangen, mit beinahe natürlicher Fröhlichkeit. »Man muß auch mal den Platz wechseln, sich vom Fleck rühren, damit sich die Schräubchen in einem nicht festfressen!«

Vom Fenster kam das Hupzeichen des Krankenwagens, er hielt vor dem Gartentor.

»Mach's gut, mein Honigkuchenpferdchen. Vergiß nicht, wir haben ein gemeinsames Geheimnis.«

»Nämlich?« Ich begriff nicht.

»Daß ich hier war. Ich bitte dich sehr, hörst du?«

Und ohne auf meine Antwort zu warten, rannte sie hinaus. Ich sah, wie sie den Weg bis zum Gartentor entlangging, anmutig, bunt, die Arzttasche in der Hand. Sie setzte sich neben den Fahrer, knallte die Tür zu. Der Wagen ruckte an und fuhr davon, ließ zum Abschied eine blaue Abgaswolke zurück.

»Geh nicht da hinein!« rief mir der diensthabende Milizionär hinterher. »Der Kommandant ist beschäftigt, er hat befohlen, niemanden hineinzulassen.«

Ich betrat dennoch das Sekretariat, aus dem eine Tür in Vaters Zimmer führte. Ich stör ihn schon nicht, dachte ich bei mir, ich nehme mir nur Geld und hau gleich wieder ab. Die Sekretärin war nicht da, aus der angelehnten Tür kam eine Stimme, die ich nicht kannte.

»Es ist schon alles geklärt«, hörte ich. »Sie fragen mich schon zum sechstenmal dasselbe, Herr Kommandant . . .«

»Trotzdem, versuchen Sie sich zu erinnern, Herr Rowiński«, sagte Vater ruhig. »Haben Sie Liwicz den Umschlag mit dem Geld auch bestimmt gegeben?«

»Der Schlag soll mich treffen, Herr Kommandant! Fünf Tausender in funkelnagelneuen Scheinen, der Umschlag war offen, er hat es genau gesehen. Ich habe ihn vor ihn hin auf den Schreibtisch gelegt . . .«

»Wohin denn nun, auf den Schreibtisch oder in die Manteltasche?«

»Auf den Schreibtisch, Bürger Kommandant, ich hab da was durcheinandergebracht mit dem Mantel, wahrscheinlich, weil ich vorhatte, es ihm in den Mantel zu stecken. Aber dann hab ich mir gedacht, wenn ich es in den Mantel stecke, dann kann er so tun, als hätte er es nicht gesehen, also . . .«

»Ich verstehe«, unterbrach ihn mein Vater. »Aber etwas anderes begreife ich nicht. Wieso Sie die Bestechung gemeldet haben, ohne abzuwarten, bis ihr Antrag geprüft war?«

»Hab ich doch schon erklärt . . .« Rowińskis Stimme klang kläglich. »Wie oft wollen Sie noch dasselbe fragen? Ich wollte ja überhaupt kein Schmiergeld für die Zulassung geben, ich finde, daß sie mir rechtmäßig zusteht, ohne Bestechung, Herr Kommandant. Bin ich vielleicht schlechter als andere, wie? Aber die Leute haben gemunkelt, der Liwicz unternimmt nichts, wenn man ihm nicht was zusteckt, und da wollte ich eben herauskriegen, ob das stimmt. Ich versuch's, hab ich mir gedacht, und wenn er es nimmt, dann geh ich sofort zum Herrn Kommandanten.«

»Nicht sofort«, bemerkte mein Vater. »Vorher sind Sie nach Brzezina gefahren.«

»Das hab ich Ihnen doch auch erklärt«, sagte Rowiński. »Ich war um zwei verabredet, in der Genossenschaft, sie wollten einen Vertrag über Champignons mit mir machen.«

»Stimmt«, brummte mein Vater. »Sie können ja gar nicht genug kriegen, Herr Rowiński. Ein Treibhaus und eine Champignonzucht, und dann steht Ihnen der Sinn noch nach einem Bierkiosk . . .«

»Was heißt hier nicht genug, Herr Kommandant! Es reicht doch vorne und hinten nicht, Knochenarbeit und andauernd knapp bei Kasse. Mach ich vielleicht was Verbotenes? Alles nach Gesetz und Vorschrift!«

»Knapp bei Kasse sagen Sie . . .« Mein Vater legte eine Pause ein. »Hatten Sie an dem bewußten Tag noch eine größere Summe Bargeld im Haus, außer den besagten fünftausend?«

»Ach was! Die fünftausend habe ich von der Sparkasse abgehoben, es gibt Zeugen dafür, und mehr Geld hatte ich nicht, höchstens ein bißchen Kleingeld. Zweihundert, vielleicht dreihundert Złoty.«

»Motiv Ihres Handelns war also, einen unehrlichen Angestellten entlarven zu wollen?« fragte mein Vater.

»Jawohl, Bürger Kommandant! Es drehte sich gar nicht mehr nur um den Kiosk, obwohl mir auch an dem viel liegt, da mach ich kein Hehl draus. Ich bin für Recht und Gesetz, Herr Kommandant!« In Rowińskis Stimme schwang Pathos mit. »Von Kind an hasse ich Schieber und Leute, die sich am Volke vergehen! Herr Kommandant, ich habe schon vor dem Krieg . . .«

»Ich verstehe«, unterbrach ihn mein Vater. »Und waren Sie sich auch über das Risiko im klaren? Wenn Liwicz das Geld nun nicht genommen und Sie wegen versuchter Bestechung verklagt hätte, wären Sie doch unweigerlich ins

Gefängnis gekommen. Hatten Sie das bedacht, Herr Rowiński?«

Ein langes Schweigen trat ein.

»Warum soll ich es nicht bedacht haben ...«, ließ sich Rowiński endlich vernehmen. »Aber ich wußte ja, daß er es nimmt. Von anderen hat er es auch genommen.«

»Von wem?« fragte mein Vater.

»Das darf ich nicht verraten, Herr Kommandant. Die Leute haben es mir im Vertrauen gesagt, ich bin kein Zuträger. Suchen Sie sie doch selbst, dazu seid ihr doch da, die Miliz.«

»Wie geht es denn Ihrem Sohn, Bürger Rowiński?«

Wieder Schweigen, noch länger als vorher.

»Danke der Nachfrage, wieso?«

»Ich habe gehört, er hätte in letzter Zeit einige Schwierigkeiten gehabt«, sagte mein Vater. »Er ist wegen Erregung öffentlichen Ärgernisses zu einem Monat Gefängnis verurteilt worden und ...« Mein Vater ließ die Stimme in der Schwebe. »... zu fünftausend Złoty Geldstrafe. Er hat sie schon bezahlt, Herr Rowiński.«

»Und was habe ich damit zu schaffen?!« stieß Rowiński mit erhobener Stimme hervor, aus der ich leise Angst heraushörte. »Ich bin nicht verantwortlich für meinen Sohn, er ist volljährig!«

»Natürlich«, stimmte mein Vater ihm zu. »Ihr Sohn ist erwachsen und für sich selbst verantwortlich. Deshalb hätten Sie ihm erst recht diese fünftausend Złoty nicht schicken sollen.«

»Was hätte ich nicht?« stammelte Rowiński.

»Schluß mit dem Theater!« Vaters Stimme klang scharf, entschieden. »Am siebenundzwanzigsten Juni haben Sie von der Post in Brzezina fünftausend Złoty an die Adresse

Ihres Sohnes Zygmunt Rowiński abgeschickt. Hier ist die Quittung.«

»Ich nicht!« stotterte Rowiński. »Hier steht ein anderer Name drauf, jemand anders hat ihm das Geld geschickt, ich weiß nichts davon!«

»Ganz recht!« pflichtete ihm mein Vater überraschend leise bei. »Der Absender ist ein gewisser Maciej Nowak, Brzezina, Ludowa-Straße 14. In der Ludowa-Straße 14 gibt es aber keinen Nowak, und die Postangestellten haben unter zehn Fotos, die ich ihnen vorgehalten habe, sofort auf Ihres gezeigt. Sie haben ein charakteristisches Gesicht, Herr Rowiński, das prägt sich leicht ein.«

»Herr Kommandant!«

»Was ist?«

Schluchzen, verzweifeltes Schnaufen: »Es ist aus ... Alles durch Zygmunt, meinen Sohn, diesen Strolch ... Ich hab ja gewußt, daß ich durch ihn noch mal im Kittchen lande ...«

»Nun, was ist, Rowiński?«

»Meine Frau hätte mir das Leben zur Hölle gemacht, wenn ich mir das Geld für meinen Sohn genommen hätte. Ich mußte mir was einfallen lassen. Und da kam mir die Idee ... Die blöde Idee ...«

Ich wartete nicht länger. Ich rannte aus dem Sekretariat, flitzte die Stufen hinunter. Ich schwang mich aufs Fahrrad, trat aus Leibeskräften in die Pedale. Ich raste wie ein Irrer, in wenigen Minuten war ich auf dem Marktplatz. Eine Frau sprang mir aus dem Weg.

»Flegel!«

Ich feuerte das Rad gegen die Hauswand, hämmerte wie wild an die Tür. Frau Liwiczowa machte auf, sie hatte gerötete, verschwollene Augen. Ich wollte die frohe Botschaft sofort hinausschreien, aber ich biß mir auf die Zunge; ihr durfte ich es nicht sagen, ich hatte nicht das Recht . . .

»Ist Bohdan da?« fragte ich.

»Er ist gerade aus den Pilzen zurück«, erwiderte sie leise. »Er ist nach oben, in sein Zimmer gegangen.«

Ich rannte die Treppe hinauf und übersprang immer ein paar Stufen. Klopfte, stieß die Tür auf, ohne das Herein abzuwarten.

Er lag auf der Matratze, stierte zur Decke. Ich setzte mich neben ihn.

»Schwöre!« sagte ich. »Auf deine Ehre. Auf dein Leben. Wenn du den Schwur brichst, bist du der größte Schuft unter der Sonne.«

»Was ist los?« fragte er verwundert.

»Schwöre!«

»Na schön, ich kann ja schwören. Aber was?«

»Daß du kein Sterbenswörtchen verlauten läßt. Vor niemandem. Vor deinem Vater nicht und vor deiner Mutter nicht. Und wenn es dich noch so juckt, hörst du?«

»Ich schwöre!« Er hob zwei Finger in die Höhe.

»Ich schwöre, daß ich es niemandem sage, bei allem, was mir heilig ist.«

»Ich schwöre, daß ich es niemandem sage, bei allem, was mir heilig ist«, sprach er mir nach.

»Und jetzt sperr die Ohren auf«, sagte ich. »Dein Vater ist unschuldig. Eben hat Rowiński zugegeben, daß er das Geld seinem Sohn geschickt hat. Mein Alter hat es ihm nachgewiesen. Rowiński mußte es zugeben.«

Bohdan erhob sich langsam von der Matratze, ging zu den Regalen und hielt sich mit beiden Händen an der Regalkante fest. Er stand reglos, mit dem Rücken zu mir.

Erst nach einer Weile bemerkte ich, daß seine Schultern bebten.

7

Prospero blieb auf der Schwelle stehen, warf einen ver-
wunderten Blick ins Zimmer. Bestimmt verblüfften ihn
nicht nur die wunderbare Ordnung, sondern auch die Blu-
men auf dem Tisch zwischen den Tellern, das weiße
Tischtuch, die kleine Kristallkaraffe mit dem Kirschlikör
und das Gläschen vor seinem Gedeck.

»Was ist denn heut für ein Feiertag?« fragte er.

»Gar keiner«, antwortete ich aus der Küche und goß die
Erbsensuppe mit Speck in die Terrine. »Eine bescheidene
Belohnung.«

»Wofür?«

Ich gab keine Antwort. Ich trug die Terrine ins Zimmer
und stellte sie feierlich auf den Tisch. Prospero schnupper-
te. Ich wußte, daß er für Erbsensuppe schwärmte, besonders, wenn dicke Speckgrieben darin schwammen.

»Hmmm, Erbsensuppe«, schnaufte er. »Hmmm, mit
Speck ... Warum hast du für mich aufgeräumt? Ich wollte
das nach dem Mittagessen machen. Na, so was, sogar die
Fenster hast du geputzt!« Er musterte mich mißtrauisch.
»Was ist los mit dir, Ariel? Hast du dir ein anderes Hobby
zugelegt?«

»Aufgeräumt hab nicht ich«, sagte ich lächelnd. »Es ist
jemand hiergewesen und hat es an deiner Stelle gemacht.«

»Wer?«

»Das kann ich nicht sagen.« Ich breitete entschuldigend
die Arme aus. »Ein Geheimnis. Aber ganz in der Nähe
hatte der Wagen vom Rettungsamt einen Platten, und ich
hab einen kleinen Plausch mit Frau Doktor Badeńska gehalten.«

»Alina? Sie war hier?«

Ich überging diese Frage schweigend, füllte seinen Teller mit Erbsensuppe. Wortlos griff er nach dem Löffel.

»Zuerst ein Gläschen.« Ich schob ihm die Karaffe mit dem purpurroten Saft hin. »Du hast es dir ehrlich verdient.«

»Was tust du so geheimnisvoll?« knurrte er und goß Kirschlikör in sein Glas. »Womit, zum Henker, hab ich mir das verdient?«

»Sherlock Holmes ist ein Waisenknabe gegen dich.« Ich sandte ihm einen zärtlichen, etwas spöttischen Blick zu. »Denn Sherlock Holmes gibt es nur in den Büchern, aber dich gibt es in Wirklichkeit. Trinke auf das Wohl von Herrn Liwicz.«

Er hatte das Glas schon an den Mund gehoben. Seine Hand erstarrte in der Luft.

»Woher weißt du es?« fragte er streng.

»Ich hab meinen eigenen Nachrichtendienst. Vor mir bleibt nichts geheim. Und außerdem, ein bißchen was von dem Erfolg kommt ja auch auf mein Konto. Du erinnerst dich wohl, wer dir sagte, daß Rowiński seinem Sohn Geld geschickt hat.«

»Woher weißt du es?« wiederholte er in dem gleichen Ton. »Spaß beseite, Hipolit.«

Wenn er mich bei meinem vollen Vornamen nannte, wurde es Ernst.

»Durch Zufall«, erklärte ich ihm. »Ich war kurz auf dem Revier, um Moneten zu fassen, fürs Einkaufen. Eine Liste hattest du mir dagelassen, aber kein Geld. Ich kam also ins Sekretariat, die Tür stand angelehnt, da hab ich nicht gleich geschaltet und mir nicht die Ohren zugehalten. Du hast diesen Gemüsefritzen sehr elegant abserviert.«

»Lassen wir das!« schnitt er mir das Wort ab. »Ich nehme an, du hast es noch niemandem ausgeplaudert. Du weißt, in Dienstangelegenheiten . . .«

»Gratuliere, Vati!« unterbrach ich ihn rasch. »Ich freue mich riesig, weißt du? Ich hab immer an deine Intuition geglaubt, ich sehe schon die Miene von Orlicz, der setzt sich hin vor Staunen!«

Er widerstand nicht länger, lächelte. Goß sich noch ein Gläschen ein. Trank aus, räusperte sich.

»Du hast mir wirklich geholfen«, gab er zu. »Als du mir von dem Streit zwischen Rowiński und seiner Frau erzählt hast, brachte ich das mit seiner Fahrt nach Brzezina in Verbindung. Alles übrige war nur noch ein Kinderspiel.«

»Und ich bin nicht daraufgekommen.« Ich seufzte. »Ich wußte doch, daß du dir den Kopf zerbrichst, weshalb er dorthin gefahren ist. Und ich hatte gehört, daß er einen Sohn hat, daß er ihm ohne Wissen seiner Frau Geld schickt. Und kein Schimmer . . .«

»Macht nichts«, tröstete er mich. »Du hast ja wohl auch nicht vor, Ermittlungsoffizier zu werden.«

»Kann man alles nicht wissen.« Ich zuckte die Achseln. »Kosmonaut will ich nicht mehr werden, Skakespeareforscher auch nicht.«

»Warum denn nicht Kosmonaut? Ein sehr interessanter Beruf. Früher hast du behauptet, du würdest in den Weltraum fliegen.«

»Vielleicht als Tourist, wenn sie Reisen dahin organisieren. Aber arbeiten will ich lieber auf der Erde. Es gibt hier noch verdammt viel zu tun.«

Prospero legte sich eine Scheibe vom gedünsteten Rinderbraten auf den Teller, holte sich aus der Schüssel Rosenkohl und Tomatenscheiben; über eine Stunde hatte ich in der Küche geackert, um ein Mittagessen auf die Beine zu stellen, das höchsten Ansprüchen genügte.

Als Nachspeise tischte ich Vaters besonderen Leckerbissen – Pflaumenkompott – auf.

»Frau Ala zieht um nach Ruciane«, sagte ich beiläufig. »Oder nach Mikołajki. Sie hat zwei Angebote.«

Das hätte ich nicht sagen sollen. Vaters Gesicht versteinerte, wurde zur ausdruckslosen Maske.

»Ah ja«, brummte er. »Na, ich muß wieder los, Orlicz wartet auf mich.«

»Ich hab eine Bitte an dich«, flüsterte ich. »Wenn du irgendwie kannst, rufe Herrn Liwicz an und sage ihm . . .«

»Er weiß es schon«, unterbrach er mich. »Auf Wiedersehen bis zum Abendbrot.«

Bohdan radelte dicht neben mir, sein Gesicht strahlte wie die Sonne im Zenit.

»Wenn du ihn gesehen hättest! Dein Alter hat angerufen, gleich als du weg warst, ich hab mir unnötig Sorgen gemacht, daß ich meine Zunge im Zaum halten muß. Wenn du ihn gesehen hättest, Hip! Er stand mitten im Zimmer, die Arme erhoben, die Augen verschleiert. ›Ich hab es gewußt‹, flüsterte er, ›es konnte nicht anders ausgehen, es gibt doch noch Gerechtigkeit, es gibt eine Wahrheit . . .‹ Und Mutter hat Rotz und Wasser geheult. Sie saß in der Ecke und rieb sich die Augen mit dem Taschentuch, kaute daran, krallte die Finger in die Sessellehne. Hip, ich habe keinen Moment lang gezweifelt, daß mein Alter eine reine Weste hat. Ich war überzeugt, daß diese Schweinerei ans Licht kommt. Sie mußte ans Licht kommen!«

Gut gebrüllt, Löwe, dachte ich. Es hätte nicht viel gefehlt, und Liwicz wäre vor Gericht gestellt und verurteilt worden. Nichts hätte ihn retten können, wenn die Rowińska ihrem Gemüsefritzen nicht eine Szene gemacht hätte, wenn Prospero nicht Verdacht geschöpft, wenn ich ihm nichts gesagt, wenn er Brzezina nicht mit der Geldsendung in Verbindung gebracht hätte, wenn, wenn, wenn . . . Eine Scheißarbeit hat Prospero. Jemand zieht sein Leben lang Schrauben fest und ist geachtet, angesehen, niemand kann ihm an den Kragen; man fällt nicht so leicht auf, wenn man gewissenhaft seine Schräubchen festzieht, selbst wenn einem die ganze Welt schnurzegal ist. Und Prospero muß sich wegen jeder Kleinigkeit ungeheuer abstrampeln, bis zu den Ellenbogen im Dreck wühlen, und dann wird er noch von manchen scheel angesehen . . .

»Klar«, pflichtete ich ihm bei. »Es mußte herauskommen.«

Er lächelte mir befriedigt zu, dann runzelte er die Stirn, senkte den Kopf über den Lenker.

»Hör mal«, flüsterte er, »ich möchte mich noch mal bei dir, bei dir und deinem Vater . . .«

»Laß gut sein«, murmelte ich. »Nicht der Rede wert.«

Wir fuhren langsam, Rad an Rad, noch zwei Kurven, und der Weg würde uns von der Autostraße weg zum See führen. Ich träumte von dem kühlen, durchsichtigen Wasser, vom Schatten der Bäume am Ufer. Die Sonne schickte ihre drückende Glut vom Himmel; obwohl es schon spät am Nachmittag war, lag die Temperatur noch weit über dreißig Grad.

»Wie in den Tropen«, japste Bohdan und wischte sich mit dem Ärmel übers Gesicht. In der Straßenbiegung tauchten zwei Gestalten auf, eine große und eine kleinere, die merkwürdig im Gänsemarsch gingen, dicht hintereinander. Sie bewegten sich langsam vorwärts, am Straßenrand entlang, die kleinere stolpernd, als stieße die größere sie von hinten an.

Noch ein kurzer Augenblick, und . . . Der Große war Witek Maliniak, der Sohn des Försters. Er trug eine grüne

Militärbluse und Stiefel. Vor ihm, die Arme auf den Rücken gedreht, ging Majka.

Sie sah mich nicht. Sie lief mit gesenktem Kopf. Ihre Hände waren am Gelenk mit einem Riemen gefesselt. Maliniak hielt das Ende des Riemens in der linken Hand, mit der rechten stieß er sie wieder und wieder sanft an, damit sie schneller ging.

Wir fuhren an ihnen vorbei. Die Räder nahmen scharf den Bogen der Kurve.

»Hast du das gesehen?« fragte Bohdan. »An einem Riemen hat er sie abgeführt, mit gebundenen Händen. Wahrscheinlich hat sie was geklaut. Aufs Revier.«

Ich bremste heftig, stieg vom Fahrrad. Bohdan sah mich verwundert an und hielt ebenfalls.

»Was ist los?« fragte er. »Dir fallen ja die Augen fast aus dem Kopf . . .«

»Hör zu«, ich packte ihn am Ärmel, »wir müssen sofort dieses Mädchen befreien! Verstehst du, Bohdan? Wir müssen!«

»Du bist wohl nicht ganz bei Troste . . . Kennst du die Kleine? Warum sollen wir uns da einmischen. Witek hilft seinem Vater offiziell, er ist also im Dienst, du weißt doch bestimmt, was uns bevorsteht, falls . . .«

»Wir müssen!« unterbrach ich ihn. »Entweder du hilfst mir, oder ich mache es allein. Na, was ist?«

»Klar helfe ich dir«, knurrte er. »Aber du könntest mir wenigstens . . .«

Der Plan war im Nu geboren. Ich sagte ihm, was er zu tun hatte. Er nickte.

Gleichzeitig bestiegen wir unsere Räder, ich brauste voran.

»Halt an!« brüllte Bohdan. »Halt, du Schuft! Sonst mach ich Kleinholz aus dir!«

Ich legte mich in die Kurve, raste in die Gerade hinein. Ein paar Dutzend Meter vor mir sah ich den breiten Rükken des jungen Maliniak. Er verdeckte Majka.

»Kleinholz!« johlte Bohdan. »Den Schädel schlag ich dir ein, du Miststück! Du entwischst mir nicht, du Aas, ich reiß dich in Stücke, bleib stehen!«

Maliniak sah sich um, ich hatte ihn fast erreicht.

»Hilfe!« schrie ich und rammte ihn mit dem Lenker, warf mich mit meinem ganzen Körpergewicht gegen ihn.

Er stürzte, ließ den Riemen los. Im Bruchteil von Sekunden sah ich Majkas verblüfftes Gesicht. Schon lag ich auf Maliniak, drückte ihn gegen den Boden, einen Augenblick später fiel Bohdan auf uns.

»Ich erwürge dich!« zischte er und packte mich an der Gurgel. »Du Rabenaas . . .«

»Hilfe!« zeterte ich. »Zu Hilfe!«

Witek Maliniak gelang es schließlich, uns abzuschütteln, verwirrt und wütend stemmte er sich hoch.

»Ruhe!« brüllte er. »Wo ist sie hin?!«

Ratlos blickte er sich um. Von Majka war nichts mehr zu sehen, sie war im Schlehdorngestrüpp und zwischen den Kiefern verschwunden. Witek packte Bohdan an der Schulter, rüttelte ihn heftig.

»Ihr verdammten Lausejungen!« heulte er. »Seid ihr verrückt geworden?! Sie ist weg, da soll doch . . . Sie ist weg!«

»Ich mach Kleinholz aus ihm!« Bohdan riß an seinem Arm, versuchte freizukommen. »Verbummelt zwei Zehner, und dann behauptet er, ich hätte sie ihm geklaut! Laß los, ich mach Kleinholz aus dem Hund.«

»Hast du ja auch geklaut!« piepste ich. »Zwei Zehner und einen Kaugummi . . .«

»Ruhe!« donnerte Maliniak. »Wegen euch ist sie mir durch die Lappen gegangen, wegen eurer blödsinnigen

Prügelei! Hast du keine Augen im Kopf?« Er packte auch mich am Arm und beutelte mich gehörig; er war einsneunzig groß und hatte die Kraft eines Büffels, es war besser, den Streit mit ihm gütlich beizulegen.

»Entschuldige«, murmelte ich. »Du siehst ja selber, er hat mich verfolgt, ich hatte Angst, hab total den Kopf verloren. Wenn du nicht gewesen wärst, hätte er Hackfleisch aus mir gemacht, ich danke dir, Witek.«

»Hätte er doch!« fauchte er wütend. »Wißt ihr, wer mir wegen euch durch die Lappen gegangen ist! Wißt ihr das, ihr Greenhörner?!«

»Na, irgend so eine Rotzgöre.« Bohdan strich sich die zerzausten Haare glatt. »Wir können sie dir ja wieder einfangen.«

»Die ist längst über alle Berge«, schnaubte er böse. »Die versuchen sie schon seit fünf Tagen einzufangen. Das ist dieses Mädchen aus der Suchmeldung im Fernsehen. Lidia Skowronek.«

»Besser gesagt Skowron«, berichtigte ich ihn, »die Ingenieurstochter aus Brzezina. Falls sie es war. Sie sah aus wie eine gewöhnliche Tramperin.«

»Mein Alter hat sie sich genau beguckt.« Maliniak ließ uns los, fuhr sich mit den Händen über die Jacke. »Mit meinem Gürtel ist sie weg, funkelnagelneu, Schweinsleder. Verdammt und zugenäht.«

»Mußtest du dem Kindchen denn gleich die Hände fesseln?« fragte Bohdan.

Witek lächelte schief, ballte die Fäuste.

»Das Kindchen hätte meinem Vater beinahe sämtliche Knochen gebrochen«, sagte er. »Sie kennt irgendwelche Tricks, japanische Griffe. Meinen Alten hat sie über ihre Schulter gewirbelt, und der wiegt achtzig Kilo. Von wegen Kindchen!«

»Das hat sie gemacht, als er ihr den Arm umdrehen wollte«, bemerkte ich.

»Woher weißt du das?« Er sah mich argwöhnisch an.

»Ein bekannter Trick. Ich hab mir die Judokämpfe im Fernsehen angeguckt. Kleine Leute wirbeln auf die Weise Riesen durch die Luft.«

»Wir sind zu zweit kaum mit ihr fertig geworden«, knurrte Witek. »Mein Alter meint, für so eine Furie muß ihr Vater eine Extra-Belohnung springen lassen. Und wegen euch, verdammt . . .«

»Echt schade.« Bohdan lächelte entschuldigend. »Aber ich hab einfach rot gesehen, als mich der Esel da anbrüllte, ich hätte ihm zwei Zehner gestemmt. Das mußt du dir mal vorstellen, Mann! Hättest du dich da nicht vergessen?«

»Aber du hast sie gestemmt!« Ich schwang mich aufs Rad. »Zwei Zehner und einen Kaugummi!«

Ich trat kräftig in die Pedale, beugte mich tief über den Lenker.

»Ich brech dir alle Knochen im Leib!« hörte ich in meinem Rücken.

Hinter der Kurve fuhr ich langsamer, wartete auf Bohdan. Er kam zu mir, lachend übers ganze Gesicht, ein ausgelassenes Blitzen in den Augen.

»Eine Bombenvorstellung, das«, sagte er. »Der kleine Maliniak ist wie vor den Kopf geschlagen. Hab ich gut gespielt?«

»Nicht übel, wenn du auch leicht überzogen hast. Als du mich an der Gurgel packtest, dachte ich, mein letztes Stündlein hätte geschlagen. Ich wollte dir schon einen Schwinger in die Magengrube verpassen.«

»Hättest du doch«, sagte er lächelnd. »Für das Wohl der

Sache hätte ich es schon ertragen. Könntest du mir endlich verraten, was dich mit dieser Judomeisterin verbindet?«

Wir schwenkten in den Pfad ein, der am See entlanglief. Ich fuhr voran und bog die Zweige zurück. Im Wald ließ die Hitze nach, dafür strömte uns vom Boden der herbe Geruch von Tannennadeln und dürrem Moos entgegen.

»Das war Majka«, ließ ich mich halblaut vernehmen; und mit heimlichem Stolz, in gespielt lässigem Ton, fügte ich hinzu: »Meine Freundin.«

Bohdan verschlug es offenbar die Sprache. Er schwieg, bis wir am See waren, ich hörte nur das Schnurren seiner Reifen. Wir versteckten die Räder im Gebüsch. Ich zog mich rasch aus, rollte Hemd und Hose zu einem Bündel zusammen, rannte den Hang hinunter in den heißen Sand. Vom Wasser her wehte ein leichtes, erfrischendes Lüftchen herüber, das die schweißnasse Haut trocknete.

»Verkohlst du mich auch nicht?« fragte Bohdan leise.

»Du kennst mich«, erwiderte ich. »Ich stehe fast von Anfang an mit ihr in Verbindung, seit sie durchgebrannt ist.«

»Wenn das dein Alter wüßte . . .«

Ich lächelte; ich durfte Prospero nicht verraten, seine Vermutungen und seine Loyalität.

»Ein phantastisches Mädchen«, sagte ich. »Jetzt wirst du verstehen, daß ich sie retten mußte.«

»Erinnerst du dich, wie wir über sie gesprochen haben? Ich hab damals nicht ganz kapiert, weshalb du so fuchtig geworden bist.«

»Kapierst du jetzt?« Ich ging bis zu den Knien ins Wasser, es kam mir eiskalt vor, ich machte mir vorsichtig Arme und Schultern naß. »Ihre Geschichte ist verteufelt kompliziert, schade, daß ich sie dir nicht erzählen kann. Ich kann mir vorstellen, was sie ausgestanden hat, als die Maliniaks auf sie los sind . . .«

»Solche komplizierten Dinge gibt es verdammt die Menge rundum.« Bohdan lag schon auf dem Rücken im Wasser. »Ferien, Sommer, eine sorglose Jugend, Fußballspielen, sich sonnen, alle fünfe gerade sein lassen, was geht uns alles andere an? Hauptsache, man verbessert sich in Mathe, und die Alten machen Geld locker. Was, Hip? So könnte man denken, wenn nicht allerlei an einem nagte. Ich zum Beispiel zerbreche mir schon jetzt den Kopf, was ich mal nach dem Abi mache. Ganz schön problematisch, alter Junge.«

»Problematisch?« Ich hatte genug davon, mich so langsam zu bespritzen, ich klatschte neben Bohdan ins Wasser, tauchte, wischte mit dem Bauch über den Grund und stieß im Tiefen wieder an die Oberfläche, mitten in den Sonnenschein. »Problematisch – für dich?« rief ich. »So ein Talent in den Pfoten und wagt noch zu jammern!«

Bohdan kam zu mir geschwommen, wir legten uns auf den Rücken, ich schloß die Augen, weil die Sonne mich unbarmherzig blendete . . . Was ist mit Majka? Ob die Maliniaks sie nicht suchen, den Wald durchkämmen, ob sie nicht das Milizrevier um Hilfe bitten? Wo hat sie sich versteckt, und wie ist ihr zumute nach diesem Abenteuer? Wird sie zum See kommen, wenn die Dunkelheit hereinbricht? Und was soll weiter geschehen? Ob Skowron einwilligt, sich mit seiner Tochter zu treffen? Das ist ein harter Mann.

»Klar ist es problematisch«, ließ sich Bohdan vernehmen. »In der bildenden Kunst haben wir jede Menge begabte Leute, sie tragen einen Bart und stellen Kunstwerke her. Wenigstens halten sie es für Kunstwerke. Man sieht da nicht ganz durch. Ich hab einen Artikel über Einstellungsschwierigkeiten bei bildenden Künstlern gelesen, über ihre materiellen Sorgen. Begabung allein genügt nicht, und große Talente sind selten.«

»Wenn du glaubst, du wärst so ein Talent . . .«

»Glauben kann ich das getrost . . .«

»Und würdest du es fertigbringen, auf deine Schnitzerei zu verzichten?« fragte ich.

»Nein. Aber man kann ja zu seinem Vergnügen schnitzen. Und, sagen wir, Architektur studieren. Architekten brauchen wir haufenweise.«

»Bist du da von selbst draufgekommen?«

»Nicht ganz, mein Vater hat mir dazu geraten. Und wenn ich, schon als Architekt, auch noch ein paar Kunstwerke schnitze, steht das Diplom meinem Ruhm nicht im Wege.«

»Genau«, stimmte ich zu. »Um mich ist es schlechter bestellt. Ich hab einfach keinen blassen Schimmer, was ich werden möchte.«

Plötzlich spritzte er mich voll, und das Weite suchend, weil ich ihn an der Ferse packen wollte, rief er noch: »Streng deinen Geist an! Das Denken hat eine kolossale Zukunft! Eine kolossale!« brüllte er, nun schon aus der Ferne.

Ich schwamm im Bogen um das Schilf herum und stieg in der kleinen Bucht ans Ufer, von wo ich und Majka gestern abend Herrn Tadeusz' Boot entführt hatten. Der Kahn war nicht da; um die Zeit gondelte der Uhrmacher gewöhnlich auf dem See herum, auf der Suche nach seinem Hecht. Ich schlug mich in die Büsche und pirschte mich zwischen den rauhen Kiefernstämmen hindurch, bis ich auf einer kleinen ovalen, mit Heidekraut bewachsenen Lichtung herauskam. Hier wollte ich mich um die Dämmerung mit Majka treffen. War sie irgendwo in der Nähe?

Ich pfiff zweimal unser verabredetes Zeichen. Das Echo antwortete mit dumpfen Zischen. Die Maliniaks hatten sie doch nicht ein zweites Mal geschnappt? Ich wollte Majka sehen. Jetzt gleich. Ich wollte sie bei der Hand nehmen und ihr sagen, es sei höchste Zeit, endlich mit der Herumtreiberei Schluß zu machen, morgen würde ich ihren Vater herführen, und wenn sie sich die Augen auskratzten, Hauptsache, sie klärten alles, was geklärt werden mußte. Ihr gelangt bestimmt zu einer Einigung, würde ich zu Majka sagen, wenn du deinen Starrsinn und deine Verblendung aufgibst. Du liebst doch deinen Vater! Liebst ihn sehr . . .

Ich pfiff noch einmal, und wieder antwortete mir das Echo. Kein Wunder, daß Majka jetzt nicht da war. Wahrscheinlich hatte sie sich im Dickicht bei den Sümpfen verkrochen, dort war sie am sichersten, auf der Lichtung würde sie erst um die Dämmerung auftauchen. Ich entdeckte unter einer Eiche eine große Rotkappe, bückte mich: madig. Macht nichts. Ich hatte mir die Pilze schon übergegessen, in diesem Monat hatten wir mindestens ein dutzendmal welche zum Mittagessen gehabt.

»He, was schnüffelst du hier herum? Zieh Leine, Kleiner!«

Im Gras unter der Eiche machten drei Kerle gerade einer Flasche Wein den Garaus. Im Moos lagen schon ein paar leere Obstweinflaschen. Die Burschen waren ohne Hemd, hatten rote, schweißnasse Gesichter und verschwiemelte Augen. Zwei kannte ich vom Sehen: Traktoristen von der MTS in der Nähe, die Helden sonntäglicher Schlägereien im Spritzenhaus, die Brüder Malarczyk.

»Mit wem rede ich denn?« fauchte der Ältere. »Los, verzieh dich, sonst fängst du eine!«

Die beiden anderen brachen in ein heiseres Gelächter aus.

»Der Wald ist für alle da«, sagte ich kurz.

»Der macht sich mausig!« Der große Malarczyk stieß seinen Brunder, einen pickligen Kraftprotz mit einem fischigen, fliehenden Unterkiefer, an der Schulter an. »Józek, gib ihm eins vor den Rüssel, aber schnell!«

»Ach...« Das Muskelpaket drehte sich auf die Seite. »Laß ihn doch...«

»Du sollst ihm eins vor den Rüssel geben, hab ich gesagt!«

Ich hatte keine Angst vor ihnen; sie hätten mich in nüchternem Zustand nicht eingekriegt, ganz zu schweigen von jetzt.

»Ein bißchen Beeilung«, stachelte ich ihn an und sprang hinter einen Baum. »Von der Bewegung wirst du nüchtern.«

Der große Malarczyk sprang auf und kam torkelnd auf mich zu. Er versuchte, mich zu fangen, aber er prallte gegen den Baum und umschlang ihn mit beiden Armen.

»Die von der MTS warten schon!« rief ich und versteckte mich hinter dem nächsten Ahornstamm. »An die Arbeit, du Säufer!«

Malarczyk spuckte einen Fluch aus, tat einen taumelnden Satz in meine Richtung und schlug hin. Er mühte sich aufzustehen, es wurde nichts daraus.

»Laß ihn laufen, Zbych«, lallte der Jüngere. »Das ist dieser... Erkennst du ihn nicht...? Dieses Bullensöhnchen...«

Ohne Eile ging ich meiner Wege, von Beschimpfungen gefolgt. Bohdan wartete auf mich, in den Sand gestreckt. Neben ihm, schon im Badezeug, standen Leszek und Wika. Wika gab mir frostig die Hand. Leszek zwinkerte mir vielsagend zu. »Kommst du vom Stelldichein? Bohdan dachte schon, du wärst ertrunken.«

»Ganz recht«, sagte ich. »Ich liege auf dem Grund, und die Hechte knabbern mich an, um sich für Herrn Tadeusz zu mästen. Und vor euch steht nur eine armselige Imitation von Hipolit Grobla. Springen wir?«

Leszek und ich erklommen die Schwarze Zunge. Ich sah, wie sich Wika neben Bohdan setzte, etwas sagte, Bohdan setzte sich ebenfalls, fuchtelte lebhaft mit den Armen. Na fein, dachte ich.

Auf dem Tisch, gegen die Vase mit den Pfingstrosen gelehnt, war ein Zettel: Im Schrank sind Würstchen, mach sie Dir warm. Senf hab ich leider zu kaufen vergessen, wir haben aber Meerrettich. Ich komme nicht zum Abendbrot. Prospero.

Ich nahm die Würstchenkette aus dem Kühlschrank, riß vier davon ab, zwei warf ich in einen kleinen Topf und setzte ihn aufs Feuer. Majka wird mit kalten Würstchen vorliebnehmen müssen. Im übrigen sind kalte Wiener Würstchen auch nicht zu verachten, plus Weißkäse, saure Gurke, Butterbrot und ein großer roter Apfel. Ich tat das alles in einen Beutel und machte mich über meine Würstchen mit Meerrettich her. Wo ist Prospero? Wenn er plötzlich dienstlich zu tun gehabt hätte oder zum Schachspielen zu Orlicz gegangen wäre, hätter er es auf dem Zettel erwähnt. Bisher hat er es immer so gehandhabt.

Ich war fertig mit Essen, ging ans Telefon und rief auf dem Revier an.

»Ja, bitte, Diensthabender, Bilski.«

»Guten Abend, Herr Bilski«, sagte ich. »Ist Vater da?«

»Nein«, erwiderte der Sergeant. »Er ist vor etwa zwei

Stunden weg. Kommst du zu unserem Spiel nach Bartoszyse?«

»Nehmt ihr mich denn mit?«

»Wenn du ein Transparent mit einem genialen Schlachtruf malst, könnte was draus werden. Wir fahren mit einem Bus.«

Ich überlegte kurz.

»Ich hab schon was! Was soll schon sein, Brzezina steckt euch ein!«

»Nicht schlecht«, lobte Bilski. »Aber gegen dich, Freundchen, ist heute eine Beschwerde eingegangen. Ich hab sie dem Kommandanten noch nicht vorgelegt.«

»Eine Beschwerde?«

»Von Maliniak, dem Förster. Angeblich hat er Lidia Skowron festgenommen, und durch euch ist sie ihm wieder entwischt. Was habt ihr denn da vom Stapel gelassen, du und Bohdan?«

»Lidia Skowron?« Ich lachte. »Ich hab diese Lidia auf den Bildern im Fernsehen gesehen, die sah ihr nicht die Bohne ähnlich. Der junge Maliniak hat sie an der Strippe gezerrt wie die Kuh zum Schlachthaus. Außerdem hab ich ihn nicht absichtlich gerempelt.«

»Ach was«, brummte Bilski, »bestimmt nicht?«

»Also wissen Sie!« entrüstete ich mich. »Was interessiert uns so ein Mädchen, das trampt? Ich hatte Streit mit Bohdan, bin vor ihm abgehauen und auf Maliniak draufgefahren. Er hätte sie ja festhalten können . . .«

»Schon gut, schon gut«, unterbrach mich der Sergeant. »Wenn es wirklich Lidia Skowron war, läßt dein Alter dir das nicht durchgehen. Der ganze Bezirk steht kopf wegen ihr. Na, dann gehab dich wohl, Hipek, mach das Transparent fertig.«

Er legte auf. Es war drei Viertel acht, die violette Dämmerung draußen wurde immer dichter. Ich hängte den Proviantbeutel an den Lenker und fuhr das Rad hinaus auf die Straße. Vielleicht ist es sogar besser, daß Vater nicht zu Hause ist; ich müßte eine Erklärung abgeben, wo ich hingehe.

Zwischen den Bäumen hatte sich das Violett schon in Schwarz verwandelt. Ich stieg ab. Schob das Rad in die Büsche, nahm den Beutel und zog zu Fuß los in Richtung See. Mein Herz hämmerte wild, mein Atem ging ungleichmäßig. Ich wollte so schnell wie möglich zu der Lichtung gelangen.

Mir war, als kämen vom See her Stimmen.

Ich blieb stehen. Wahrscheinlich eine Täuschung. In der Nähe des Ufers bog ich nach rechts ab, arbeitete mich durch das dichte Buschwerk, kam an der alten Eiche vorbei. Ich trat hinaus auf die Lichtung. Sah Majka mich schon? Ich pfiff leise, einmal, noch einmal. Das Echo wurde vom Rascheln der Zweige aufgesogen, von den Wiesen wehte der warme Atem des Windes heran.

Warum kam sie nicht? Ich pfiff wieder. Der Himmel war wolkenverhangen, ein goldfarbener Fleck zeigte die Stelle an, wo sich der Mond verbarg. Unter einer Kiefer blieb ich stehen, schaute mich um – Büsche und Baumstämme standen schwarz und starr.

Wo war Majka? Sie war doch nicht wieder aufgegriffen worden? Bilski hätte es mir gesagt. Hatte sie diese Gegend verlassen? Unmöglich. Sie mußte hierher kommen, mußte sich mit mir treffen. Ich pfiff zum dritten Mal. Die Zeit dehnte sich. Im Osten tauchten Sterne auf. Der Wind trieb die Wolken westwärts, gleich würde der Mond unverhüllt auftauchen, die Schatten der Äste würden die Lichtung zerteilen ...

Was war mit Majka? Sie war doch nicht für immer fortgegangen, sie wußte, daß ich hier auf sie wartete. Warum kam sie nicht?

Ich setzte mich unter die Kiefer, das Gras war feucht, ich spürte durch die Hosen hindurch den kühlen Tau. Ich stellte mir vor: Majka sitzt neben mir, ich halte ihre Hand, atme den Kräuterduft ihres Haars, es kitzelt mich an der Wange, ich rücke ein Stückchen ab, wickle mir eine seidige Strähne um den Finger . . .

Sie kommt nicht mehr. Es ist fast eine ganze Stunde vergangen . . .

Aber vielleicht war es auch ihre Stimme, die da vom See zu mir drang? Ich erhob mich, sah mich eine letztes Mal um und ging vorsichtig auf das Ufer zu.

Sie saßen auf einer umgestürzten Kiefer, durch einen abgestorbenen Ast voneinander getrennt. Mit dem Rücken zu mir. »Darüber kommt man hinweg«, sagte die Frau. »Du und auch ich, es ist nur eine Frage der Zeit. Wir sind doch wohl stark genug, um das durchzustehen . . .«

Der Mond trat hervor, sein silberner Schein fiel hinunter aufs Wasser. Aber ich brauchte sein Licht nicht, um zu erkennen, wer auf dem Kiefernstamm saß. Es waren Vater und Frau Ala.

»Wir müssen«, sagte er leise, beinahe flüsternd. »Aber fahr nicht weg. Hin und wieder möchte ich dich sehen. Wenigstens das, »Alinka . . .«

»Wird es so nicht schlimmer?«

»Ich weiß nicht. Aber ich kann mir nicht vorstellen, daß ich dich nicht mehr sehen soll. Glaub mir, ich hab mit mir gerungen. Ich wollte dieses Gefühl unterdrücken. Ich weiß, das ist egoistisch, ich hab dabei nur an mich gedacht. Aber ich habe gehofft, wenn ich mich davon kuriere, wirst auch du gesund. Ich schaffe es nicht. Das ist einfach stärker als ich.«

202

»Es ist nicht stärker, wenn wir verzichten, Henryk.«

»Alinka, sag . . . Bist du mir böse? Findest du, ich hätte mich anders verhalten müssen?«

»Nein«, sagte sie nach einer Weile. »Wenn Ariel mein Kind wäre und ich sollte seine Freundschaft aufs Spiel setzen, hätte ich es genauso gemacht.«

Ich bog meine Finger um, daß sie weh taten. Geh weg hier, sagte ich zu mir, geh auf der Stelle hier weg . . . Und ging nicht.

»Warum? Warum will er nur nicht?!«

Es lag so viel Verzweiflung in Prosperos Stimme, daß ich die Augen zukniff, so fest ich konnte, und mir die Hände auf die Ohren preßte. Nichts mehr hören! Aber die Neugier siegte. Langsam ließ ich die Arme sinken.

»In seiner Welt«, sagte die Frau Doktor, »ist offenbar kein Platz für eine dritte Person, nur er und du, sonst keiner. Diese Welt dürfen wir nicht zerstören. Er hat ein Recht darauf, Henryk, und wir müssen uns fügen . . .«

»Ich liebe dich, Alina.«

»Ich liebe dich auch, und deshalb ist es besser, wenn ich weggehe von hier, wirklich.«

Ich hörte nicht länger zu. Ich stahl mich aus den Büschen wie ein Dieb. Haßte mich. Ich war scheußlich, widerlich, ein selbstherrlicher Despot. Vaters herzzerreißende Stimme klang mir in den Ohren. »Warum? Warum will er nur nicht?!«

Ich lief durch den Wald, stieß die Zweige auseinander.

Du willst, sagte ich zu mir, du mußt wollen, du Schuft, du mußt wenigstens in den Versuch einwilligen. Dein Prospero hat sich schon genug für dich geopfert, jetzt bist du an der Reihe, und es ist noch gar nicht raus, ob es ein Opfer wird, vielleicht erinnerst du dich später mitleidig deiner Widerstände. Aber selbst, wenn du dich nicht wohl fühlen solltest, denke gütigst daran, daß dein Vater auch ein Mensch ist, daß er auch ein Recht hat, glücklich zu sein, du verdammtes Rindvieh, du blöder Satrap ...

Das Fahrrad trug mich über die verlassene Straße, die Reifen quietschten, das trübe Licht der Lampe erhellte nur schwach die Finsternis; der Mond hatte sich wieder hinter den Wolken verkrochen. Ich bremste vor dem Haus. Ich pfefferte das Rad an die Wand, da fiel mir Majka wieder ein.

Wo war sie? Das Haus lag dunkel. Ohne Licht. Ich ging zur Tür, steckte den Schlüssel ins Schloß, schloß zweimal.

Und da ertönte hinter mir ein leiser, zaghafter Pfiff.

Wir saßen in der Höhle, auf dem Feldbett, die Petroleumlampe flackerte, ich mußte wieder und wieder den Docht hochdrehen.

»Ich war unter einem Baum eingeschlafen«, erzählte Majka. »Ich weiß nicht, wie lange ich geschlafen hatte, ein Ruck weckte mich. Ich sah einen Kerl in Försterkluft, und daneben dieser andere, sein Sohn. ›Ich glaube, ich weiß, wer du bist‹, sagte der Förster, ›endlich hat sich das verlorene Kind angefunden, auf geht's, Lidia Skowron.‹ Er hielt mich am Arm fest, ich wollte mich losreißen, da drehte er ihn mir um. Ich schleuderte ihn durch die Luft wie dich damals, erinnerst du dich ...« Sie lächelte mich an, ich küßte sie auf die Wange. »Da fiel sein feiner Sohn von hinten über mich her, drückte mich gegen den Boden. Ich dachte, er bricht mir sämtliche Rippen.«

»Der Hund!« fauchte ich. »Aber er hat auch ganz schön was abgekriegt, als ich auf ihn draufgefahren bin.«

»Sie fesselten mir die Arme und drohten, daß sie mich windelweich hauen würden, wenn ich versuche abzuhauen. Ich dachte, jetzt ist es aus. Wenn du nicht gewesen wärst . . .«

»Kleinigkeit . . .«

»Ich hatte Angst, im Wald herumzulaufen. Wenn sie mich wieder geschnappt hätten, na, du weißt schon. Ich dachte, am sichersten wäre es immer noch in deinem Schuppen.«

»Wie lange bist du schon hier?«

»Ich bin gleich hierher gerannt. Hab mich bis zum Garten geschlichen, gesehen, daß niemand zu Hause ist, und bin in den Schuppen geschlüpft. Ich hoffte, du könntest es dir denken.«

»Da hast du meine Intelligenz überschätzt«, brummte ich. »Und ich bin wie ein Irrer durch den Wald gerannt, hab auf dich gewartet, und dann . . .«

Ich brach ab.

»Was war dann?«

»Hab ich meinen Vater und die Frau Doktor gesehen. Ich habe gehört, wie sie sich unterhalten haben. Ich habe beschlossen . . .«

»Sag nichts«, unterbrach sie mich. »Du sagst es mir, wenn du deinen Beschluß in die Tat umgesetzt hast.«

»Du hast recht. Und morgen führe ich deinen Vater hierher.«

»In den Schuppen?!«

»Bei den Sümpfen gibt es eine Wiese. Es steht eine verlassene Scheune dort, in der könnt ihr euch ungestört unterhalten.«

Sie seufzte, fuhr sich mit den Fingern durchs Haar, dann umfaßte sie mit der Hand ihr Kinn.

»Ich habe Angst«, flüsterte sie. »Wenn er fragt, weshalb ich den Brief mitgenommen habe . . . Das war doch gemein . . .«

»Stimmt«, pflichtete ich ihr bei. »Du wolltest deinen eigenen Vater anzeigen. Und obendrein wußtest du nicht alles . . .«

»Nicht alles?« rief sie empört. »Ich kenn den ganzen Fall!«

»Du kannst ihn nicht kennen. Du bist weder Chemiker noch Ökonom. Du hast allerlei gehört, aber ein vollständiges Bild kannst du dir bestimmt nicht machen. Wenn die Sache einfach wäre, hätte dein Vater keine Angst, eine Entscheidung zu treffen.«

Ich hatte sie etwas überrumpelt mit diesem scharfen Ton, dieser Aggressivität. Sie sah mich verdattert an.

»Einfache Dinge kann jeder entscheiden«, murmelte sie. »Dazu braucht man nicht wer zu sein.«

»Was meinst du mit: wer sein?« fragte ich.

Sie rutschte an die Kiste heran. Nahm den Apfel von der Serviette, hob ihn langsam an den Mund.

»Mein Vater sein«, versetzte sie.

Auf der Serviette lagen unangerührt Brote, Würstchen, Gurke. Majka hatte zum erstenmal keinen Appetit. Sie kaute lange an dem Apfel und träge, als erfülle sie eine leidige Pflicht. Ich bemerkte, daß ihr Pullover an der Schulter zerrissen war, vermutlich die Spuren des Kampfes mit den Maliniaks. Im rotgelben Licht der Lampe sah Majkas Gesicht angegriffen aus. Die Backenknochen traten hart hervor, die Wangen waren eingefallen, die Augen hatten ihren einstigen Glanz verloren. Sie ist fix und fertig, dachte ich, körperlich und seelisch, in diesem Zustand macht man entweder einen Rückzieher oder begeht eine Verzweiflungstat. Das muß ich Herrn Skowron erklären. Ich muß von ihm erzwingen, daß er sich aufschwingt nachzugeben, sich etwas einfallen läßt, Worte findet, die Majka überzeugen . . . Er müßte sich dazu aufschwingen. Er ist schließlich klug und kennt seine Tochter genau. Ich glaube, es war richtig von mir, daß ich ihr die Antwort ihres Vaters nicht ausgerichtet habe. Dieses Nein hätte sie zu noch größeren Tollheiten treiben können.

»Iß was«, sagte ich. »Du kommst sonst ganz von Kräften.«

»Ich kann nicht.«

»Es war klug von dir, dich hier zu verstecken. Aber das geht nicht für lange. Du mußt dich entscheiden, was du von deinem Vater willst.«

»Ich weiß, was ich will.«

»Wird er dir das auch garantieren können?«

»Ich bin immer stolz auf meinen Vater gewesen.«

Sie streckte sich auf dem Feldbett aus, schloß die Augen.

»Ich hab den Wald mal so gern gehabt«, flüsterte sie. »Und jetzt hasse ich ihn. Diese Büsche, Bäume, knackenden Zweige unter den Füßen, die Eidechsen im Gras, die Vogelschreie ... Besonders nachts. Schrecklich. Die Äste knarren, Schatten auf der Erde, Piepsen, Rascheln. Und die Angst vor den Menschen, verstehst du? Nie habe ich Angst vor Menschen gehabt. Und jetzt ... Wie ein gehetztes Tier.«

»Du hättest jederzeit aufgeben können. Nach Hause zurückgehen. Dein altes, normales Leben weiterleben.«

Sie öffnete die Augen, setzte sich auf dem Bett auf.

»Das ist nicht wahr. Ich bin eine andere geworden in den paar Tagen. Konflikte mit meinen Eltern habe ich ja früher auch gehabt, ich war eingeschnappt, habe Szenen gemacht, manchmal hat mir meine Mutter eins mit dem Riemen übergezogen. Ich hab eine Stunde geschmollt, und die Sache war ausgestanden. Aber jetzt ist das anders. Ich kann mir nicht vorstellen, daß ich nach Hause zurückgehen könnte, als wäre überhaupt nichts passiert, und so sein könnte wie früher. Ich bin von zu Hause weggerannt, Hals über Kopf, aber hier, im Wald, hatte ich Zeit zum Nachdenken. Und jetzt weiß ich: Mein Vater darf Aufrichtigkeit von mir verlangen. Aber auch er muß sich vor mir verantworten. Nur auf so eine Lösung kann ich mich einlassen.«

Sie senkte den Kopf, lehnte ihn an meine Schulter.

»Majka«, flüsterte ich, »das darfst du nicht. Ich fürchte um euer Gespräch morgen. Dein Alter ist kein Pantoffelheld, der sein Töchterlein um Verzeihung bittet. Du mußt diplomatisch mit ihm reden.«

»Ich bezweifle, daß ich das kann.«

»Wenn du ein neues Kleid haben wolltest, hast du das dann auch immer hart gefordert?«

Sie lachte, stieß mir den Ellenbogen in die Seite. »Du bist mir ein ganz Gerissener, Ariel. Stimmt, für ein neues Kleid konnte ich bezaubernd schmeicheln. Ich kletterte Vati auf den Schoß, zog ihn am Ohr und flüsterte, seine Tochter habe einen Traum, einen irrsinnig sehnlichen Wunsch, aber sie traut sich nicht, ihn zu sagen, weil sie weiß, daß sie zu Hause genug Ausgaben hätten und Vati kein Millionär ist. Wenn er aber ein winziges bißchen Geld übrig hätte. . . .«

Sie seufzte. Starrte vor sich hin, und ich war sicher, daß sie sich jetzt auf dem Schoß ihres Vaters sah, seinen ironischen Blick, sein belustigtes Lächeln, daß sie seine gespielt strenge Stimme hörte und ihn am Ohr zog und zog . . .

»Du kannst es bestimmt«, sagte ich. »Weil du deinen Vater liebst und sehr gern nach Hause zurück willst. Und jetzt hör zu. Du bleibst bis morgen hier. Morgen verständige ich mich mit deinem Vater und teile dir mit, wann ihr euch trefft. Du schlägst dich zu der Scheune durch, und ich bringe Herrn Skowron dorthin.« Ich stand auf. »Gute Nacht, Majka, es ist schon spät. Und Kopf hoch! Morgen wird ein guter Tag.«

Ich stieg die Leiter hinauf, vorsichtig verließ ich den Schuppen. Im großen Zimmer brannte Licht, die Gardine auf der Gartenseite war nicht zugezogen. Ich sah Prospero am Tisch sitzen. Er barg das Gesicht in den Händen.

Er erhob sich rasch, als ich eintrat. Noch ein Weilchen lag ein bitterer Zug um seine Lippen, Falten durchschnitten seine Stirn. Dann lächelte er, drohte mit mit dem Finger: »Was sind das für nächtliche Eskapaden? Es ist gleich zehn.«

»Entschuldige«, murmelte ich, »ein kleiner Spaziergang, um besser zu schlafen.«

Das Bett auf der Couch war schon gemacht, auf meiner Liege ebenfalls. Auch in der Küche herrschte vorbildliche Ordnung.

»Du hast neuerdings einen verblüffenden Appetit«, sagte Prospero und musterte mich aufmerksam. »Ich dachte, Brot und Butter würden noch morgen fürs Frühstück reichen, aber es ist fast nichts mehr da.«

»Wahrscheinlich, weil ich wachse«, erwiderte ich. »Du bist doch nicht böse.«

»Im Gegenteil.« Noch immer musterte er mich, mit zusammengekniffenen Augen. »Ich wäre sogar froh, wenn ich nicht etwas Sonderbares bemerkt hätte. Wenn du mit mir ißt, ist dein Appetit nicht mehr so imposant. Du rührst kaum etwas an. Eine interessante Erscheinung, Ariel.«

»Stimmt«, brummte ich, während ich ein paar welke Pfingstrosenblätter von der Tischdecke klaubte und zwischen den Fingern zerrieb, »mittags hab ich irgendwie keinen Hunger, aber abends und morgens . . .«

Prospero setzte sich in den Sessel am Fenster, schlug die Beine übereinander, knöpfte den Hemdkragen auf.

»Ich glaube, wir müssen mal ernsthaft miteinander reden«, sagte er halblaut. »Loyalität verpflichtet nur bis zu einer gewissen Grenze. Ich hab auf dem Revier vorbeigeschaut und die Meldung des Försters gelesen.« Er machte eine Pause, wartete offenbar, ob ich etwas sagen wollte, aber ich zerkrümelte schweigend die Pfingstrosenblätter. »Nun also, Ariel?«

»Ein Zufall«, murmelte ich und starrte zu Boden.

»Du hast mich bisher nie belogen. Weshalb hilfst du Lidia Skowron?«

Ich trat zu Vater, stellte mich hinter seinen Sessel und stützte die Hände auf den bläulichen, verschossenen Rips.

»Du hast es von Anfang an gewußt«, flüsterte ich.

»Warum hilfst du ihr?«

»Weil sie Hilfe braucht. Zuerst hat sie mir leid getan. Aber jetzt . . .«

Ich stockte. Ich konnte es Prospero nicht erklären.

»Du handelst nicht richtig, Ariel. Ich nehme an, Lidia Skowron wäre schon längst zu Hause ohne dich.«

»Sie geht zurück«, sagte ich. »Sie muß es aus freien Stücken tun. Ich denke, morgen geht Majka nach Hause zurück.«

»Majka?«

»So nennen sie alle. Sogar ihr Vater. Als ich mit ihm gespro . . .«

Ich biß mir auf die Zunge. Prospero griff mit der Hand hinter sich, er erwischte meinen Ellenbogen. Ich stand mit gesenktem Kopf vor ihm.

»Du hast also mit ihrem Vater gesprochen . . . Das heißt, du bist gründlich in diese Geschichte eingestiegen. Komplize einer Ausreißerin, mein Sohn, Ariel . . .«

»Ich tue nichts Schlechtes!« Ich ergriff seine Hand. »Glaube mir! Ich habe dir immer geglaubt . . .«

Diese Worte, die ich so in einer ersten Regung herausgesagt hatte, kehrten langsam als froher Gedanke zu mir zurück: Ich habe Prospero immer geglaubt! Ich habe ihm geglaubt, und ich glaube ihm, und er hat mich niemals enttäuscht, hat mir nie den geringsten Anlaß geliefert, an ihm zu zweifeln. Unsere Freundschaft war ohne Makel. Vielleicht nur . . .

Und ich hielt mir vor Augen: Wenn Vater sich in Frau Ala verliebt hat, sie in unser Haus bringen, sie in unsere Familie aufnehmen möchte, *muß ich ihm vertrauen.* Das darf nicht ein Opfer meinerseits sein, nicht ein Sich-mit-der-Niederlage-Abfinden. Ich habe die Pflicht zu glauben, daß es gut so ist. Daß es besser sein wird, als es bisher war. Sowohl für Prospero als auch für mich. Gerade noch war ich bereit, mich für Vater zu opfern. Jetzt hatte ich begriffen, daß das kein Opfer sein durfte, sondern ein Vertrauensbeweis.

»Was hast du auf einmal?« fragte Prospero besorgt.

»Nichts«, erwiderte ich und schlang meine Arme um seinen Hals. »Ich möchte, daß du Frau Ala heiratest.«

Schweigen. Eine lange Weile Schweigen.

»Ariel.«

»Ich will es so«, wiederholte ich entschieden.

Vater schob mich von sich weg. Er hob meinen Kopf und sah mir in die Augen.

»Warum?« fragte er flüsternd.

Wie sollte ich ihm das sagen?

»Durch Majka«, sagte ich endlich. »Sie kämpft um das Vertrauen zu ihrem Vater. Sie muß es wiedergewinnen. Das ist für sie das Allerwichtigste, verstehst du? Und ich vertraue dir. Und habe dieses Vertrauen niemals verloren.

Ich habe versucht, Majka zu verstehen, und habe mich selbst verstanden. Ich muß das wollen, was du willst. Also will ich es. Ehrlich. Du mußt mir auch vertrauen, Prospero.«

Dann schwiegen wir. Es war ein langes gutes Schweigen, Wange an Wange.

8

Ich wählte die Vorwahlnummer, aus der automatischen Zentrale kam das Rufzeichen von Brzezina. Langsam wählte ich die Vierundzwanzigzwölf durch.

»Chefsekretariat«, meldete sich die bekannte Frauenstimme.

»Hier ist Wojtek Zimecki«, sagte ich. »Ich möchte Herrn Ingenieur Skowron sprechen.«

»Momentchen.«

Sicherlich erinnerte sie sich an meinen Besuch, denn sie hatte keinerlei Fragen gestellt. Es knackte im Hörer, dann schlug die Stimme von Majkas Vater an mein Ohr.

»Skowron, ja bitte. Na, was hast du mir zu sagen, Wojtek?«

Ich räusperte mich, wußte nicht recht, wie ich anfangen sollte.

»Majka möchte sich mit Ihnen treffen«, stieß ich hervor. »Aber . . .«

»Endlich!« schnitt er mir das Wort ab. »Bestell ihr, sie soll sofort nach Hause kommen. Wir haben diese Situation alle satt, ihr wird es wohl auch reichen, denke ich. Kommt sie heute zurück?«

»Sie verstehen mich falsch. Das ist ein bißchen kompliziert. Ich habe Majka nicht ausgerichtet, was Sie mir damals geantwortet haben. Das heißt . . .«

»Was heißt das?« fragte er trocken. »Drück dich deutlicher aus, Junge.«

»Ich habe Majka gesagt, Sie wollen mit ihr reden.«

»Allerdings, wenn sie zu Hause aufkreuzt, wird sie um ein Gespräch nicht herumkommen. Ist das alles?«

»Nein!« schrie ich in den Hörer. »Sie müssen sich auf neutralem Boden mit ihr treffen. Ich habe ihr gesagt, Sie hätten das selbst vorgeschlagen, und Majka . . .«

»Ausgeschlossen!« unterbrach er mich. »Ich verhandle auf gar keinem neutralen Boden mit meiner Tochter. Sondern zu Hause. Und ich bin nicht mal sicher, ob ich nach dem, was sie angestellt hat, überhaupt Lust haben werde, mit ihr zu reden. Auf Wiedersehen, Wojtek.«

»Augenblick noch!« bettelte ich. »Bitte hören Sie mich an. Es steht nicht gut um sie, wirklich nicht gut. Das kann ein schlimmes Ende nehmen, wissen Sie.«

Im Telefon trat plötzlich Stille ein. Ich hörte nur den unregelmäßigen Atem des Ingenieurs.

»Wie . . . nicht gut?« fragte er schließlich mit veränderter, merkwürdig spröder Stimme. »Sie hat sich also nicht bei Tante Elżbieta versteckt? Ich war überzeugt, daß sie bei ihr hockt. Sie hat es immer verstanden, meine Schwester um den Finger zu wickeln . . .«

»Sie irrt im Wald umher«, sagte ich. »Die ganzen Tage schon. Sie ist fix und fertig.«

»Und ich habe die Suchmeldungen zurückgezogen und die Nachforschungen einstellen lassen, weil ich sicher war . . .« Er brach ab, verschluckte sich. »Wo ist sie?! Natürlich treffe ich mich mit ihr, so schnell wie möglich! Wo, wann?«

»Noch zwei Worte«, bat ich. »Es geht hier nicht um ein

gewöhnliches Treffen, verstehen Sie. Sie wissen, was Maj-ka quält. Sie ist noch nicht darüber hinweg und wird wohl auch nie allein darüber hinwegkommen. Sie müßten . . .«

»Ich weiß selber, was ich muß«, unterbrach er mich scharf. »Wo können wir uns treffen?«

»Um sechs«, schlug ich vor. »Fahren Sie bitte in Rich-tung Bory, am Kilometerstein sieben erwarte ich Sie. Ich führe Sie zu Majka.«

»Auf Wiedersehen, Wojtek.«

Ich hängte den Hörer auf . . . Wird Herr Skowron auch den richtigen Ton finden in dem Gespräch mit seiner Tochter? Wenn er Majka angreift, sie ausschimpft, sie mit Vorwürfen überschüttet . . . Sie versteht ja wirklich bisher noch nicht, daß sie einen Fehler gemacht hat. Vielleicht geht sie mit ihrem Vater nach Hause zurück, gibt äußerlich klein bei, hört sich die Anschuldigungen an, verspricht ir-gendwas. Doch innerlich ist sie weit weg und unbeteiligt, schickt sich in ihre Enttäuschung und ist voller Verach-tung. Der Vater ein Feigling. Aus und vorbei mit der Le-gende vom Helden in den Alpen und dem Mann ohne Makel. Der Vater ein Lügner. Wieso denke ich das? War-um setze ich von vornherein voraus, daß man Herrn Sko-wron nicht trauen kann? Ich darf ihn nicht mit den Augen eines verrückten Mädchens sehen! Verzeih mir, Majka! Er weiß bestimmt, wie er mit seiner Tochter reden muß. Und bestimmt kann sie seine Beweggründe nicht abtun.

Ich machte ein paar Schinken- und Käsebrote fertig, goß Tee mit Zitrone in eine Flasche und ging auf den Hof. Der Tag war trübe, in den Sträuchern im Garten glitzerten Regentropfen. Ich sah mich um, ob die Luft rein war, und betrat den Schuppen.

Majka schlief nicht. Sie lag auf dem Bett, in Jeans und Pullover. Als ich hereinkam, setzte sie sich auf, streckte mir die Hand hin. Durch die auseinandergeschobenen Bretter in der Decke fiel ein grauer Lichtschimmer in die Höhle.

»Um sechs triffst du dich mit deinem Vater«, sagte ich. »Wir haben eben miteinander gesprochen. Er dachte, du wärst bei einer Tante Elżbieta untergekrochen.«

»Hätte ich können«, sagte sie lächelnd. »Tante Ela hätte geschwiegen wie ein Grab. Aber ich wollte wirklich weg. Wenn ich dich nicht getroffen hätte, hätte ich bestimmt eine Dummheit gemacht.«

»Du hättest die Nationalbank ausgeraubt. Natürlich nicht aus Geldgier, sondern nur, um in den Jugendwerkhof zu kommen. Oder du hättest auf einem Raumschiff angeheuert.«

»Spotte nicht«, knurrte sie. »Du weißt, daß ich zu allerlei fähig bin.«

Ich setzte mich ihr gegenüber.

»Hör zu, Majka. Bevor du dich mit deinem Vater triffst, möchte ich mit dir reden, über . . .«, ich stockte, ». . . über das Leben.«

»Das heißt?« fragte sie argwöhnisch.

»Mal angenommen, dein Vater gibt dir keine Erklärung«, fing ich an und war froh, daß in der Höhle Halbdämmer herrschte. »Jeder Mensch hat doch wohl das Recht, auch mal schwach zu sein. Ich behaupte durchaus nicht, dein Vater sei vor der Verantwortung erschrocken und hätte den Kopf verloren. Aber es könnte ja sein. Wenn seine Vorgesetzten die Entscheidung nicht treffen wollten, kann es ja irgendeinen besorgniserregenden Grund gegeben haben. Zum Beispiel das Risiko. Und dein Vater hat es mit der Angst zu tun gekriegt, hat diesen Brief in die Schublade gesteckt, keinen Mucks darüber verlauten lassen . . . So könnte es gewesen sein. Heißt das nun, daß er nicht mehr der großartige Mensch ist, daß man keine Achtung mehr vor ihm haben kann?«

»Genau das«, sagte sie trocken. »Noch was?«

»Und ich denke, das heißt es nicht. Sonst würde kein Mensch vor einem anderen Achtung haben. Menschen aus Granit gibt es nur als Denkmalsfiguren, und sogar Granit bröckelt mit der Zeit ab.«

»Was soll die Rede, Ariel? Was hat er dir gesagt?«

»Nichts in der Art. Ich glaube bloß, du bist eine Idealistin, schusterst dir ein Wunschbild zurecht. Du willst, daß dein Vater so ist, wie du ihn dir ausgedacht hast. Aber er kann sich als ein ganz normaler Mensch entpuppen, einer aus Fleisch und Blut, der mal stark ist und mal schwach, voller Zweifel und Bedenken.«

»Nein!« Sie beugte sich vor, als wollte sie mich angreifen. »Nein, hörst du? Von Kind an haben mir alle immer wieder gesagt: Nimm dir ein Beispiel an deinem Vater, er ist überragend, außergewöhnlich, er ist der Allerbeste, er ist super! Und ich habe ihn bewundert! Habe mir alle Beine ausgerissen, damit er mir nichts vorwerfen konnte. Verstehst du das, Ariel? Ich wollte meines Wundervaters würdig sein. Und er hat das hingenommen, hat gefunden, das stünde ihm zu, wir hatten also eine Abmachung, einen Vertrag mit harten Bedingungen. Und er hat ihn gebrochen. Wenigstens habe ich das so empfunden, und er hat es nicht bestritten, er hat mir befohlen, mich nicht einzumischen. Pfeif auf dieses R-24. Pfeif auf seinen Konflikt mit Radziej. Mir geht es um den Konflikt zwischen uns. Verstehst du das, Ariel?«

Ich seufzte. Es stand schlechter, als ich vermutet hatte. Sie glaubte, der Vorschlag, sich zu treffen, käme von ihrem Vater, also habe er irgendwelche Argumente: Er würde ihr sagen, was er ihr damals aus Stolz oder Gereiztheit nicht sagen wollte. Dabei stammte der Vorschlag von mir. Verdammt und zugenäht . . .

»Ich verstehe«, sagte ich ruhig. »Wenn das so ist, kannst du den Banküberfall ins Auge fassen. Du schleuderst deinem Papa ins Gesicht, daß er nicht der unbeugsame Ritter ist und du dir einen gewöhnlichen Sterblichen nicht zum Vater wünschst. Du sagst ihm, daß du ihn verachtest, daß du gewöhnliche Sterbliche verachtest, die die Unverschämtheit besitzen, manchmal schwach zu sein. Weil du selbstverständlich stark bist und ohne jeden Fehl und Tadel. Und vielleicht sagst du ihm noch, daß Erpressung gegenüber dem eigenen Vater die beste und richtigste Methode ist, Dinge zu bereinigen . . .«

»Schweig! Es reicht. Ich weiß selber nicht. Mir dreht sich alles im Kopf von diesem Gestank in deinem Keller. Aber er ist mir eine Erklärung schuldig. Er muß etwas mit mir machen, damit ich wieder . . .«

Sie sprach nicht zu Ende.

»Hip?« kam es von draußen. »Wo bist du? He, he?«

Mir fiel ein, daß ich die Haustür offengelassen hatte. Bohdan wußte also, daß ich in der Nähe sein mußte. Besser, er suchte mich nicht erst: Er kannte die Höhle, konnte in den Schuppen kommen.

»Ich mach mich auf die Socken«, flüsterte ich. »Komm vor sechs hier heraus und geh am Waldrand entlang, Richtung Sümpfe. Linker Hand siehst du eine Scheune auf der Wiese, versteck dich dort, und ich bringe deinen Vater hin.«

»Ariel . . . Diese Stunden werden die allerschrecklichsten.«

»Versuch, ein bißchen zu schlafen, du hast allerhand nachzuholen. Und wenn es nicht geht, denk an irgendwelche Filme, die du gesehen hast, oder an Bücher. Das ist ein gutes Mittel.«

Ich strich ihr übers Haar und kletterte die Leiter nach oben.

Bohdan musterte mich aufmerksam, mißtrauisch.

»Wo hast du denn gesteckt?« fragte er. »Plötzlich stehst du da, wie aus dem Boden gewachsen.«

»Unter der Erde«, entgegnete ich und lächelte. »Schaffen wir es?«

Das Volleyballspiel zwischen Brzezina und Bory sollte in zwanzig Minuten im Stadion der Genossenschaft auf der anderen Seite des Sees beginnen. Dort war ein Urlauberzentrum von der Gegenseitigen Bauernhilfe, es war noch nicht fertig, also ohne Urlauber, doch das Stadion gab es schon seit drei Jahren, und seit dieser Zeit wurden dort vor dem Netz die Begegnungen zwischen der Vertretung unseres Städtchens und der Mannschaft des Chemiewerks ausgetragen. Brzezina lag nur mit einem Sieg im Vorsprung, und unsere Leute hatten fest vor, ihnen diesen Vorsprung heute zu nehmen.

Der Vormittag war nicht die günstigste Zeit, doch um den Sportplatz drängten sich Grüppchen von Jugendlichen, auf der Westseite die Fans von Brzezina, auf der Ostseite unsere. Das Spiel hatte noch nicht begonnen. Bohdan und ich mischten uns unter die Menge, in der es hoch herging und heftig über die bevorstehende Niederlage der Chemiewerker debattiert wurde: Es herrschte die Meinung vor, wir würden Brzezina restlos zur Schnecke machen und denen nicht einen einzigen Satz überlassen.

Bohdan sah sich in der Runde um, ich wußte, wen er suchte. Wika stand neben ihrer dicken, sommersprossigen Freundin, der besten »Mathematikerin« der Klasse. Sie lächelte zu Bohdan hin, mich übersah sie sozusagen. Ich zwinkerte ihr zu. Sie zuckte die Achseln.

»Leszek zeigt heute, was in ihm steckt«, sagte Bohdan laut, damit es Wika hörte. »Neulinge legen sich immer ins Zeug.«

Deshalb hatte ich hierher kommen müssen: Leszek, ein leidenschaftlicher Volleyballspieler, war so lange zum Training der Mannschaft von Bory gegangen, bis sie ihn eines Tages baten, für einen fehlenden Spieler einzuspringen. Groß, gelenkig, hatte er sich blendend geschlagen, besonders im Spiel am Netz. Sie hatten ihn als Ersatzspieler in die Mannschaft aufgenommen, und die beiden letzten Ausscheide zwischen Brzezina und Bory hatte er wie in Trance verbracht und gewartet, daß ihm das Glück einmal hold wäre. Schließlich war es ihm hold gewesen: Herr Traczyk, der Zahnarzt, mußte zu einer Konferenz nach Olsztyn fahren und konnte zu dem Spiel nicht zurück sein.

»Guten Tag, Hipolit.«

An das Geländer gelehnt, stand Herr Tadeusz in Begleitung von Professor Brzoza. Er trug eine Sonnenbrille, obwohl der Himmel dicht von Wolken verhangen war.

»Guten Tag«, antwortete ich. »Gewinnen wir?«

»Einer gewinnt immer.« Herr Tadeusz lächelte. »Meist gelingt es dem Besseren, nicht wahr, Herr Professor?«

Professor Brzoza wirkte nicht wie ein Volleyballbegeisterter, sicherlich hatte ihn Herr Tadeusz hierhergelotst; immer wieder sah er zu dem mit dichtem Kiefernwald bestandenen Hügel hinüber.

»Gewiß«, stimmte er lakonisch zu. »Aber ich werde wohl doch ein bißchen spazierengehen . . .«

»Sie sind nicht für Sport, Herr Professor?« wunderte sich der Uhrmacher.

»Dafür schon«, erwiderte Brzoza. »Aber ich treib ihn lieber selber: Geländemärsche.«

Er schaute mich mit einem leisen Lächeln an, tippte an seinen Mützenschirm, und sich durch die Menge quetschend, ging er von dannen in Richtung Hügel.

»Ich hoffe, Leszek macht seine Sache gut«, meinte Herr Tadeusz. »Hauptsache, er hat kein Lampenfieber.«

»Leszek und Lampenfieber?« Bohdan lachte. »Der behält sogar bei den Klassenarbeiten in Mathe die Nerven, obwohl er nicht durchsieht.«

»Stichle nicht«, brummte ich. »Du bist in Mathe auch nicht Spitze.«

Herr Tadeusz drehte sich zu Bohdan um, legte ihm die Hand auf die Schulter.

»Meine Hochachtung vor deinem Vater. Bestelle ihm, daß ich von Anfang an nicht an seiner Ehrlichkeit gezweifelt habe.«

Bohdans Miene verfinsterte sich, er warf dem Uhrmacher einen schiefen Blick zu.

»Heute sagen das alle. Aber vor zwei Tagen, da hat noch keiner seine Hochachtung und seinen Glauben an seine Ehrlichkeit geäußert.«

Die beiden Mannschaften liefen auf dem Platz ein, sie begrüßten sich mit einem »Hipp, hipp, hurra!« Leszek sah sich um, er entdeckte uns, nickte uns unmerklich zu. Er war blaß, preßte die Lippen fest zusammen. Bory hatte die erste Angabe, der Schiedsrichter pfiff, der erste Ball flog über das Netz.

»Darüber mußt du dich nicht wundern«, erwiderte Herr Tadeusz. »Die Menschen sind von Natur aus vorsichtig. Es ist schon so manches Mal in der Vergangenheit passiert, daß erst Hymnen auf einen gesungen wurden, und dann stellte sich heraus, daß er ein Schurke war. Auch umgekehrte Fälle hat es gegeben. Also ziehen die Leute es vor, sich nicht zu engagieren, warten lieber geduldig ab, lassen nicht durchblicken, was sie selber denken.«

»Bequem«, sagte ich mit einem spöttischen Lächeln. »Hinterher kann man dann behaupten, man hätte es schon immer gewußt. Es sind aber doch wohl nicht alle Menschen so, Herr Tadeusz.«

»Glaubt ihr, ich hätte euch das über die Rowińskis ohne eine Absicht erzählt?« fragte der Uhrmacher. »Tratsch ist sonst nicht meine Domäne. Ich hatte so eine Ahnung, als könnte diese Mitteilung nützlich sein.«

»Sie war sehr nützlich«, bestätigte Bohdan. »Wir sind Ihnen wirklich dankbar dafür.«

»Aber die Menschen sind nun mal so«, fügte der Uhrmacher hinzu. »Im stillen glauben sie es vielleicht nicht mal, aber sie sehen lieber weg. Es gibt auch welche, die sich über fremdes Unglück freuen, aber es gibt weniger davon, als man annimmt.«

Jetzt sollte Leszek eine Angabe machen. Nervös tippte er den Ball auf und wartete auf das Zeichen des Schiedsrichters. Bory führte zwölf zu zehn, und ein gewonnener erster Satz ist ein großer psychologischer Trumpf. Ein Pfiff ertönte, Leszek schlug mit Schwung den Ball an.

Es war ein langer, scharfer Ball. Ein Spieler versuchte ihn anzunehmen, offenbar hielten es seine Finger nicht aus, der Ball rutschte ihm weg und ging ins Aus.

»Hurrrraaaa!« brüllten die Fans von Bory.

Ich winkte zu Leszek hin, er bemerkte es nicht. Man warf ihm den Ball zu, er nahm Aufstellung zur zweiten Angabe. Ein Pfiff. Ein Schlag. Der Ball verfing sich im Netz.

»Uuuuuuh!« grölten erfreut die Fans von Brzezina.

»Angabe nach links!« kommandierte der Schiedsrichter.

Ich schielte zu Wika. Sie biß sich wütend auf die Lippen.

»Kleinigkeit«, sagte Bohdan so, daß sie es hörte. »Kann jedem passieren.«

»Lampenfieber«, kommentierte Herr Tadeusz. »Ich habe gestern beim Training zugeguckt. Leszeks Angaben waren einwandfrei. Das Lampenfieber macht die besten Sportler fertig. Fast jeder Spitzensportler ist sensibel, und ein Rekord erfordert höchste Konzentration. Sie bekommen ihre Nerven nicht in die Gewalt und verlieren dann oft gegen einen Schwächeren.«

»Professor Brzoza könnte da Rat schaffen«, sagte ich. »Ein elektrischer Reiz im richtigen Augenblick . . .«

Ich sprach nicht zu Ende. Jemand stieß mich mit dem Ellbogen in die Seite, ich drehte mich um und erblickte Joanna Radziej.

»Guten Tag!«

»Grüß dich.« Besorgt schaute ich mich um. »Du hier . . .«

Bohdan tat diskret einen Schritt zurück und glotzte uns neugierig an. Wika musterte uns ebenfalls. Unterdessen erschollen ein Brüllen der Zuschauer, Pfiffe, Beifallsklatschen. Bory hatte den ersten Satz gewonnen.

»Wunderbar, daß ich dich getroffen habe!« Joanna faßte meine Hand. »Ich habe dir etwas sehr Wichtiges zu sagen!«

»Leise . . . Ich bin mit meinen Kumpels hier . . . Nach dem Spiel . . .«

Sie wurde rot, ließ meine Hand los. Sie wollte etwas sagen, aber da stand Bohdan auf einmal neben uns.

»Willst du deinen Freund nicht vorstellen, Hipek?«

»Bohdan«, sagte ich unlustig. »Joanna, meine Bekannte aus Brzezina.«

222

Joanna sah mich mit entsetzten Augen an. Sie gab Bohdan nicht die Hand, nickte nur mit dem Kopf. Der zweite Satz begann, wieder hatte Leszek die Angabe, diesmal gelang sie ihm bestens: Der Ball wischte dicht übers Netz, niemand schaffte es, ihn zurückzuschlagen, ein Punkt für Bory.

»Ich wußte gar nicht, daß du eine Bekannte in Brzezina hast«, sagte Bohdan scherzhaft galant und lächelte Joanna zu. »Mein Freund Hipolit Grobla tut in letzter Zeit irrsinnig geheimnisvoll. Ich wußte, daß er einen guten Geschmack hat, aber ich hatte keinen Schimmer, daß er so ein Herzensbrecher ist. Sei auf der Hut, Joanna . . .«

»Halt den Schnabel«, zischte ich.

»So eifersüchtig?« Bohdan schielte über die Schulter zu Wika hinüber, sie beobachtete uns. »Ich darf mich doch wohl unterhalten mit deiner Freundin. Was hältst du von dem Spiel?« wandte er sich an Joanna. »Brzezina hat leider nicht die geringste Chance.«

»Schon möglich«, erwiderte sie kühl.

»Und weißt du, warum, Joanna?« balzte Bohdan weiter. »Weil in der Mannschaft von Bory die Hoffnung des polnischen Volleyballs und unser bester Freund Leszek spielt. Da, der Dünne mit den hellen Haaren, der gerade für uns einen Punkt geholt hat.«

»Komm, wir gehen«, sagte ich zu Joanna und warf Bohdan einen vernichtenden Blick zu.

»Du verzichtest auf das Spiel?« fragte er ehrlich erstaunt. »Das verzeiht Leszek dir nie.«

»Ich werd schon Abbitte bei ihm tun«, entgegnete ich.

Wir verließen die Menge. Die zertrampelte kleine Wiese fiel in sanfter Wölbung zum See hin ab und ging in einen Jungwald aus Birken über. Joanna lief voraus, ohne sich umzusehen. Eine Weile noch folgten uns die Rufe der Zu-schauer, dann wurde alles still.

Dicht vor dem Jungwald hielt sie inne, drehte sich zu mir um.

»Was ist mit Majka? Wie lange soll das noch so weiter-gehen?«

»Alles in Ordnung. Reg dich nicht auf. Sie kommt be-stimmt bald nach Hause.«

»Du bist bei ihrem Vater gewesen. Er hat zu meinem Va-ter gesagt, es hätte ihn im Namen seiner Tochter ein Junge aufgesucht.«

»Stimmt«, gab ich zu. »Sie treffen sich also?«

»Wie früher. Ich habe dir doch gesagt, daß sie ein mehr-stündiges Gespräch hatten. Seit der Zeit treffen sie sich je-den Tag.«

»Dein Vater ist Herrn Skowron nicht böse?«

»Genau darüber wollte ich mit dir reden. Mein Vater ahnt, daß ich Kontakt zu Majka habe. Er hat gestern zu mir gesagt, wenn Majka wüßte, was für ein großartiger Mann ihr Vater ist, würde sie bestimmt nach Hause kom-men; er kenne den ganzen Fall und habe Skowron nichts vorzuwerfen, er sei ihm vielmehr dankbar. Er hat mir zu verstehen gegeben, ich sollte versuchen, daß das, was er mir gesagt hat, so schnell wie möglich zu Majka dringt.«

»Verstehe«, brummte ich. »Das wird es.«

»Ich wußte nicht, wo ich dich suchen sollte. Ich war un-heimlich aufgeregt. Deshalb bin ich zu diesem Spiel gefah-ren, weil ich dachte, daß ich dich da vielleicht treffe. Ich hatte mir gedacht, daß du in Bory wohnst.«

»Und nun weißt du auch, wie ich wirklich heiße«, sagte ich mit schiefem Lächeln. »Herr Skowron kennt mich als Wojtek Zimecki. Aber das macht nichts. In ein paar Stun-den trifft sich Majka mit ihrem Vater.«

Joanna brach ein Schlehdornzweiglein ab und fing unwillkürlich an, darauf herumzukauen.

»Majka ist verrückt«, sagte sie leise. »Ich weiß nicht genau, warum sie von zu Hause weggelaufen ist, aber ich ahne es. Das hatte gar nichts mit ihr zu tun. Nur Tollköpfe lassen sich zu so einer Flucht hinreißen. Ich wäre zu so etwas nicht imstande.«

»Das kannst du nicht wissen. Eines Tages passiert es vielleicht, daß du etwas nicht gutheißen kannst. Und dann spürst du vielleicht so eine Tollheit in dir. Eine leidenschaftliche Wut. Vielleicht gegen andere, vielleicht auch gegen dich selbst. Das kommt auch vor. Erst dann wirst du erfahren, wozu du imstande bist.«

»Kommt Majka zurück?«

»Ich weiß es nicht. Wenn sie ihren Vater versteht. Wenn sie das in ihm findet, was sie finden muß.«

»Und wenn nicht?«

»Du hast recht, Lidia Skowron ist zu einer echten Tollheit imstande. Wenn sie ihren Vater nicht wiederfindet, kann etwas Schlimmes geschehen. Ich will lieber nicht daran denken.«

Ich schnitt ein Lendenstück in kleine Stücke und spießte sie auf Nadeln, die man zum Pulloverstricken verwendet, steckte abwechselnd Speckscheibchen, Zwiebel- und Tomatenscheibchen dazwischen. Der Reis war schon körnig gekocht, mit Tomatenmark angerichtet; er stand in der Bratröhre warm.

Ich ging zum Telefon und wählte die Nummer der Poliklinik.

»Ich möchte Frau Doktor Badeńska sprechen«, sagte ich zu der Schwester.

»Badeńska, ja bitte?«

Ich schwieg. Die Kehle war mir trocken, die Zunge klebte am Gaumen fest. Endlich fand ich ein bißchen Spucke, schluckte.

»Guten Tag, Frau Ala«, begann ich munter, »hier ist Ariel, wir möchten Sie zum georgischen Schaschlik einladen. Sie kommen doch, ja?«

»Guten Tag, Ariel . . .«

»Den Schaschlik habe ich selber gemacht!« flötete ich. »Dazu gibt es Reis gekörnt, roten Paprika und selbsteingelegte Gurken! Und außerdem noch jugoslawischen Weißwein. Um drei, Frau Ala! Versprochen, abgemacht?«

»Ariel . . . Wieso . . .? Was ist los mit dir?«

»Was soll sein? Es gibt da einfach etwas zu feiern, Frau Ala, also veranstaltet Ariel Grobla ein Bankett. So einen Schaschlik haben Sie noch nie gegessen . . .«

»Ariel!«

»Aber bitte ohne Spritze! Die mag ich nun mal nicht, wissen Sie!«

»Und der Anlaß für das Bankett?« fragte sie leise, und ich hörte aus ihrer Stimme Panik, beinahe Angst heraus.

»Ich gebe Ihnen meinen Prospero zum Mann«, erwiderte ich, um Ungezwungenheit bemüht. »Ich habe ihn endlich überzeugt, daß wir beide die Männerwirtschaft satt haben. Mögen Sie Birnenkompott zum Nachtisch?«

»Es ist unmöglich, daß du so grausam sein könntest . . . Daß du spotten könntest . . .«

Meine Zunge streikte, ich hatte eine beißende Trockenheit im Mund. Ich hustete.

»Ich konnte es nicht anders sagen«, flüsterte ich in den Hörer. »Da hab ich beschlossen, es auf die lustige Tour zu machen . . . Ich glaube einfach, daß ich Sie liebgewinnen kann. Wir haben damals darüber gesprochen. Sie erinnern sich. Bitte kommen Sie um drei. Es gibt Schaschlik und

Reis gekörnt ... und jugoslawischen Wein ... Den Wein
hab ich selber gekauft, ich hab dreihundert Złoty auf dem
Sparbuch vom Altstoffsammeln. Also um drei, ich bitte
Sie sehr ...«

Ich legte mich auf die Couch, drückte das Gesicht in
das weiche Plüschkissen. Eine Fliege summte an der
Scheibe, ich hörte ihre kleinen Flügel sirren. Der Wecker
tickte gleichmäßig, es war drei Viertel zwei.

Wir saßen nebeneinander, und ich spielte mit Majkas
Haaren. Selbst in dem Halbdämmer der Höhle hatten sie
ihren Glanz nicht verloren. Sie waren warm und duftig.

»Ich glaube, ich liebe dich«, sagte ich.

Durch die auseinandergeschobenen Bretter drang das
Zwitschern der Spatzen und der herbe Duft des Schleh-
dorns zu uns herein. Ich fühlte mich wohl. Ich wollte an
nichts denken, mich an nichts erinnern.

»Ich glaube, ich liebe dich«, wiederholte ich leise. »Mir
ist so merkwürdig zumute. Ich möchte etwas Wunderbares
für dich tun oder selbst wunderbar sein. Ich weiß nicht.
Ich hab richtig Angst, so wohl fühle ich mich mit dir.«

Sie schwieg. Ich hörte ihren Atem, sah das zart gezeich-
nete Profil, spürte mit den Fingern die Wärme ihrer Finger.

»Glaubst du, daß das die Liebe ist?« fragte sie flüsternd.
»Weil ich auch Angst habe. Vor mir selber. Ich schäme
mich ein bißchen, weißt du? Ich schäme mich, weil ich so
schrecklich gern möchte, daß du mich küßt. Warte ... Zuerst sag noch einmal das, was du eben gesagt hast. Ich
möchte es schrecklich gern hören.«

»Ich glaube, ich liebe dich.«

»Ohne: ich glaube.«

»Ich liebe dich, Majka.«

»Ich liebe dich, Ariel. Hör zu: Ich liebe dich, Ariel ...«
Und Stille. Die Spatzen. Der Schlehdorn. Die bauchige
Gestalt der Petroleumlampe auf der Kiste. Der salzige,
warme Geschmack ihres Mundes.

»Weißt du, was ich möchte?« sagte ich endlich. »Daß
das nicht vorbeigeht. Niemals. Ich hab so ein Gefühl, als
würde ich alle Menschen auf der Welt lieben. Ich möchte
was tun, damit alle so glücklich werden wie ich. Ich sage
dir was, jetzt kann ich es dir ja sagen: In einer Viertelstunde kommt Frau Ala zum Essen zu uns, wir nehmen sie.«

»Wie hast du das gesagt?«

»Wir nehmen sie«, wiederholte ich. »Ich gebe ein Festes-
sen ihr zu Ehren, sogar mit jugoslawischem Wein. Soll sie
bei uns bleiben. Prospero weiß nicht, daß ich Frau Ala
eingeladen habe, das wird eine Überraschung. Ich muß
los.« Ich erhob mich. »Schönen Gruß von Joanna, ich hab
sie heute beim Volleyballmatch gesehen. Sie läßt dir ausrichten, daß ihr Vater deinen Vater nach wie vor für einen
großartigen Menschen hält. Sie hatten neulich eine sehr
lange Unterhaltung.«

Sie drehte sich zur Wand.

»Geh schon«, hörte ich. »Wir sehen uns um sechs.«

Sie saßen einander gegenüber, steif, merkwürdig befangen,
und ich zwitscherte wie ein Sperling, servierte den
Schaschlik, goß ihnen Wein in die Gläser.

»Der jugoslawische soll angeblich nicht schlechter sein
als französischer«, plapperte ich. »Bitte entschuldigt die
Stricknadeln, meine eigene Erfindung, Bratspieße werden
bei uns noch nicht hergestellt, aber im nächsten Fünfjahr-
plan, dank des Einsatzes von Computern und Transisto-
ren ...«

»Genug, genug«, sagte Prospero. »Du hättest trotzdem

vorher anrufen und mich vorbereiten können, daß wir einen Gast zum Essen haben.«

»Das ist mein Gast«, gab ich zurück. »Nicht wahr, Frau Ala? Und du, Prospero, trittst heute in einer besonderen Rolle auf . . .« Ich legte eine vielsagende Pause ein und wandte mich an die Frau Doktor. »Bitte schauen Sie ihn sich genau an. Gewiß doch, er sieht nicht ganz schlecht aus, obwohl, in Zivilkleidung macht er sich besser. Er müßte ein bißchen abnehmen, er hat Übergewicht.«

»Was faselst du da . . .«, murmelte Prospero.

»Mängel sind vorhanden«, fuhr ich fort. »Ich will ehrlich sein. Zum Beispiel schnarcht er, besonders gegen Morgen, und er ist sehr schwer zu wecken. Manchmal stößt er sogar mit den Füßen . . .«

»Ariel!«

»Außerdem richtet er gräßliche Unordnung im Bad an«, redete ich weiter, ohne vor Prosperos strengem Ton zurückzuschrecken, denn Frau Alas schelmisches Lächeln machte mir Mut. »Wenn er herauskommt, schwimmt der ganze Fußboden.«

»Und wischt er wenigstens hinterher auf?« fragte sie.

»Ach was!« sagte ich empört. »Gerade dann hat er es immer besonders eilig. Und wenn Sie sehen würden, wie er Kartoffeln schält! Die halbe Kartoffel säbelt er weg. Kochen kann er nur Fleischbrühe und Kohlsuppe, die Schnitzel brennen ihm ständig an. Um ein Hemd zu waschen, verbraucht er ein halbes Päckchen Waschpulver! Auf dem Sparbuch hat er lediglich . . .«

»Wieviel willst du für mich?« unterbrach mich Prospero. »Vielleicht kaufe ich mich selbst frei?«

»Pssst!« zischte ich. »Sonst vermasselst du mir das Geschäft . . . Er spielt gerne Schach, aber er kann es nicht ausstehen, wenn er verliert, dann ist er sauer. Zum Glück passiert ihm das mit Orlicz selten. Außerdem hat er panische Angst vorm Zahnarzt.«

»Ist das wahr?« fragte Frau Ala.

»Er übertreibt«, brummte Prospero. »Ich mag einfach das Bohren nicht.«

»Mag nicht!« lachte ich. »Er stirbt vor Angst! Vorige Woche hatte er einen Termin und ist nicht hingegangen.«

»Ariel!«

»In Ordnung!« sagte ich. »Bleibt noch der Beruf. Manche rümpfen die Nase, aber ich habe da keine Vorbehalte. Die Arbeit ist nicht die dankbarste, aber notwendig, mitunter sogar für die, die die Nase rümpfen.«

»Und die Vorzüge?« fragte Frau Ala. »Willst du die Vorzüge nicht aufzählen?«

»Nicht nötig«, erwiderte ich. »Sie werden sie schon kennen. Der wichtigste: Man kann sich auf ihn verlassen. Wieviel geben Sie mir?«

»Eine einzige«, sagte Frau Ala. »Nur mich. Und ich schicke gleich voraus, daß ich keinen Schaschlik braten kann.«

»Der Kauf ist perfekt.« Ich schenkte Wein in die Gläser, diesmal auch mir. »Auf das gute Geschäft.«

Wir tranken. Frau Ala stellte das Glas ab, kam zu mir, strich mir das Haar aus der Stirn.

»Danke« sagte sie leise. »Du bist das Honigkuchenpferd aller Honigkuchenpferde.«

Dann wandte sie sich Prospero zu. Prospero stand auf. Sie sahen sich an, und ich schlüpfte leise aus dem Zimmer.

Ein schwarzer Wolga fuhr an den Straßenrand, am Lenkrad saß Ingenieur Skowron, er stieg aus.

»Tag«, sagte er kurz, ohne mir die Hand zu geben, vergnatzt, finster. »Führ mich zu ihr!«

Wir gingen schweigend durch den Wald, unter unseren Schuhe zerbrachen knackend trockene Zweige. Skowrons Mund war verkniffen, seine Brauen bildeten einen dicken dunklen Strich.

»Bitte seien Sie nicht böse«, sagte ich. »Ich konnte nicht anders. Es war wirklich notwendig, wissen Sie . . .«

»Unsinn«, knurrte er wütend. »Statt dieser Unterhaltung wäre eine gehörige Tracht Prügel angebracht.«

Ich blieb stehen. Ich war fast genauso groß wie er. Ich seufzte, befeuchtete mir die Lippen.

»In dieser Stimmung können Sie sich nicht mit Majka treffen. Wenn Sie sie zurückgewinnen wollen . . .«

»Wozu die Belehrungen?« Der Ton war kalt, beinahe verächtlich. »Ich glaube, du nimmst dir zuviel heraus, junger Mann.«

»Hören Sie mich an!« rief ich flehentlich. »Sie können mich beschimpfen, wie Sie wollen, können mir ins Gesicht spucken, aber bitte hören Sie mich vorher an. Majka ist am Ende. Wir können manchmal auch nicht mehr weiter, nicht nur ihr Erwachsenen. Nur Sie können sie retten. Wenn Sie das nicht tun, wird sie alle hassen. Durch Ihre Schuld. Ein falscher Zungenschlag, und sie ist endgültig erledigt. Das sind nicht die Launen einer kleinen Göre. Das ist ein Drama. Vielleicht eine Tollheit. Aber nur Sie können sie davor bewahren . . .«

Ich brach ab, drehte mich um.

»Wie?« fragte er leise.

»Indem Sie aufrichtig sind, glaube ich«, entgegnete ich. »Im übrigen wissen Sie das am besten.«

Er folgte mir mit schweren, kräftigen Schritten. Süßlicher Torfgeruch wehte uns entgegen, wir näherten uns den

Moorwiesen. Die Wiese lag linker Hand, ich bog in eine Schneise ab, eine Weile durchschritten wir eine weiße Birkenallee, dann tauchte zwischen den Bäumen etwas Dunkelbraunes auf – die verlassene Scheune.

»Dort drin ist Majka«, sagte ich.

Herr Skowron erstarrte für einen Moment. Dann ging er an mir vorbei, lief hastig auf die Scheune zu. Ich folgte ihm.

Sie trafen sich am Tor. Der Ingenieur schien zurückweichen zu wollen, er sah die Tochter schweigend an, gespannt und reglos, und Majka blickte ihn an, und ich konnte nichts von ihren Gesichtern ablesen, außer dieser Spannung.

»Vati.«

»Majka.«

Ich wandte mich ab.

Als ich wieder zu dem Scheunentor sah, waren sie nicht mehr da. Kein Laut kam von drinnen, kein Geräusch. Ich hätte es gehört. Ich stand nahebei.

Ich ging über die Wiese zu den Sümpfen, spürte Nässe unter meinen Sandalen, dann das klebrige Glucksen, das breiige Schmatzen des Moors. Ich hielt inne. Eine grüne Libelle schwirrte mir ums Gesicht. Ganz in der Nähe ertönten Storchengeklapper, Froschgequake, die Schreie von Wildenten, die über dem Sumpfgebiet kreisten.

Ich kehrte um. Setzte mich an die Scheunenwand, mit den Schultern gegen die morschen Planken gelehnt. Ich vernahm ihre Stimmen. Lauschen gehört sich nicht, ein artiger Junge macht so was nicht. Ich bin kein artiger Junge. Ich muß es wissen!

»... gab dir nicht das Recht«, sagte Skowron scharf. »Du weißt zuwenig, hast keinerlei Erfahrung! Das ist widerrechtliche Machtaneignung, Majka. Nicht jeder Gerechte kann auch Richter sein, dazu braucht man Wissen, muß die Gesetze kennen. Jemand verdammen ist leicht . . .«

»Leicht? Dann verstehst du überhaupt nichts. Als ich hörte, wie du mit Białobarski geredet hast, bin ich in eine Hölle gestürzt. Mein Vater! Und dann hast du dich vor Mutti gerechtfertigt und warst so klein, so entsetzlich jämmerlich . . .«

»Lidia!«

Ich preßte die Hände an die Ohren. Noch einen Moment, und Majka kommt aus der Scheune gerannt, jagt, ohne sich umzusehen, auf den Wald zu. Und das ist dann wirklich das Ende. Oder ihre Tollheit fängt dann erst richtig an. Ich schloß die Augen. Wollte nicht sehen, wie sie davonlief.

Ängstlich, langsam zog ich die Hände wieder von den Ohren. Erneut Skowrons Stimme, doch jetzt anders, irgendwie nachdenklich, weich.

». . . auch damals, in den Alpen, gab es so einen Augenblick, wo ich zögerte. Nacht, Schneesturm, vereiste Felsen und Ödnis. Es gibt keine Zeugen. Die anderen dort auf dem Felssims sind bis zum Morgen erfroren. Niemand wird erfahren, daß ich es riskieren konnte, niemand wird mich verdammen. Und man will schließlich leben. Besonders in der Nacht, bei einem Schneesturm in den Alpen . . . Zwischen den Sturmböen kann ich mich durchschlagen, kann davonlaufen, auf einem sicheren Weg in die warme Baude absteigen und sagen, die anderen hätten sich verirrt. Man wird mir glauben. Niemand verlangt Wunder unter solchen Bedingungen. Ich bin gerettet, kann weiterleben, kehre nach Hause zurück . . . Das dachte ich bei mir, und dann habe ich die Zähne zusammengebissen und habe mich aufgemacht zu den anderen.«

»Warum?«

»Ich erinnere mich, ich habe immer wieder vor mich hin gesagt: Zum Teufel, du bist ein Mensch, los, geh zu ihnen, winsele nicht, du bist doch ein Mensch . . . In jener Nacht in den Alpen hätte ich für allezeit meine Würde verloren, wenn ich mir nicht bewiesen hätte, daß ich ein Mensch bin.«

»Und jetzt? Bist du ein anderer? Bezeichnest dich nicht mehr als Menschen?«

Stille.

»Du hast nicht das Recht, Lidia.«

»Ich liebe dich. Du gehörst zu mir. Ich habe das Recht.«

Rascheln von Schritten.

»Gut, Majka, ich werde dir alles sagen. Damals, in den Alpen, hatte ich Angst, aber ich bin gegangen. Keine Angst haben nur Leute ohne Vorstellungskraft, primitive und stumpfe Menschen. Ich überwand meine Angst. Mein Zaudern dauerte nur ein paar Sekunden, denn damals riskierte ich ja nur mein eigenes Leben. Aber ich durchlebte einen Augenblick der Schwäche, und ich schäme mich dessen nicht. Merke dir: Schwach zu sein ist keine Schande. Es wird erst dann zur Schande, wenn man sich ergibt.«

»Ja, Vati. Ich glaube, du hast recht.«

»Was hast du . . .« Angst in Skowrons Stimme. »Du siehst fürchterlich aus!«

»Nichts, nur ein bißchen müde . . . Es ist schon vorbei, Vati, sprich weiter, ich flehe dich an. Wie war das diesmal?«

»Du hast mein Gespräch mit Białobarski belauscht. Ja, ich muß dir gestehen, das war Schwäche. Ich hätte es lieber gehabt, wenn meine Vorgesetzten das Risiko übernommen hätten, weil es riesig ist: Es geht um das Schicksal der Belegschaft, um das Ansehen des Werks. Radziejs Präparat hätte die erwarteten Hoffnungen vielleicht nicht erfüllen können, und sei es aus technologischen Gründen, wir haben keinerlei Erfahrung mit der Massenproduktion von R-24. Die Fabrikhalle umbauen, neue Maschinen installieren, Leute einstellen. Und wenn nichts dabei herauskommt? Wie sehe ich den Arbeitern in die Augen, wenn sich herausstellt, daß sie umsonst gearbeitet haben? Nicht nur, daß sie keine besondere Belohnung bekommen, sondern auch, daß sie noch um ihre Planerfüllungsprämie gebracht worden sind? Ich trage die Verantwortung...«

Wieder Rascheln von Schritten. »Also habe ich geschwankt, habe gezweifelt... Am bequemsten ist es, gar nichts zu verändern. Ohne Risiko den guten Namen des Werks aufrechtzuerhalten, auf dem ersten Platz im Bezirk zu bleiben. Das war eine große Versuchung, Majka...«

»War?«

»Dein Vater ist offenbar schon so auf die Welt gekommen...« In seiner Stimme schwang ein Lachen mit. »Zuerst Schwäche, die Lust, in die warme Herberge zurückzukehren, einfach alles abzuschütteln. Und dann... Noch bevor du von zu Hause weggelaufen bist, hatte ich die entsprechenden Anordnungen getroffen. In Halle fünf wird schon die Apparatur installiert. Doch vorher haben wir mit den Leuten geredet...«

»Warum hast du mir das nicht gesagt?«

»... wir haben also mit den Leuten gesprochen, und sie waren bereit, das Risiko zu tragen. Letzten Endes geht es alle an, die Arbeiter müssen wissen, was wir da wagen. Wir sitzen alle in einem Boot, obwohl vor den übergeordneten Stellen die Leitung verantwortlich ist.«

»Warum hast du mir das nicht gesagt?!«

Skowrons Stimme klang scharf.

»Weil ich nichts übrig habe für aggressive Mädchen,

Hysterie und Erpressung. Und weil ich nicht gewohnt bin nachzugeben. Ich war wütend, daß du dich in fremde Angelegenheiten einmischst.«

»Es war auch meine Angelegenheit! Es ging doch um dich!«

»Und bist du nicht auf den Gedanken gekommen, daß ich fuchsteufelswild werde, wenn mir meine eigene Tochter nicht über den Weg traut?!«

»Nach dem, was ich gehört hatte?!«

»Sogar danach, du Küken! Oder . . .«

Ich steckte mir die Finger in die Ohren, preßte die Augen zu. Zum Henker, dachte ich verzweifelt, es war schon alles gut, sie hatten sich schon geeinigt, und nun kommt ihr Dickschädel wieder durch, und gleich kratzen sie sich die Augen aus, schmeißen sich Dummheiten an den Kopf, alles fängt wieder von vorne an . . .

Vorsichtig nahm ich den Finger aus dem linken Ohr. Aus der Scheune drang nicht ein Laut. Vorbei? Majka kann hinausgerannt sein, als ich die Augen geschlossen hielt. Oder Skowron.

Ich ließ meinen Blick über die Wiese schweifen. Aber ich entdeckte niemanden. Offenbar hatte ich ziemlich lange so dagesessen, die Lider zugepreßt und die Finger in den Ohren? Wer von ihnen war gegangen?

»Und trotzdem muß ich dir etwas gestehen«, hörte ich Skowrons gedämpfte Stimme. »Vielleicht sollte ich das nicht tun, als Vater, aus erzieherischen Gründen. Aber ich sage es dir . . . Du hast mir damals geholfen.«

»Wobei?«

»Beim Zähnezusammenbeißen. Als ich sah, wie erschüttert du bist, packte mich die Wut . . . Nur nach außen. In meinem Inneren aber zuckte etwas zusammen, bäumte sich auf. Ich kann dir das nicht näher beschreiben. Du wirst schon wissen.«

»Ich glaube ja, Vati.«

»Schön, daß wir uns wieder verstehen.«

»Ja.«

Wieder das Rascheln von Schritten.

»Wie siehst du nur aus, meine Kleine . . . Bist du auch nicht krank?«

»Nur müde, Vati. Und auch nicht mehr klein, weißt du? Ich habe mich verliebt.«

»Wie bitte?!«

»Ist das verboten?!«

Ich wollte mir wieder die Ohren zustopfen, aber sie sprachen kein Wort mehr. Nach einer Weile erschienen in der schwarzen Scheunenöffnung ihre Gestalten.

Herr Skowron und Majka gingen Hand in Hand.

ArenaBücher. Das Leben erleben.

Auguste Lechner
Die Rolandsage

Auguste Lechner

Die Nibelungen
Glanzzeit und Untergang des mächtigen Volkes.
Dietrich von Bern
Der große König der Goten kämpft um sein Reich.
Parzival – Auf der Suche nach der Gralsburg.
Der Reiter auf dem schwarzen Hengst
Ein Ritter zur Zeit Karls des Großen.
Gudrun – Die Geschichte vom wilden Hagen.
Die Rolandsage – Er kämpft für seinen Onkel,
Karl den Großen, bis zum Ende.

Arena-Taschengeldbücher –
Bände 1319, 1346, 1353, 1429, 1455, 1470/Alle ab 12

Arena